KB261490

소설의 역사성,
소설사의 환(幻)과 탈역사성

송희복(宋喜復)

1957년 부산에서 나서 동국대학교 국어국문학과를 졸업하고, 같은 학교 대학원에서 문학박사 학위를 받았다. 1990년에 『조선일보』 신춘문예에 문학평론이 당선되고, 1995년에 『스포츠서울』 신춘문예에 영화평론이 당선되었다. 현재 진주교육대학교 국어교육과 교수로 재직중이다. 대표 저서로 『해방기 문학비평 연구』(문학과지성사, 1993) 『한국문학사론 연구』(문예출판사, 1995) 『한국시, 감성의 계보』(태학사, 1998) 『영화, 뮤즈의 언어』(문예출판사, 1999) 『비평사와 동시대의 쟁점』(월인, 1999) 등 다수가 있다.

청동거울 문화점검 35

소설의 역사성, 소설사의 환(幻)과 탈역사성

2004년 10월 26일 1판 1쇄 인쇄 / 2004년 11월 1일 1판 1쇄 발행

지은이 이순욱 / 펴낸이 임은주 / 펴낸곳 도서출판 청동거울 / 출판등록 1998년 5월 14일 제13-532호
주소 (137-070) 서울 서초구 서초동 1359-4 동영빌딩 / 전화 02)584-9886~7
팩스 02)584-9882 / 전자우편 cheong21@freechal.com

주간 조태림 / 편집디자인 하은애 / 영업관리 김형열

값 12,000원

ISBN 89-5749-024-8

청동거울 문화점검 35

소설의 역사성,
소설사의 환(幻)과 탈역사성

송희복 지음

청동거울

1

문학은 원초적으로 역사성을 지니고 있다고 보아야 할 것이다. 호메로스의 서사시는 인류가 이룩한 문학의 기념비로서 가장 위대한 창작품으로 평가되고 있다. 그럼에도 불구하고 그의 서사시는 문학적인 상상력으로만 이루어지지 않았다. 이는 한편으론 명백하리만치 역사서술물(historiography)로 건재하기도 한다. 말하자면, 그것은 문학적 상상력과 역사적 기억의 재구성으로 교직(交織)된 완벽한 형태의 기록물이다.

이처럼 문학과 역사의 친연 관계는 오랜 역사를 통해 긴밀하게 맺어졌었다. 아닌게 아니라, 오늘날의 우리도 역사 속에서 문학의 다채로움을 발견할 수 있고, 문학을 통해 역사의 숨결을 느낄 수가 있다. 문학과 역사의 상관성은 인간행위를 서술한다는 점, 인간 본질을 해명한다는 사실에 있어서 목표상의 동질성을 어느 정도 공유하고 있다. 다만 대상의 차이가 있다면, 허구와 사실의 차이일 따름이다.

그러나, 문학의 글쓰기가 허구적인 상상력만으로 온전한 가능성을 얻을 수 있으며, 또한 역사 서술도 객관적인 사실의 기술을 통해서만이 가능할 수가 있겠는가? 객관적인 사실이란, 사실상 현상에 불과하다. 그것은 실제로 존재하지 않으며 서술자의 주관적인 관념 속에서만 항상 존재하고 있기 때문이다.

2

역사의 문학성은 불가피한 속성인지도 모른다. 역사에 문학성이 수반되고 역사는 하나의 예술의 차원으로 전이되어야 하는 것은 역사와 소설이 다 같이 선험적인(a priori) 상상력의 소산이라는 사실에 근거한다. 역사학계에서는 이미 오래 전부터 이성중심주의 역사학의 대안으로서 정념(情念)으로서의 사관을 논의의 대상으로 삼은 바 있었다. 역사가 헤르더가 역사적 진실과 시적 진실의 동일성을 믿으면서 인간과 세계의 궁극성을 추구하고자 했고, 시인 쉴러는 역사에 참여하는 시적 행위의 결단을 실천적으로 보여주었다. 가장 대표적인 정념의 역사가인 부르크하르트는 다음의 어록을 남기기도 했다. 이를테면, 역사 서술은 비평이나 사변의 결과가 아니라 직관의 틈을 메우는 상상의 결과이며, 내게 있어서의 역사는 대체로 보아서 시의 세계이다, 라고 하는.

역사가는 문학 작품을 사료로 승격하기도 한다. 서양의 경우에, 고전고대의 작가 및 작품이 역사 연구의 대상되었던 사례가 적지 않았다. 우리나라의 경우에도 전혀 없었던 것은 아니었다. 이를테면, 홍이섭의 '탁류'론이나 강만길의 '토지'론 등이 그 대표적인 사례라고 할 것이다.

역사의 문학성보다 문학의 역사성에 관한 얘기는 훨씬 폭넓게 일반화되어 있다. 문학의 특수성이 허구의 장치를 통해 발현되는 것이 보통이지만, 이것이 때로 객관적인 실재의 세계에 의해서 제약을 받고 있다는 사실도 상식에 속하는 문제이다. 문학은 고금동서를 막론하고 역사적인 소재로부터 보충·확장·변용 등의 과정을 거치면서 역사의 부가적인 가치와 차원을 얻기도 하였다. 그 대표적인 사례는, 호메로스의 서사시, 셰익스피어의 역사극, 월터 스코트의 역사소설, 사설에 상상이 가미된 연의담(演義談)으로 재구성한 삼국지 등이 쉽게 적시된다. 이러한 유의 고전적인 작품은 의사역사(pseudo-history) 한 형태의 모범적인 텍스트로서 시대마다 거듭 새롭게 평가될 것이다.

문학의 역사성 가운데 아무래도 주안점이 되는 개념은 소설의 역사성이 될 성싶다. 소설은 허구적인 기억의 소산이다. 인간에 관한 기억을 다룬다는 점에서 볼 때, 소설이야말로 넓은 의미의 역사가 아닐까? 소설가를 가리켜, 17세기의 영국 작가 헨리 필딩은 '개인 생활의 역사가'라고 말했고, 발자크는 역사가들이 망각한 역사를 묘사하는 자로 규정한 바 있다. 웰렉과 웨렌이 『문학의 이해』에서 소설을 '가공의 역사'라고 표현한 것도 이러한 맥락에서 이해될 수 있는 성질의 것이라고 여겨진다. 박지원·이해조·이광수·채만식·이문구 등으로 이어지는 하나의 계보는 기억의 문화, 기억 공동체의 예술적 형상화에 초점을 두고 있다는 점에서 한 시대의 뚜렷한 역사상(歷史像), 혹은 역사성을 띠고 있다고 하겠다.

그러나, 과거가 어렴풋한 기억만으로 존재하기 때문에 소설이 역사상을 온전히 복원할 수 없다는 것은 자명하다. 그 어두운 기억의 저편을 헤집는 예민한 촉수를 가진 작가만이 가능하다. 더욱이 포스트모던한 시대에 이르러 역사가 진지한 것, 이념적인 것으로 재무장된 것, 민족의 격분을 예술적으로 고양시키는 것이 더 이상 될 수가 없다는 사실도 문학의 역사성을 퇴색하는 감이 없지 않다. 최근의 사극영화 「트로이」와 「킹 아더」가 가상 현실에 의빙해 눈부신 볼거리로 재구성되고 있는 것도 이 때문이 아닌가 한다. 이 대목에 이르면, 마침내 '탈역사(posthistoire)'의 개념이 수면에 떠오른다. 탈역사성은 기억에 대한 강박적인 몰두가 해체된 시대로 인한 역사적 위기의 증상이라고 말해지기도 한다. 집단 의식이 사라진 개개인의 주관적 체험으로 미세하게 분리되는 것이야말로 오늘날의 탈역사성의 징후가 아니겠는가?

소설에 있어서 역사성의 탈각은 소설의 역사성 못지 않게 분명한 전례가 있었던 것도 엄연한 사실이다. 홍길동과 허생의 낙토(樂土)에의 꿈은, 역사성의 입장에서 볼 때 개척 정신이라는 의미를 부여할 수 있지만, 탈역사성의 맥락에서 이해하자면 일종의 환각이요 망집에 지나지 않는 것이다. 소설사에 있어서의 이 큰 환(幻)의 세계는 역사의 과학적, 실제적,

진보적인 의미로부터의 탈각을 의미하는 것이라고 해도 좋을 것이다. 민족과 초월적인 세계도, 혁명과 이데올로기도, 인간의 끝없는 망집의 세계로 귀결되는 것이라면, 우리 소설사의 일부에서도 허무주의의 빛깔을 띠면서 역사성이 어떻게 탈각의 현상을 보이게 되었는지를 확인할 수 있을 것이다.

3

나는 20여 년에 걸쳐 비평적 글쓰기를 업으로 삼아왔다. 그런데 소설에 관련된 글들을 적지 않게 써왔지만 이제까지 소설에 관한 저술물을 간행하지 않았다. 이번 기회에 내가 쓴 소설에 관한 글 중에서 소설의 역사성이라는 아이템에 해당되는 글들을 모아서 『소설의 역사성, 소설사의 환(幻)과 탈역사성』이란 표제로 공간하고자 한다. 말하자면, 이것은 나에게 있어 최초의 소설론 저술이 되는 셈이다.

이 책에 실려 있는 열 편의 비평문·논문들이 생산된 시기의 차이는 매우 크다. 정확히 20년 전에 발표된 글도 있고 이 책의 간행에 임박하여 쓰여진 글도 있다. 글쓰기의 시차가 서로 큰 것이 독자들에게 어떻게 받아들여질지 걱정스럽다. 앞으로도 연구 주제의 초점에 맞는 글들을 묶어서 소설론에 관한 몇몇 편의 저서가 더 출판될 수 있을 것이라는 기대감을 스스로 가져본다. 많은 질정을 바라는 바이다.

2004년 10월 8일 저자

| 차례 |

소설의 역사성,
소설사의 환(幻)과 탈역사성

역사소설의 문학적 인간상과 역사적 현재성

1. 문제 제기: 문학과 역사, 긴 여로의 동반자

문학 연구도 때로는 발랄한 생기가 필요하다. 문학을 연구하는 데 물론 원전의 이해나 언어 조건의 분석이 무엇보다 선행되어야 하겠지만, 사회역사적인 측면이 배제되거나 간과될 수 없다. 살아있는 유기체인 문학작품이 지나치게 구조적으로 해부되고 해체되면 그것은 끝내 싸늘한 시체로 남을 뿐이다. 따라서 원전의 물리적 조건 못지 않게 연구수행자의 심리적인 측면도 반영되어야 하고 엄밀한 사실 해명 못지 않게 인간적인 가치에 관한 판단도 고려되어야 한다.

사회과학이나 자연과학처럼 인간의 복지 향상에 도움을 주고 보탬을 주는 데 크게 기여하지 못할지라도 문학 연구는 인간적 삶의 양상이나 그 구체적 현장을 외면할 수 없다. 그러므로 문학 연구가 텍스트와 콘텍스트 사이의 긴밀한 상호 관계를 파악하면서 '역사적 현재(historical presense)'의 효용성을 추구하는 것은 꽤 중요하고도 의미로운 일이다. 문학 연구가 귀결하는 막판에 문학사가 존재한다. 이것이 당대의 고유한 역사 경험이나 가치에 따라 늘 새롭게 기술되어야 한다는 명제도 기실은 문학이 역사를 통해 끊임없이 현재성을 요청하고 있다는 점을 반증하는 셈이 된다.

그런데 역사란 과연 무엇인가. 말할 나위도 없이 그것은 인간의 집단적 체험에 관한 기억이다. 만약 그것이 잊혀지거나 무시된다면, 우리들의 인간적 측면은 그만큼 사라질 뿐더러 우리가 과연 누구이며 어떻게 오늘에 이르게 되었는지도 알 수 없게 될 것이다. 미상불 다니엘스의 표현이 아니더래도 역사를 모른다는 것은 마치 집단적 기억상실증에 걸린 환자들이 암흑 속을 헤매면서 자기 신원을 찾는 것과 다를 바 없을 것이다. 요컨대 역사란 우리로 하여금 과거를 거울삼아 오늘의 좌표를 터득케 하고 보다 현명한 미래를 겨냥토록 과거사로부터 불멸의 교훈을 찾게 한다.

역사의 이러한 기능이 문학의 영역으로 수용될 수 있다는 점은 양자의 만남이 항상 가능하다는 또 다른 사실을 의미하고 있다. 문학이 기억의 재고(在庫) 속에 남아 있는 과거사를 창조적이고 허구적으로 변형시켜 사뭇 격조 높은 이야기로 이끌어 냄으로써 독자로 하여금 다채로운 감명의 파장을 일으키게 한다. 그러므로 문학과 역사는 인간사에 관련된 일의 온갖 내밀한 의의를 탐색하는 긴 여로의 동반자와 같이 서로 내연의 관계를 맺으면서, 그 관심을 뜨겁게 표명하거나, 또 삶의 질을 한층 드높인다. 말하자면 역사가 정의의 잣대로써 현실을 준엄하게 심판 내지 단죄한다든가 문학이 인간적 삶의 현장과 그 인과적 연속체인 역사로부터 끊임없이 가치를 탐색한다든가 하는 점은 양자의 관계가 각별히 상보적임을 말해주는 것이다.

필자는 이 관점에 착목하여 한국 중세사회 해체기에 역사적인 의미가 부여된 인간상에 관해 본 연구의 논지를 전개해 볼 계획이다.

여기에서 말한 인간상이란 당시대의 역사적 요청과 관련을 맺으면서 문학적인 형상화가 이룩된 인격을 지칭한다. 특히 역사의 전공 속에 사장된 존재가 아닌 역사적 현재 속에 새로운 해석이 늘 가능한 의미로운 존재는 객관적으로 현재화되면서 살아 움직인다. 한 역사적 인격체가 수용자 기억의 재고 속에 거듭 상기되어 오면서 문학적 인간상으로 구현되는 것은 부여된 시대의 요청에 의한 집단의식의 반영물이다. 아무튼 이러한 인간상에 당대의 역사적 과제를 지닌 작가정신이 반영되고 함축된 것이므로 결국 구체적 전사(前史)로부터 현실적인 응답이 몫을 파악하는 일은 문학 연구에 부과된 중요한 과제의 하나일 것이다.

2. 중세해체기의 문학적 인간상

물론 널리 일반화된 용어는 아니지만 본고에서 제기한 중세해체기란 대체로 17세기부터 19세기까지의 시기를 뜻한다. 물론 이 시기는 전근대적인 질서가 차츰 와해되면서 근대적 사회에로의 성장의 눈을 떠가던 시기이다. 이 시기 사회 변동은 문학사의 변동과의 긴밀히 상응하는 바 평민문학이 유례없이 발전했고 이른바 국문소설이 성행했다. 그렇다면 중세해체기란 근대성이 싹틈으로써 중세기적 율문이 해체되어 가고, 민중의 잠재적 성장력에 의해 문학모국어가 새롭게 계발되던 산문적 시대이다. 대체로 보아서, 산문은 중세 질서에 순응하는 인간상을 요구하지 않는다. 중세해체기의 초입에 등장한 허균(許筠)이 불여세합(不與世合)이라 했다든가 이미 그 이전에 동시대의 질서를 모순으로 인식했던 김시습(金時習)이 세계관을 신세모순(身世矛盾)으로 표현한 것은 산문 시대의 도래를 예감하고 있다는 점에서 시사적이다.

　중세해체기의 시대사적인 의미는 중세 전근대사회에 있어서 신분제의 동요와 민중의 각성으로 집약된다. 혈통과 세습을 기초로 한 중세 전근대사회의 신분제는 반상(班常) · 양천(良賤) · 적서(嫡庶) 등으로 양분하여 인식되어 왔다. 역사법칙의 일반론에 따르면 중세적 질서가 해체되어 가는 과정 가운데 양반이 잔반으로 지체가 낮아지고 민중의 신분적 상향 이동의 이룩된 것은 기층민의 내재적 성장의 결과이다. 예컨대 현상적인 요인으로 임술임거정사(壬戌林巨正事, 1562), 정축장길산사(丁丑張吉山事, 1667) 등에서 비롯된 일련의 민중운동사를 주목할 수 있겠으나, 보다 결정론적인 사회 변동 요인은 다음의 둘로 크게 나눌 수 있다. 즉 그것은 K. 마르크스적인 물질적 사회경제적 요인과 M. 베버적인 정신이나 이념, 사상적인 요인이다.

　예컨대 앞엣것의 경우에는 경영형 부농(富農)이나 확작(擴作) 등과 같은 경제력의 성장으로 말미암아 사회적 신분변동이 가능했다는 점, 또 그것이 17세기말 상공인 세력의 정권 탈출 기도, 18세기 중엽 승려 세력과 결탁한 중인층의 심상찮은 동향으로 나타난 점을 지적할 수 있을 것이다. 뒤엣것의 경우에는 민간의 미륵신앙이나 예언서로서의 『정감록(鄭鑑錄)』이 사회 변혁의 민중운동에 적잖은 영향을 끼쳤다는 점, 「홍길동전」의 율도(硉島)나 「허생전」의 공도(空島)로 반영된 바와 같이 주자학적 질서에 환멸을 느낀 지식인들에게 유토피아적 환각의 황홀한 사상을 엿볼 수 있게 했다는 점을 들 수 있겠다.

　중세해체기의 문학적 인간상은 대체로 그 시기에 실존했거나 혹은 당대 민중으로부터 막연히 회원된 허구적 인물이다. 그러나 실제 인물 홍길등과 임꺽정은 그 이전의 인물이다. 홍길동의 경우에 비록 실제적으로 세종 혹은 연산군 때 존재했을지라도 중세해체기의 기점과 더불어 허균에 의해 문학적으로 형상화되었다. 그런데 임꺽정과 장길산은 그 시기에 민간의 설화로 구전되고 유포되어 오다가 근현대문학에 이르러서야 비로소 홍명희, 황석영 등의 작가들에 의해 소설적 주역으로 그려지게 되었다. 이처럼 역사적 현재성을 요청받은 인물은 대체로 당대보다는 후대에 이르러 문학적인 재생순환(recurrent cycle)의 과정을 거치게 된다. 역사적 인격체는 후대 소여 시기의 고유한 역사 경험에 따라 항상 새롭게 부각되고 착색되는 속성을 갖고 있다. 요컨대 중세해체기 문학적 인간상이란 신분제의 동요, 민중의 각성으로 집약된 중세해체기 시대사적 의미와 관련된 인간상을 뜻한다.

3. 역사소설에 수용된 반영웅

1920년대에 쓰여진 춘원·동인·월탄 등의 역사소설은 사랑방 읽을거리나 신문연재의 과거담에서 크게 벗어나지 못했을 뿐더러 그 소재도 궁중비화나 왕조사 중심에 국한되어 있다. 이러한 유의 역사소설은 인물의 유형을 선택하는 과정에서 창업과 치세와 구국의 영웅들, 체제 안에서 상도(常道)의 길을 걸었던 사람들로 한정된 특성을 보여주었다. 그런데 역사 속에 광채로웠던 영웅적 위인을 택한 심리적 저변에 일반 다수의 삶을 낮잡아 보았다거나 숱하게 무리져 살다간 갑남을녀의 어둡고 이름없는 삶이 지녔던 역사적 영향력을 외면했다면, 그만큼 역사의식의 심각한 결손과 구체적 전사로부터 간과되고 격리된 현실이 필경 지적될 수밖에 없을 것이다.

그러나 우리는 도도히 흐르는 역사의 대하 속에 휩쓸려 간 초엽(草葉)같은 존재 중에서, 홍길동·임꺽정·장길산 등과 같이 체제 밖에서 혁파(革罷)의 길을 걸었던 이름을 기억해 낼 수 있다.[1] 이들은 공식문화의 테두리 안에서는 집단 난행의 반영웅(反英雄)으로 금기시되어 왔지만, 민중의식의 언저리에 은밀히 추억되었던 이름이었다. 이들은 어둡고 혼미한 길을 헤매면서도 뜨거운 사회적 몸짓을 보여준 낙오계층(outcast)의 리더, 익명계층의 리더였다. 즉 이들은 약으로 낫지 않은 것을 칼로 고치고, 그렇지 않으면 불로 고친다고 한 히포크라테스의 경구가 쉴러의 「군도(群盜)」에서 인용되고 있는 바처럼 체내의 암적 요소와 같은 만성적이고 인습적인 사회구조의 환부를 정의의 칼로써 해부코자 한 사람들이었다.

공식문화로부터 배제되고 단죄된 반영웅, 악한에 불과했던 이들이 꿈의 날개가 꺾인 민중들의 뼈저린 좌절의 기억 속에 끈질기게 살아남아 구원자로 거듭 상기되고 수용되면서 문학 속의 계통적 패러다임으로 되풀이되어 온 까닭은 이들을 통해 현재성에의 성찰을 끊임없이 요구하며 역사화된 문학적 인격으로 일층 격상시킬 수밖에 없었던 민중적 에토스 때문이었다. 그 중에서도 가장 대표적인 사례는 허균의 「홍길동전」, 홍명희의 「임꺽정」, 황석영의 「장길산」이다. 이러한 패러다임은 형식적으로 비록 동일하게 반복된 제재사의 한 유형으로서의 역사소설이거나 동아시아 사담류(史談類)의 전통적 양식에 불과할지라도 내용상 1920년대 복고풍의 역사소설에서 볼 수 없는 중세사회의 심화된 모순을 인식했던 점, 또 역사란 피로 물들여 전취(戰取)된다는 관념 등을 보여주었다는 데 공통적이다.

역사상 실제인물이었던 그들은, 허구적 인물(Homo Fictus)로 변형하는 과정에서 일정한 의의와 가치를 지니면서 역사를 다르게 바라보려는 새로운 성찰의 요구에 호응했고, 또한 독자의 수용과 반응의

---

1) 비슷한 인물로 홍경래의 사례를 들 수가 있다. 작자 미상의 실기(實記)나 전기가 몇 편 전해지고 있으며, 또 정교(鄭喬)·이해조(李海朝)·현상윤(玄相允)·이명선(李明善) 등에 의해 소설의 형식으로 수용했지만, 좀더 검토의 여지가 있다. 본 연구에서는 홍경래를 배제하면서 다음의 기회로 넘긴다.

측면에서도 이 계보의 소설이 문학적 허구의 장치를 통해 남성적 한(恨)의 궤적을 찾으려는 민중의 적층적 기대와 집단적 보상심리를 폭넓게 반영했다.

두루 알려진 바대로 소설의 인물은 현저하게도 '문제적 개인(problematic individuals)'이요 '악마적 주인공(demoniacal hero)'이다. 원효·이성계·세종·이순신 등은 중세적 질서에 순응하는데 도덕적 완결성을 지닌 인간상이며 훼손될 수 없을 만치 지순한 가치가 부여된 인물이다. 이들은 역사교과서에나 가능할지 모르나 역사소설의 인물로는 적합치가 못하다. 소설의 주인공이란 그야말로 광기와 마성을 지닌 서사적 자아이기 때문이다. 즉 그 광기와 마성은 자아와 세계, 개인과 사회 간에 화해롭지 못한 적대 관계로부터 비롯한다. 소설적 인간상은 세계와의 접촉 과정에서 생겨난 외상적(外傷的) 경험을 통해 집단적 삶의 총체성, 집단적 삶의 원적을 탐색하고자 한다. 앞서 밝힌 것처럼 자아와 세계의 관계를 불여세합이니 신세모순이니 하면서 인습적인 순응주의에 끊임없이 도전하는 인물들이다.

루카치와 골드만의 표현들을 빌자면, 신에 의해 버림받은 세계의 서사시인 소설의 주인공, 즉 '서사적 개인(epic individual)'은 외부세계에의 낯설음으로부터 생겨나며,[2] 타락한 세계에서 진정한 가치를 추구하는 이야기로서의 소설은 자아와 세계 간의 극복될 수 없는 단절에 의해 특정지워지는 서사형식이므로 그 인둘 역시 필경 광인이나 범죄인과 같은 악마적 주인공으로 규정된다.[3] 긴중주의의 입장에 설 때, 이상의 이론들이 가능하게 될 수도 있으나, 그럼에도 불구하고 역사적 현재성을 적실하게 추구하는 데 있어서 일정하게 제약되는 조건은 이 계보의 소설들이 공통적으로 지니고 있는 인물관의 한계이다.

---

2) G. Lukacs, The Theory of the Novel, The M.I.T. Press, 1978, p.66.
3) L. Goldmann, Towards a Sociology of the Novel, Tavistock Publications, 1978, p.3.

4. 홍길동(洪吉童), 경세적 대안이 부족한 환상가

홍길동이 역사적인 실존인물이었음에는 틀림없다. '서도에 많은
큰 도적들 중에서 홍길동이 있었다(西道多劇賊有洪吉同)'라는 기록의
실마리로부터 홍길동의 실재를 밝히기 위한 국문학자들의 끈질긴 노
력이 있었다. 1930년대의 김태준 이래[4] 많은 학자들이 족보나 왕조
실록이나 야담설화집 등을 통해 그 실존의 증거를 제시해 왔지만 임
형택의 고증이 가장 정확하다.[5] 그는 가장 객관적인 사료인 실록을
면밀히 검토함으로써 연산군 때 농민저항의 첫막을 연 인물 홍길동
(洪吉同)의 전기적 편모를 극히 단편적이나마 재구했다. 그런 정사 실
록에 반영된 홍길동 외에 세종 때 기인 홍일동의 아우 홍길동(洪吉童)
이 있었다는 야사의 고증도 이미 있었다.[6]

어쨌든 정사에 비춰진 홍길동의 이미지는 국가의 체통을 모독한
사기한, 강상지변(綱常之變)[7]을 일으켜 미풍양속을 더럽힌 패륜아,
백성들의 경제에 큰 폐해를 입힌 군도의 우두머리에 불과했다. 즉 관
변의 사관(史官)의 눈으로 본 홍길동이란 그야말로 체제 밖의 위법자
(outlaw)이며, 기존 윤리의 도덕적 판단에 의해 규정된 악한이었다.

그러나 역사상에 실재했던 홍길동의 이러한 부정적 이미지는 민중
의 기억 속에 영웅적이고 전설적인 인물로 발전되기에 이르렀다. 즉
민중들의 뇌리에는 그가 의적으로 미화되고 새로운 질서의 상징적
구현자로 막연히 자리잡혀 가고 있었다. 예컨대 조선후기에 시정의
아이들의 맹세하는 말 속에 들어있는 홍길동의 이름이나, 홍장군 길
동의 후계자임을 자처하는 군도의 이야기인 한문단편 「녹림객유치

---

4) 김태준, 『조선소설사』, 학예사, 1939, p.85.
5) 임형택, 「홍길동전의 신고찰」, 『한국문학사의 시각』, 창작과비평사, 1983, pp.126~132.
6) 정주동, 『홍길동전 연구』, 문호사, 1961, p.151.
7) 강상지변은 존속상해죄에 해당한다. 소설에서는 서모 곡산모(초란) 살해 계획으로 구현된다.

침산사(綠林客誘致沈山舍)」가 이를 입증하거니와[8] 이러한 과정에서 「홍길동전」 이본 생산을 더욱 촉진하게 되었을 것이며, 그럼으로써 훗날 정치적 행동주의에도 영향을 끼쳤는 바 세칭 개화기 때는 집단 농민군 일부가 「홍길동전」의 활빈당 투쟁을 二 범형(範形)으로 배워 비밀결사 활빈당을 조직, 구국·구민을 위한 의병운동을 전개하기도 했다.[9] 말하자면 이는 17세기초 허균에 의해 쓰여졌다고 하는 「홍길동전」이 그로부터 3세기 동안 서민대중의 가슴 속에 살아남아 20세기 초엽 활빈당 투쟁의 불씨가 되면서 삼남 각지에서 뜨겁게 타올랐던 것이다.[10] 물론 역사상 홍길동의 이러한 반전 현상은 문학상에도 그대로 구현되고 있다. 우선 방대하리라고 짐작되는 구전문학 현상을 차치하고 기록문학에 반영된 홍길동 제재사를 그려보면 대개 다음과 같다.

작가	제목	시기	형식	참고사항
허균	홍길동전 (洪吉童傳)	17C 초	(?)	부전(不傳), 이 식(李植)의 「택당잡저(澤堂雜著)」에서 증언하고 있으나 알 수 없음.
허균(?)	홍길동전 (洪吉童傳)	18·19C	한글소설	필사본 경판본·완판본 등 여러가지 종류로 유포되었음.
미상	홍길동이후 (洪吉童以後)	(?)	한문단편	홍길동에 관한 이야기가 아님. 이우성 외역, 『이조한문단편집(하)』, 일조각, 1978.
김안서	신편홍길동 (新編洪吉童)	1935년	서사시	매일신보(每日新報) 5월 22일에서 9월 18일까지 112회로 연재되었음.
박태원	홍길동전 (洪吉童傳)	1946년	근대역사 소설	조선금융조합연합회(조금연판)에서 간행.

---

8) 임형택, 앞의 글, pp.131~132 참조.
9) 강재언, 『근대한국사상사연구』, 1983, p.163.

흔히들 허균의 소작으로 믿고 있는 국문소설 「홍길동전」은 일종의 역사소설이다. 역사적인 인물을 모델로 하면서 사건의 소재원이 객관적인 사료 실록과 유사한 점은[11] 이것을 역사소설로 보는 데 있어 「전우치전」·「최고운전」류와 성격을 달리하게 하는 국면이다.[12] 다만 무리져 민폐를 끼쳤다는 역사기록이 활빈당을 이끌고 탐관오리를 징치했다는 행동으로 역전된 것은 결과적으로 같은 현상을 바라보는 도덕적 관점의 차이일 뿐이다.

그러나 연산군 때의 인물을 세종 때로 소급시켰다든가 하는 점들은 실록의 기록과 어긋나며, 더욱이 주인공이 축지법·둔갑법·분신술을 쓰며 신출귀몰하고 호풍환우하는 전기적(傳奇的) 요소는 과학적 엄밀성을 지향하는 소설적 리얼리즘 정신과 완벽하게 배치한다. 한마디로 말해, 역사소설에 있어서 범해도 좋을 사실(史實) 이탈의 정도에는 한계가 있음에도 불구하고,[13] 「홍길동전」의 상당 부분은 구체적 사실과 거리가 멀다. 그럼에도 불구하고 허균은 문자적 기록이 아닌 민중의 구전으로부터 인물의 정보를 얻었을 뿐만 아니라 집단적 원망(願望)과 기대 욕구에 따라 소설적 형상화를 시도했으므로 사실

---

10) 20세기 초의 활빈당의 활동은 소설적인 허구가 아니라도 실제의 사회 현상으로 드러나게 되었다. 활빈당은 동학혁명의 잔당을 흡수한 후, 결과적으로 일부 의병으로 합류하게 되었던 것으로 추정된다. 전라도 지역을 중심으로 활동한 활빈당 지도자 맹감역이 허균의 홍길동을 계승하였음을 자처하고 있다는 점이 특기할 만한 일이다. cf. 박찬승, 「활빈당의 활동과 그 성격」(한국학보, 제 35집, 1984, 여름), 『한말 민중저항의 한 모습 활빈당』(역사산책, 1991. 1)

11) 가령 농민저항운동의 리더였다는 점, 근거지가 충청도로 짐작된다는 점, 당상관 행세를 하며 수령을 임의로 출척한 점, 강상지변을 일으켰다면 실제로도 서자였을지 모른다는 점, 단순범죄가 아닌 반국가적 사범이었다는 점 등이 실록과 소설에서 유사하다. 임형택, 위의 글 참고.

12) 1981년 동국대 한국문학연구소에서 방대한 문헌설화집을 영인하는 과정에서 당시 소장이었던 김기동이 「계서야담(溪西野談)」·「해동이적(海東異蹟)」(보[補])에 나오는 설화를 분석하여 「홍길동전」을 역사소설로 규정한 바 있었다. 김기동, 「홍길동은 실존인물」, ≪소설문학≫, 1981. 6, pp.196~205.

13) A. C. 가스리, 「역사소설의 방법」, F. 브라운 편, 『20세기 문학평론』, 김수영 외역, 대문출판사, 1970, p.273.

22

의 문제를 그닥 중시하지 않았다.

허균이 살았던 당대는 선조와 광해군 때였고 주지하듯이 이 시기는 조선조 역사상 최대의 난세였다. 조국 강토가 전마의 아수라장으로 변했던 상황에서 그는 홍길동이란 과거 인물을 통해 17세기초 한국사회의 현실을 조명하고 비판함으로써 소설의 적극적인 기능을 수행했던 바 자신의 정책적 대안에 다름없는 경제질서와 신분질서의 개편 문제를 자신의 작품을 통해 제기했다. 당시 민중사회의 궁핍은 물질적 분배의 정의를 보다 절실하게 요청하기에, 또 만성적인 계층분리와 적서차별은 정신적 인격의 보상을 요구하기에 이르렀다. 신분상으로 천생(賤生)인 자가 입신하려는 기회가 근본적으로 박탈당한 이 경우는 가장 사악한 이땅의 율법이었다. 그는 사회적 개선이 없는 한 현실적 위기를 타개할 수 없다고 믿게 되었고, 결국 「홍길동전」을 통해 경제적으로 활빈(活貧)의 주제를, 신분상으로는 인격실현의 주제를 드러냈던 것이다.

하늘이 만물을 내시매 오직 사람이 귀하오나 소인에게 이르러는 귀하옴이 없사오니 어찌 사람이라 하오리까.[14]

이 진술은 홍길동이 그의 부친에게 삼가 진언한 말이지만, 작자 허균의 마음 속에 투영된 것, 혹은 민중적 경험의 총화를 대변한 것에 다르지 않다. 여기에서, 오늘날의 우리는 한국문학사에서 근대적인 가치관으로 전환하려는 새로운 눈이 최초로 뜨인 셈이 됨직한, 그리고 중세질서 해체의 서막에 상응하는 전진적 사상을 엿볼 수가 있는 것이다.

---

14) 「홍길동전」의 인용문은 장지영의 정음사판(1964)을 텍스트로 선정, 원문을 현대어로 고쳤다. 이하 같음.

길동이 자호(自號)를 활빈당(活貧黨)이라 하여 조선 팔도로 다니며 각읍 수령이 불의로 재물이 있으면 탈취하고 혹 지빈무의(至貧無依)한 자 있으면 백성을 침범치 아니하고…….

이상과 같이 자아를 둘러싼 세계와 대결하려는 것은, 서사문학에 있어서 지선한 도덕의식의 소산이다. 그 행위는 참된 것이며, 또한 아름다운 것이다. 세계와의 격투에서 성취해야 할 활빈과 인격 실현은 홍길동에게 숙명적으로 부과된 과제이다. 즉 소외되고 버려진 존재로서 자기 존재를 확인하려는 것은 오로지 세계에 대한 장엄한 항거일 뿐이다.

그러나 그것은 기약없는 승리여서 그의 생의 파란은 필연적일 수밖에 없다. 소설에 그려진 홍길동의 인간상이 조선조 전기적 유형의 여타 소설과 현저히 구별되는 것도 바로 이 때문이다. 김열규가 그를 하자있는 인물의 유형으로 본 것도[15] 이러한 문맥에서 이해될 수 있다. 즉 서구 이론에 의하면 가치 훼손의 상황에서 새로운 삶의 의미를 탐색하기 위해 길 떠나는 문제적 개인이 아닐 수 없다.

네 무산 연고(緣故) 있관대 어린 아해 집을 버리고 어데로 가려하는다?
길동이 대(對) 왈
날이 밝으면 자연 아르시려니와 소인의 신세는 부운(浮雲)과 같사오니 상공의 버린 자식이 어찌 방소(方所)를 두리잇고 하며
쌍루(雙淚) 종회(縱橫)하여 말을 이루지 못하거늘…….

그럼에도 불구하고 그는 현실을 철저히 진단하고 개선시키기에,

---

15) 김열규, 「한국문학과 인간상」, 『한국사상대계』 1권, 성균관대 대동문화연구원, 1973, p.298.

24

또는 중세적 세계질서와 적극적으로 대결하는 데 너무나 미력했고 고독했다. 결과적으로 그의 행동은 혁명적 역모에 나아가지 못했고 단순한 민요(民擾)에 불과했고 환상의 천년왕국을 건설하려는 헛된 욕망의 전조였다. 이 점은 소설의 행동적 주체인 홍길동과 함축된 작가정신이 지닌 현실인식, 세계인식의 한계를 여실히 드러내는 증좌이다. 그는 기존의 질서를 얼마큼은 인정함으로써 타집단으로부터 선점당한 기득권을 보상받는다. 서자인 그가 군도의 수괴의 신분으로 일국의 병조판서라는 반열에 들어설 수 있었던 것은 제도권 내에서 입신양명을 성취한 경우라 하겠다. 여기에서 멈추지 않고 율도국 왕이 되기까지의 일련의 신분상승은 영웅의 일대기에서 흔히 볼 수 있는 지상 최대의 복락을 실현하고 향유하는 과정인 것이다. 이 점은 '군부(君父)의 명을 거역하여 불충불효(不忠不孝)하면 어찌 세상이 용납하겠는가'라는 유교적 도그마를 수용한 홍길동 혹은 허균 자신이 지닌 신민(臣民) 공동체관의 한계와 나란히 서는 것이다.

신은 아비 국은을 많이 입었사오나 신이 어찌 감히 불측한 행사를 하오리까마는 신은 본대 천비소생이라 그 아비를 아비라 못하옵고 그 형을 형이라 못하오니 평생 한이 맺혀삽기로 집을 버리고 천당(賤黨)에 참예하오나 백성은 추호 불범(不犯)하옵고 각읍수령이 준민고택(浚民膏澤)하는 이제 십 년을 지내면 조선을 떠나 가올 곳이 있사오니……

홍길동은 자신의 힘으로 태평성대가 이룩되었음을 은연중에 착각하고 있다. 그의 또 다른 길떠나기의 끝간 데에는 율도국이란 유토피아가 있다. 그러나 그의 환상적인 터잡기는 집단적 인간 실존에 대한 현실적 구체적 탐색의 결핍을 반증한다.

인간에게 있어서 유토피아적 의식이란 무엇이겠는가. 아마도 고되고 한된 삶의 질곡을 벗어나 보다 나은 복락을 향유하고자 하는 그리움의 충동일 터이다. 만하임의 표현을 빌자면, 그것은 스스로를 에워싸고 있는 존재와 일치하지 않는 상태에 있는 의식이다.[16] 물론 율도국에의 꿈은 당시 가혹한 사회현실에서 벗어나 이상향적 공동체를 건설하고자 했던 대다수 사람들의 희구가 반영된 정신적 산물이기도 하다.[17] 그러나 이 소설이 행복한 가족적 이기주의로 끝맺고 있는 점은 상호 대립하는 개인과 집단의 이해를 조화롭게 일치시킬 수 있는 근대적 사회사상으로 결코 볼 수 없다. 경세적 대안이 부족한 동양적 별천지 사상의 하나일 따름이다.[18]

요컨대 이 소설에서 자아와 세계 간에 화국(和局)을 거부한 갈등 양상을 홍길동의 집떠나기로 보여준 바는 조선시대의 소설에서 거의 찾아 볼 수 없을만치 독특한 것이어서 상당한 긍정적 측면도 무시되거나 간과될 수 없다. 당시의 정황을 감안할 때, 문제아이며 악동(惡童)인 홍길동의 냉엄한 결단이 아니고서는 도저히 세계와 화해할 수 없다는 생각에 이를 수가 없었을 것이다. 그러나 소설의 주제적 이면에 전기적 환상과 결부된 영웅주의를 머금으면서 제도권 이념과 타협하며 현실을 도피한 점은 역사를 구체적 현실의 전사로 적극적으로 파악하지 못한 한계, 일종의 역사소설로서 「홍길동전」이 지닌 현재성의 한계를 단적으로 말해주고 있다.

「홍길동전」의 작가 허균은 현실적으로 거의 실현불가능한 환상의 천년왕국을 헛되이 세우려고 했던 만큼이나 당대 현실을 적극적으로

---

16) K. 만하임 저, 『이데올로기와 유토피아』, 임석진 역, 지학사, 1979, p.257.
17) 신용하 편, 『공동체이론』, 문학과지성사, 1985, p.208.
18) 최근의 학설에 의하면, 이상향으로 그려진 율도국을 오키나와로 보는 경향이 있다. 관군에게 쫓기게 된 홍길동이 오키나와에 와서 해상왕국을 건설했다? 그럴 듯한 가설이긴 하다. 오키나와에 영웅으로 구전된 이의 별명이 홍가와라(洪家王)라고 하지 않은가? 그러나 사실 해명의 유혹에 대한 금욕적인 절제가 필요한 것이다. 오늘날의 삶의 현장에 관여 할 수 있는 주관적인 해석이 없는 사실의 해명은 무슨 소용이 있으랴.

개량하고 개선하려는 실천주의자가 되기에는 여러모로 미흡했다. 이에 관한, 다소간의 부정적인 견해는 해방기의 국문학자 정진석(鄭鎭石)의 경우에서도 확인된다. 그는 홍길동전의 양면성을 보았던 것이다. 즉, 「홍길동전」의 열화 같은 반항 정신을 인정하면서도 학정(虐政)을 감수하는 체념의 소지에 대해 못마땅하게 여겼다. "세상사를 생각하니 풀끝에 이슬 같도다. 백 년을 산다 하나 이 또한 부운(浮雲) 같도다……." 이러한 나약한 상념은 피압박 계급의 물질적 조건을 제시하지 못한다. 그에 의하면 「홍길동전」은 해방의 역사적 조건보다는 미래 사회의 공상적 조건만을 강조한 것에 지나지 않았다.[19] 그는 '금일(今日) 조선에 팽배한 혁명적 열의'[20]에 알맞은 인민적 영웅을 대망하고 있었다. 신비적 영웅을 보내고 인민적 영웅을 맞이하는 것은 해방기의 역사적 현재성(효용성)이기 때문이다. 결국 우리들에게 연상되는 허균에 관한 인상은 기존과 현존의 질서를 철저히 변형시키지 않고서도 행복에의 약속을 저해할 모든 욕망이 제거되기를 꿈꾸는 로망서(romancer)일 뿐이라는 사실이다.

5. 임꺽정[林巨正], 풍속 재현과 삽화적 성격

영국 중세기의 전설적 인물 로빈 후드(Robin Hood)는 전설·민담·민요 등의 소재로 여러 차례 되풀이 되어 왔던 인물이었다. 그에 관한 역사적 실존 여부의 논란에도 불구하고, 많은 이들에게 12세기 내지 14세기 사이에 실재한 사람으로 믿어져 왔으며, 19세기초에 이

---

19) 정진석, 「조선문학론: 홍길동전에 나타난 반항과 체념」(민족문화, 제3집, 1947.4), p.77, 참고.
20) 정진석, 「영웅의 교체」(신조선, 1947.2), p.17.

르러서는 W. 스코트가 「아이반호 Ivanho」라는 역사소설에 그를 등장시켰다. 송강(宋江)을 맹주로 한 양산박 108인의 영웅담도 역시 송대의 실화를 바탕으로 명대에 이르러 「수호지」로 소설화되었다.

이와 같이 공식문화로부터 이탈해 집단 난행을 주도한 반영웅(anti-hero)은 우리나라 역사에도 적지 않았다. 성종 때 김막동(金莫同), 연산군 때 홍길동(洪吉同), 명종 때 임꺽정, 선조 때 길삼봉(吉三峯), 숙종 때 장길산(張吉山), 영조 때 영남의 박필영(朴弼英), 호남의 김직과 위든고쵸, 순조 때 홍경래(洪景來) 등을 대표적으로 예거할 수 있다. 대체로 서얼·백정·광대 등의 불우한 신분이었던 이들은 사회로부터 상대적 박탈감을 뼈저리게 체험하게 되고, 결국에는 높낮이가 없는 인간다운 살판을 마련하고 이룩하기 위해 힘겨운 투쟁을 선도하기에 이른다. 그것은 보수적인 중세 질서에 대한 고독한 항거였다. 공식문화의 기록에는 이들을 강도(强盜)·천괴(賤魁)·할적(黠賊) 등으로 표현되어 있고, 그 난의 형태는 단순한 민요사건에서 전면적인 민중 전쟁의 상태에까지 이르렀다.

그 중에서도 가장 문학적으로 거듭해서 널리 반영된 예는 임꺽정과 임거정사(林巨正事)의 경우이다. 산중 게릴라 부대의 국지적 변란이면서도 상당 규모의 국가적인 초미(焦眉)의 비상 사태였던 이 사건은 구전문학적 영역을 제외시킨다면 대체로 세 가치 층위의 서사물로 기술되어 왔다. 임꺽정이라는 역사적 인물이 문학적 인간상으로 부조(浮彫)되고 꾸며지기까지 관찰사료인 왕조실록에 주로 기록된 임거정사(林巨正事), 그 이후 여러 야사집에 기록된 임꺽정 설화, 1930년대 홍명희가 조선일보에 대하소설로 연재함으로써 근대역사소설로 길트기를 시도한 이래 조영암, 최인욱, 조해일, 유현종 등의 직업소설가에 의해 창작된 임꺽정계 소설로 정착되는 과정을 겪게 된다.

(1) 임거정사 　　(林巨正事)	당대의 역사기술물	명종실록(明宗實錄)
(2) 임꺽정 설화	야사적 성격의 개인 저술물	남판윤유사(南判尹遺事), 성호사설(星湖僿說), 열조통기(列朝通記)
	문헌설화집	기재잡기(寄齋雜記), 동야휘집(東野彙輯), 근기야록(近畿野錄)
(3) 임꺽정계 　　소설	근현대역사소설	홍명희, 「임거정전(林巨正傳)」, ≪조선일보≫, 　　1928~1939 : 『임거정(林巨正)』, 을유문화 　　사, 1948, 전5권 : 『임거정(林巨正)』, 사계 　　절, 1985, 전9권 조영암, 『신임거정전(新林巨正傳)』, 인간사, 　　1958~1961, 10권 최인욱, 「임거정(林巨正)」, ≪서울신문≫, 　　1962~1965 : 『임거정(林巨正)』, 교문사, 　　1965, 전5권 조해일, 『임꺽정에 관한……』, 책세상, 1986 유현종, 「임꺽정傳」, ≪동아일보≫, 1987

　당대 사적에 관한 일종의 보고서인 (1)은 상당량의 기록으로 전해
지고 있으며,[21] 사실 전달의 정확성을 띤 레포타즈(reportage) 형식으
로 기술되어 있다. (2) 역시 사실을 전달하는 기술 방식의 차원을 넘
어서지 못하고 있으나 일정한 서사구조를 갖추고 있다. 임꺽정에 관
해 대체로 부정적인 견해를 갖고 있지만 『근기야록(近畿野錄)』에서는
관점의 변화가 엿보이고 있다. 구연의 적층 과정을 통해 기록화됨으
로써 훗날 (3)의 기술에 정보의 원천으로 활용된다. (3)에서는 임꺽
정과 그 사건을 바라보는 시각을 역전시킴으로써 비교적 소설적인
골격을 갖추고 있다.
　비록 외국인의 평가이긴 하나 임거정사의 성격이 명종조 반란 중
에서도 가장 전형적이고 대규모적인 형태로 지역적 반란이 아닌 조

---

21) 임형택·강영주 편, 『벽초 홍명희 「임거정」의 재조명』, 사계절, pp.312~351 참고.

선 전도에 끼친 적란(賊亂)의 일환으로 지적된 바 있듯이[22] 당시의 임금이 시국의 어려움을 직접 밝힐 만큼 초미의 비상 사태였던 것만은 사실이다. 그 사건은 누적된 통치적 부패상과 경제적 불균등에 대한 저항이었던 점에서 치자의 관점에서는 반감을 가졌겠지만, 서민대중 사이에는 폭넓은 공감을 불러일으켰다. 임꺽정이 쉽게 잡히지 않은 것도 당대 백성들의 내응(內應)과 잠재적 세력의 기반 때문이었다. 조선조 신분구조에서 중간계층에 해당했던 아전(衙前)과 향반(鄕班)은 양반으로 자처하면서 서민들을 수탈했지만, 이 사건은 이러한 중간계층과 폭넓은 연계의식을 맺은 계층운동(class behaviour)이라는 특수성을 띠고 있었다. 이민(吏民)과 두루 결탁한 임꺽정 사건은 중세 신분적 편제의 갈등에 대한 변환의 조짐을 보여준 사건이었고, 후대에 와서 기층민의 심층에 잠재한 욕구불만의 경험이 집단적으로 구현되면서 설화화되기 시작했다.

홍명희의 「임꺽정」은 전래된 임꺽정 설화를 소설적 양식으로 수용하여 재구성한 미완의 대하소설이다. 물론 이 작품의 빛나는 업적을 무시할 수 없다. 작자의 진술처럼 중국이나 구미의 문학적 영향을 받지 않고 조선정조(朝鮮情調)로 일관했고,[23] 또 전통적 맥락에서 서민적 정서를 계승했고, 형식적으로는 강담사에 의해 이야기를 구연하는 재래의 진술 방식을 취했다. 따라서 당대 비평은 이 작품에 대한 찬탄을 아끼지 않았는데, 유례없는 사실적 창작태도,[24] 여러 인물들과 생활상의 만화경 같은 전개,[25] 생활과 풍속과 유풍과 전통에 대한 기억에 보다 세심한 주의를 집중[26]했다는 지적이 있었다. 특히 문장

---

22) 矢澤康祐, 「임거정의 반란과 그 사회적 배경」, 『전통시대의 민중운동상』, 풀빛, 1981, p.137.
23) 홍명희, 「임거정전을 쓰면서」, 《삼천리》, 1933.9, p.665.
24) 이원조, 「임거정에 관한 소고찰」, 《조광》, 1938.8, p.261.
25) 임화, 『문학의 논리』, 학예사, 1940, p.356.
26) 박종화, 『월탄문학선』, 수도문화사, 1952, p.16.

이나 문체를 우리말로 다루는 솜씨가 사뭇 탁월해 "조선어휘의 대언해(大言海)"(이효석), "조선어의 풍부한 보고(寶庫)"(김상용), "조선어와 생명을 같이 할 천하의 기서(奇書)"(이광수) 등의 찬사를 받을 만큼 동시대 문인들조차 묘사적 기술의 측면을 크게 인정했다.[27]

그런데 작가의 정치적 행적 때문에 금제의 그늘에 묻혀 있다가 근래에 와서 해금 분위기에 편승하여 비로소 새로운 빛을 발하고 있는 이 작품에 대한 저간의 평가는 과대평가의 차원을 넘어 일방적인 상찬의 극점에 도달하고 있다. 즉 동서양을 막론하고 역사소설이 보여줄 수 있는 최고의 전범(典範),[28] 근대민족문학의 최대성과[29] 등의 극찬이 일례이다. 그 원인적 조건은 금서로서 오랫동안 지하로 유통되어 오히려 신비화되고 전설화되었던 점에 있는 것 같다. 월북작가들의 해금작품에 대한 본격적인 논의와 평가가 성숙해가는 차제에 무엇보다도 우리에게 절실히 요청되는 바는 정당한 가치평가에 이를 수 있는 면밀한 읽기와 분석이리라. 극단적인 예단과 선입견은 반드시 피해야 할 것이며 독자들의 집단무의식에 축적된 풍문을 극복하는 금욕적 자세도 상당히 필요한 것이다. 따라서 최근에 행해진 정호웅의 평가가 오히려 온당해 보인다. 그는 당대 민중들의 고난에 찬 삶의 총체성을 보여주지 못하고 몇몇 영웅적 인물들의 비범한 활약상을 그리는데 그침으로써 당시 우리 소설사가 도달한 높이에 미달하는 작품이라고 논평한 바 있다.[30]

그러나 홍명희의 「임꺽정」이 지니고 있는 역사적 현재성이 얼마만큼이나 시의(時宜)의 적절함을 획득하고 있는가 하는 예리한 판단이 이 작품을 이해하고 평가하는 데 있어서 더 중요한 문제의 핵심이 된

---

27) 「약동하는 조선어의 대수해」, ≪조선일보≫, 1939. 12. 13.
28) 임형택·강영주 편, 앞의 책, p.16.
29) 박희병, 「근대문학의 주체적 인식과 분단의 극복」, ≪창작과비평≫, 1989.봄, p.388.
30) 정호웅, 「벽초의 임거정론」, ≪문학정신≫, 1990.9, p.75.

다. 우선 무엇보다도 이 작품의 장처는 인물의 설정과 성격의 창조에 있다. 당시 널리 유행하던 역사소설의 인물이 주로 왕후장상의 반열에 속해 있음에 반해 역사로부터 임꺽정을 취재했던 점은 중세사회의 심화된 모순을 인식하는 데 당시로서는 상당히 의미있는 척도가 되었다. 그가 비록 신분상으로는 최하층에 머물었을지라도 군도의 행수로서 낙오계층의 리더가 되어 사회적 편견의 벽에 도전했다. 소설에 수용된 임꺽정은 신비로운 초자연적 행동과 능력을 지닌 홍길동이나, 그밖에 낭만주의 천재적 개인으로 출장입상(出將入相)하여 일신의 행복을 누린 고전소설의 상투적 인물과 근본적으로 다르다. 홍길동이 끝내 공훈에 의해 차별의 품계가 부여된 종신(從臣)계급에 편입될 만큼 그의 능력을 인정받았지만, 임꺽정은 오히려 세계질서와의 화해를 거부한 그리고 능력이나 인격 면에서 결함과 한계를 지닌 인물로 꾸며졌다. 당시 춘원과 동인의 역사소설에 나타난 인물들이 신화적으로 윤색된 수의(壽衣)를 입게 되었지만, 임꺽정의 비참한 죽음은 본질적으로 영웅으로서 비장하고 장엄한 죽음으로 덧칠될 수 없었다. 물론 어떠한 지위와 운명을 지닌 인물을 설정하느냐가 중요하지 않고, 현재적 상황에서 절실한 관심거리가 됨직한 인물, 요컨대 역사화된 인격의 적실성 여부가 무엇보다도 중요하다. 예컨대 이광수의 「원효대사」도 작자의 자기 변호 내지 심리적 변상의 도구로 사용화(私用化)하지 않고 우리 민족의 가장 원초적인 생활상을 그려내고 민족저항운동의 좌표를 제시하는 한 방편으로 삼았더라면 민족문학의 고전이 되었을지도 모를 일이다.[31]

홍명희가 당시 상황으로 보아 훨씬 역사화된 인격에 초점을 둔 임꺽정을 설정했음에도 불구하고 이 소설이 지닌 취약점과 문제점도

---

31) 백낙청, 「역사소설과 역사의식」, ≪창작과비평≫, 1976.봄, p.40.

간과되지 않을 수 없는 것은 제도권 질서를 혁파하려는 임꺽정의 마음 깊이에는 사사로운 감정이 개입되어 있기 때문이다. 미상불 그의 행동은 상대적 박탈감에 따른 사회적 불만에서가 아니라 개인적 콤플렉스를 해원하는 차원에서 비롯되고 있음을 확인할 수 있겠는데, 이 점은 물론 사회의 혁파를 겨냥한 객관화된 신념으로 볼 수 없을 것이다.

꺽정이가 옥에 있을 때, 분통이 터질 것 같아서 전후불고하고 옥을 깨치고 뛰어나가려고 하는 것을 돌이가 죽기로 말리어서 꺽정이는 억지로 숨을 죽이고 있었으나 목사를 미워하고 세상을 미워하는 생각은 뼈에 깊이 새기어졌다.[32]

꺽정이는 백정의 자식으로 아이 적부터 창피를 보고 설움을 받은 것이 뼈에 맺힌 까닭에 천참막륙할 도둑놈이란 말은 오히려 웃고 들을 수가 있어도, 백정놈의 자식이란 말은 듣기만 하면 언제든지 온몸의 피가 일시에 끓어 올랐다.[33]

문헌에 반영웅적 악한으로 기록된 임꺽정이 소설에 이르러 이처럼 세계와의 화해를 거부한 문제적인(problematic) 자아로 정착되기까지 빈자들에게 상징적 구원자 혹은 투사의 전형으로 연상되어 왔음에도 불구하고 청석골 집단의 이념적 비젼, 이타적 정신의 결핍을 지적하지 않을 수 없다. 이러한 점을 감안할 때 홍명희의 「임꺽정」은 풍속 재현에 머문 소박한 소재주의 때문에 식민지 당대 독자들의 절실한 '기대지평'을 만족시키지 못했다.

---

32) 홍벽초, 『임꺽정』 3권, 사계절, 1985, p.97.
33) 홍벽초, 위의 책 8권, p.146.

소설에서 자아는 세계의 질서를 거부하고 세계는 자아의 요구를 거절한다. 이 때 당대의 사회상에 불만하는 문제적 개인은 조화롭지 못한 반목의 눈길로 세계를 바라본다. 김시습의 신세모순이나 허균의 불여세합이 이에 근거로 하고 있다. 그런데도 여기에서 임꺽정은 개인적인 능력과 기질은 다소 미화되고 있으나, 사회적 인격으로서 성격상의 결함과 한계에 직면하고 있다. 그도 그럴 것이 사사로운 비분만으로는 공중적 가치를 만족시킬 수 없기 때문이다.

이튿날 조사 끝에 비로소 장물에 대한 꺽정이의 초사를 받게 되었는데 군수는 꺽정의 인물이 사내답게 생긴 것을 보고 백정의 자식으로 난 것을 아깝게 여기는 마음이 없지 않았다.[34]

요컨대 홍명희의 「임꺽정」은 당대의 사회상 즉 1930년대 구체적인 민족현실을 적절하게 인각(印刻)하지도 함축하지도 못했다. 말하자면 임꺽정은 당대 민족의 이익을 대변하는 민족지도자로 일제에 실천적으로 저항한 독립운동가로 사회주의 혁명의 영웅적 전사로도 연상되지 않는다. 그것은 바로 역사적 현재성의 저위 수준을 가리키고 있다. 따라서 당대 독자들로 하여금 역사적 상위(相違)의 대조적 경험을 통해 고양될 수 있는 삶의 질감이나, 역사를 새롭게 해석함으로써 창조되는 주체적 현실에의 간절한 기다림을 적실히 느끼게 하지는 못했던 것이다.

당병의 한 떼가 노략질을 마치고 돌아오는 것이다. 당나라 장수 소정방은 마지막 승전을 하자 군사들에게 며칠 말미를 주었다. 〔…중략…〕 지금

34) 홍벽초, 앞의 책 6권, pp.209~210.

까지 군율에 얽히어 굶주림도 참고, 죽음도 무릅쓰고, 더구나 불같은 수
욕(獸慾)도 눌렀지만, 한번 말미를 얻은 다음에야 저희들 판이요, 저희들
세상이었다. 〔…중략…〕 우리를 박차고 뛰어나온 사나운 짐승의 떼와 같
이, 그들은 방방곡곡으로 눈에 불을 켜고 쏘다녔다.[35]

이 내용은 현진건의 「흑치상지」(1939~1940)에서 따온 것으로, 홍
명회의 「임꺽정」과 비슷한 시기에 쓰여진 역사소설이다. 백제 고토
의 회복이라는 역사적 명제를 실현하고자 했던 흑치상지의 표정 속
에 일제하 조국독립, 주권회복의 목표의식을 은연중에 머금고 있다
는 점에서 작자의 함축된 정신은 역사적 현재성의 시각에 충분한 근
거를 두고 있다. '우리를 박차고 뛰어나온 사나운 짐승의 떼'란 당나
라 군사이기 보다는 기실은 현실에 대입된 일제의 군대를 일컫는다.
이 작품이 신문에 연재되던 초반부터 총독부의 검열로 중단당한 점
은 더욱이 대륙침략에 박차를 가하던 시점을 감안한다면 극히 당연
한 귀결이 아닐 수 없다. 이 소설이 비록 풍속의 사실적 재현이란 문
맥에서 홍명회의 「임꺽정」이 지닌 수준에 전혀 미치지 못한다 하더
라도 흑치상지라는 역사적 인물을 통해 조국독립이란 역사적 현재성
을 추구했던 점은 상당한 시의성을 획득한 의의 있는 일이었다.
　홍명회 이후에도 몇몇 작가들이 임꺽정을 역사소설의 인물로 변형
을 거듭 시도해 보았으나, 역사의식을 부과하는 열정이나 정신적 치
열성에 있어 그를 뛰어 넘어 서지 못했다. 거개 오락적 수준에 머문
인상을 주었으나, 다만 조해일의 「임꺽정에 관한 일곱 개의 이야기」
를 예외적으로 주목할 수 있겠다. 이것은 1973년에서 1986년까지
13년에 걸쳐 7편의 단편을 묶은 연작소설집이다. 홍명회의 웅대한

---

35) 현진건, 「흑치상지」, 『한국역사소설문학전집』 3권, 을지문화사, 1975, p.317.

스케일에 비하면 왜소하기 짝이 없는 소품에 불과하다.

그러나 조해일의 것은 홍명희와 전혀 상반된 관점과 입장을 드러내고 있다. 홍명희가 『기재잡기(寄齋雜記)』에서 창작 동기를 얻었다면, 조해일은 『근기야록』에서 취재했다. 임꺽정에 관한 대부분의 야담과 설화에는 민요의 수준 정도로 파악했지만, 『근기야록』만은 반대의 시각에서 바라보고 있다. 이를 소설로 재현한 조해일의 「임꺽정에 관한 일곱 개의 이야기」는 이 사건을 임꺽정이 왕권에 도전할 의사가 있었던 역모로 보고, 또 그를 혁명적 인간상으로 격상시키고 있다. 두번째 이야기에 남치근이 임꺽정을 문초하는 과정에서 서로 논쟁을 벌이는 내용이 기술되어 있다.

> 남치근: 거 참 가당찮은 놈이로구나. 네 놈은 그럼 임금 조차 부정하단 말이냐?
> 임꺽정: 임금이라고 어디 다 임금인 줄 아느냐? 눈앞도 가리지 못하는 임금이 무에 임금이냐? 백성 굶주려 죽는 사정은커녕 눈앞의 간신배도 분간할 줄 모르는 임금이 그게 무슨 임금이냐?
> 남치근: 그놈 도적인 줄만 알았더니 큰 역적놈이로구나. 그럼 네놈은 도당이 커지면 임금까지 치려 들었겠구나.
> 임꺽정: ……궁극엔 너의 임금이란 자도 쫓아내려 했었다.[36]

이 대화는 조해일의 「임꺽정에 관한 일곱 개의 이야기」 전편을 지배하는 핵심부분이다. 여기에서 임꺽정상의 새로운 변형을 엿볼 수 있다. 그런데 임꺽정이 영남 선비 김청생과 논쟁하는 여섯번째 이야기도 흥미롭다. 그 쟁점은 불의를 꺾는 힘의 명제와 천부의 인명을

---

36) 조해일, 『임꺽정에 관한 일곱 개의 이야기』, 책세상, 1986, p.37.

중시해야 한다는 상충된 논리에서 비롯한다. 여기에서 비록 임꺽정이 뜻을 굽히지 않았지만, 내심으로 김청생의 생각을 일면 수긍하게 된다. 이 점은 두 작가가 바라본 임꺽정관의 차이를 노정한다. 조해일은 만용의 역사(力士) 이미지를 보여준 홍명희의 관점에서 벗어나 그를 사려 깊은 현자의 이미지로 변모시키고 있다.

조해일의 임꺽정 이야기가 본보기로 삼고 있는 것은 벽초의 임꺽정이다. 벽초의 임꺽정이 의협심 강한 무식한 장사이며, 그와 그의 형제들, 수하들을 지배하고 있는 것이 예언, 운명, 점…… 등의 민간신앙이라 한다면, 조해일의 임꺽정은 새로운 불의없는 사회를 만들기 위해 현인, 용사들을 구하려 다니는, 그러나 실패하는 건국주에 가깝다.[37]

이와 같이 조해일의 작품은 홍명희의 것에 비해 여러 가지 가치면에서 필적하지 못하지만 상대적인 짝은 될 수 있다. 조해일의 그것은 홍명희를 전제로 없는 이야기를 보충적으로 덧붙인 삽화적 성격의 연작이기 때문에 소설에 대한 소설이며 세계에 대한 또다른 해석이 되는 셈이다.[38] 이 소설이 쓰여진 13년 간은 언론이 탄압되고 지식인이 수난을 겪던 정치권력이 집중화된 시대이다. 말과 지성이 권력과 법제 앞에 무력하게 뒤틀린 세계는 불의와 부정에 항거한 임꺽정의 존재가 돋보인다. 지식인의 한계가 여실히 드러난 사회는 진정한 민주사회가 아니기 때문이다. 진정한 민주사회는 임꺽정을 요구하지 않는다. 이러한 맥락은 조해일의 임꺽정관이 지닌 최소한의 현재성이지만 그 의미는 실로 미약한 것에 불과했다.

---

37) 김현, 「덧붙이기와 바꾸기」, 조해일, 앞의 책, p.137.
38) 김치수, 「비극적 영웅상의 창조」, ≪한국일보≫, 1987.3.12.

　그럼에도 불구하고 임꺽정은 오늘날에까지도 유용성이 있는 문학적 인간상으로 부각될 여지로 남아 있다. 말하자면 그는 민중적 정서의 전통을 올바르게 계승함으로써 획득될 통시적 연속성의 현재성과 남과 북이라는 정치적 분단상황을 극복하게 하는 공시적 연속성의 가치 개념을 동시에 충족시킬 수 있는 살아있는 인간상이다. 살아있음이란 바로 역사화되었음을 의미한다.

　홍명희의 「임꺽정」은 문학사의 시간적 연속성을 탁월하게 구현한 문학사적 기념비가 된다. 민요의 재래적인 율격과 김소월 시의 율격, 내간체 문학의 정서와, 만해(萬海) 시 여성화자의 심층에 투영된 근대적 변용의 정서, 판소리계 소설의 '아니리'조(調)와, 채만식의 문체적 변동양상으로서의 풍자 등등이 문학사의 시간적 연속성을 확인시켜 주는 표지일 수 있다면 홍명희의 그것은 더욱 규모가 방대하며 한층 의미도 깊다. 홍명희의 소설은 '연의담'유의 역사기술(historiography)의 전통에 입각한 서사양식, 수의적 한담(隨意的閑談)의 비논리적 통사구조 전통에 근거한 서사양식이라는 점에서, 근대문학 속에서의 탈서구적 지향성을 띠고 있다.

　홍명희의 「임꺽정」이 문학사의 시간적 연속성을 확인시켜주고 있을뿐만 아니라 '공간'이라는 부가적(附加的) 가치개념을 일찍부터 인식함으로써 전망과 통찰력과 통합론적 안목을 보여주었고, 또 그럼으로써 연속성 개념의 중층 구조를 체계적으로 이해할 여지를 던져주었던 것이다. 문학사도 이를테면 '시공(時空) 연속체(space-time continua)'로서의 문학사에로 깊이 인식해야 하며, 또한 그 기술방법론의 대안적 모형도 구상해야 한다.

　역사 인식에 있어서나 역사 기술에 있어서 이른바 연속성의 문제는 이 개념이 지닌 의미의 진폭으로 인해 매우 섬세한 성찰을 요청하곤 한다. 이런 점에서 볼 때, 홍명희의 「임꺽정」이 과거와 현재의 정서적인 교감을 연결시켜주고 남북한 문학의 이질성을 극복할 수 있는 가장 유력한 텍스트인가 하는 물음에 다가서게 된다. 한마디로 말해, 그 물음은 진지하며, 또한 문제적이다. 하나, 그것이 미흡한 것은 자명하다.

6. 장길산(張吉山), 구세주의에의 환각과 탈역사성

조선 후기의 실학자였던 이익(李瀷)은 홍길동과 임꺽정과 장길산을 같은 계열의 인물로 본 최초의 사람이었다. 그는 자신의 저서 『성호사설』에서 홍길동은 오래 전의 일이므로 그 실정을 잘 알 수 없고, 임꺽정은 결국은 잡혔지만 아전들과 은밀히 내통하여 잘 잡히지 않았으며, 장길산은 온 나라가 온갖 힘을 기울여도 끝내 잡히지 않았음을 개탄한 바 있다.

自古西道多劇賊有洪吉童世遠不知如何至今入丏兒盟辭至. 明廟時林巨正爲最其人本楊州民也. 自畿甸至海西一路胥吏與之密契官欲捕之輒先洩之. 〔…중략…〕 蓋三年之間發數道兵僅能捕一賊而良民死者無數. 後肅廟之世黠賊張吉山出沒於海西. 道中吉山本倡優喜筋斗者勇捷異常遂爲窩主. 〔…중략…〕 發諸郡兵各守要略乘夜入則賊已詞知迎而醜辱遂逃無迹. 後又名出丙子逆招竟不知少終也. 〔…후략…〕[39]

예로부터 서도에는 큰 도적이 많았는데, 그 중의 홍길동은 세대가 멀어 어떠한 일을 했는지 잘 알 수 없고, 지금에 이르기까지 저자 아이들의 맹

---

[39] 이익, 『성호사설』(영인본), 5권 인사문, 「임거정조」.

세하는 말에 들어 있다. 명종 때 임꺽정은 당대 최고의 도적이었고, 본디
양주 백성이었다. 경기에서 해서에 이르기까지 한길로 아전과 은밀히 내
통하여 관에서 잡으려 해도 즉시 먼저 누설되었다. 〔…중략…〕 3년 간 일
개 도적을 잡기 위해 몇 도의 군사를 징발해 겨우 잡았을 뿐인데, 한 도적
때문에 무고한 양민이 수없이 죽었다. 그 후 숙종 때 활적 장길산이 해서
에 출몰하였다. 도중(道中)의 길산은 본디 광대로서 곤두박질을 잘하는
자였다. 용맹하고 민첩하기가 비상해서 마침내 도적의 우두머리가 되었
다. 〔…중략…〕 여러 고을의 군사를 동원하여 각각 길목을 지켜 밤을 틈
타서 쳐들어 갔는데, 적들이 이미 알고 나와 욕설을 하고는 도망쳐 자취
를 감추어 버렸다. 그후 병자년(1696)에도 역적의 초사(招辭)에 그 이름
이 나왔으나 끝내 종적을 알 수 없었다.

이 세 사람은 모두 불우한 조건에 처한 사람들이었다. 홍길동은 서
자였던 듯하며, 임꺽정은 백정, 장길산은 광대였다. 공식문화의 시각
에서 볼 때 이들은 기존 체제에 저항한 군도의 행수에 불과하며 국가
의 소요를 일으킨 범법자이다. 이익의 관점도 앞에서 본 바와 같이
공식문화의 테두리 밖으로 크게 벗어나지 못했다. 그러나 그들이 빈
자와 약자의 편에서 행동했던 무용담은 구전으로 설화화되는 과정에
서 비극적 영웅상으로 부조되고 민중의 구원자로 추억되고, 끝내는
소설적 허구의 장치 속에 수용되기에 이르렀다.

정만일이 내주는 단검으로 시동이도 손가락을 베었고, 그들은 같은 잔
에 섞인 피를 조용히 마셨다.
정만일이 잔을 들면서 말하였다.
홍길동과 임꺽정의 이름을 빌어 맹세한다. 서로 배신하지 아니하고 사
는 것과 죽는 것을 함께 한다.

나중에 시동이가 그가 중얼거린 말 가운데 길동과 걱정이란 또 무어냐
고 물으니, 정만일은 경기도 일대의 난전 무뢰배들 사이에서 널리 알려진
맹사(盟辭)라고 가르쳐 주었던 것이다. 시동이도 소시적에 노인들의 한담
가운데 여러 번 들었으며 나중에 경강이나 배오개의 봉놋방에서 투전을
벌이거나 술 한 잔 먹으며 옛말 삼아 나오는 얘기들을 들었던 터였다.

해서 대적 장길산이는 아는가.

시동이가 모른 척하고 물으니, 정만일은 더욱 아는 체를 하였다.

요즈음 길산이 이름 모르는 자가 어딨나. 관군이 구월산을 이 잡듯이
토포했어도 못 잡았다던데, 금강산에서 수도하여 축지법도 쓰고 신병(神
兵)을 부린다더군.[40]

이 짧막한 삽화는 서양 연극에서 보는 극중극의 효과만큼이나 집
약적이다. 장길산의 초인적 행적은 전대의 홍길동, 임꺽정과 더불어
시정의 맹사에 올려지게 되고 관에서도 속수무책일 만큼 영웅적이
었다.

역사적 실존인물로서의 장길산에 관한 사회과학적 연구는 국사학
자 정석종의 저서인 『조선후기사회변동연구』(1983)에서 시도된 바
있었다. 이 책은 사회 변동 양상의 관점에 따라 조선 후기 민중운동
사와 기층민의 동향을 심층적으로 분석하고 실증적으로 서술한 연구
서이다. 연구 자료로 거의 이용된 바 없었던 죄인들의 공초 기록인
추안(推案)과 국안(鞫案)을 통해 당대 사회상의 전모를 파악하고자
했던 점은 상당히 독창적이며 학구적이다. 그 중에서 장길산과 직접
관련되는 논문은 「숙종년간 승려세력의 거사계획과 장길산」·「숙종
기의 사회동향과 미륵신앙」이 있고, 이 저서 밖의 논문으로는 「조선

---

40) 황석영, 『장길산』 9권, 현암사, 1985, pp.269~270.

후기 숙종년간의 미륵신앙과 사회운동」이 있다. 이 논문들을 종합하면 숙종 연간의 장길산 사건은 역사적으로 승려세력 거사계획, 미륵신앙사건, 검계·살주계 사건과 관련되어 있다.[41] 물론 여러 갈래로 얽혀 있는 기층민의 동향이 황석영의 소설 「장길산」에도 반영되어 있다.

장길산의 본거지가 구월산이었던 점은 임꺽정도 터전으로 삼은 전략적 요충지이기도 하거니와 장길산 시대에 있어서의 민중의 신앙적 특징을 암시하기도 한다. 구월산은 한국의 예루살렘이라고 말할 수 있다. 최남선의 표현대로라면 그곳은 반도최고(半島最古)의 역사무대였다. 그에 의하면 구월산은 사위에 거석문화의 유물이 심히 많고, 단군의 신적(神蹟)이 산재해 있으며 고려 이래 불교의 연총(淵叢)이었다. 특히 그가 골짜기를 신룡(神龍)의 굴택이라고 이른다고 말한 것은 무엇을 의미하는가.[42] 용(미리)은 바로 미륵신앙의 상징물이다. 예컨대 향가 「서동요」의 작자인 서동 역시 용의 아들로서 백제계 미륵연기설화의 주인공이다.

불교가 민중과 함께 호흡하면서 민중의 생활의식은 불교적 색채가 짙

---

41) 정석종, 『조선후기사회변동연구』, 일조각, 1983, pp.145~165 참조.
정석종, 「조선후기 숙종년간의 미륵신앙과 사회운동」, 풀빛 편집부 편, 『전통시대의 민중운동·상』, 풀빛, 1981, pp.184~233 참고.
실록과 이영창(李榮昌) 등 추안(推案)에 기록된 숙종의 하교(下敎)에 의하면, 극적 장길산은 율한무비(慄悍無比)에서 제도(諸道)를 왕래하는데 종적을 헤아릴 수 없고 도당이 이같이 번성하여 10년이 지났는데도 아직 잡지 못하고 있으니 그 음흉함을 가히 알 수 있다고 하는 등 장길산의 존재가 국가 공식의 차원에서 논의되었다. '승려거사계획'은 노승 운부를 중심으로 한 승려 세력이 당시 황해도 구월산 중심의 게릴라 부대였던 극적 장길산 부대와 결탁하고, 또 경중(京中)의 중인과 서얼의 지지를 얻어 새왕조를 창립한다는 사건이었다. 또 서울을 점령한 후 여세를 몰아 중원(中原)인 청을 평정한다는 다분히 종교혁명과 농민해방의 성격을 띤 전대미문의 거사계획이었다. '미륵신앙사건'은 당시 민중들이 정신적으로 의지하고 있던 미륵이란 초월적인 힘으로 평등한 이상사회를 구현한다는 사건이었으며, '검계·살주계 사건'은 비밀결사의 테러 집단인 검계·살주계가 사대부와 양반을 암살한 사건이다.
42) 최남선, 「지리편」, 『조선상식』, 동명사, 1948, p.55.

어졌고 이와 함께 민속의 불교화도 가속화되어 불교는 민족문화의 기틀
을 형성하게 되었던 것이다. 이러한 불교의 민속화 내지 민속의 불교화
과정에서 불교신앙·미륵신앙은 민속의 미리신앙 내지 용왕신앙과 습합
되면서……. [43]

　　이러한 미륵신앙이 서민대중의 풍속적인 삶 속에 깊이 뿌리를 내
리면서 장길산 사건과 같은 민중운동의 정신적 배후가 되었음은 물
론이다. 아미타신앙이 지향하는 서방정토가 비교적 지배계층에서 선
호된 낙원이었다면, 미륵신앙이 꿈 꾼 용화(龍華)의 세계는 피지배계
층에 의해 뜨겁게 염원된 낙원이다. 현실은 현저히 타락한 예토이며,
고해로 비유되는 사바세계이다. 이러한 세계에서 순결한 낙토를 그
리워하는 것은 인간사회의 심원한 불교적 정신사의 문맥에서 볼 때
미륵신앙과 같은 불교적 구세주의(救世主義, messianism)는 그 힘이
비록 미약했을지라도 주자학의 한계에 대체되고자 했던 역사의 기운
이었다.

　　조선사회의 주자학 체제에서는 물론 미륵신앙은 아주 소외된 천민계층
의 골짜기에 잔해화한 민간신앙의 미신적 요인으로 퇴화하고 만다. 이같
은 신앙의 비력(非力)은 양반사회 자체의 사화·당쟁과 16세기 왜란 또는
누차의 호란을 겪은 이후에 민중사회의 동태를 촉발시킨다. 그것은 사회
의 부정적 표면에 갑자기 부상함으로써 아직까지 미륵신앙이 소멸되지
않았다는 경이를 자아내게 한다. 이를테면 조선 후기 숙종연대의 미륵비
적, 극적(劇賊) 장길산이 미륵설화의 전통을 이어받아 미륵혁명을 부르짖
고 나서 의적 유격전을 시도한 사실이 최근의 왕실 친국문서에서 밝혀진

---

43) 김상룡, 『한국미륵신앙의 연구』, 동화출판사, 1983, p.184.

것이다. 〔…중략…〕 말하자면 장길산의 미륵신앙은 유교체계에 대한 전
면적 개혁을 목적으로 하여 그것이 여러 민란을 통한 민중의 가지로 형성
된다.[44]

  중세해체기 주자학적 이데올로기에 대응한 지성사의 대안이 실학
으로 나타났다면, 고난에 찬 민중사의 대안은 바로 미륵사상이었다.
그것이 추구한 낙토는 평화롭고 안온한 상생(上生)의 정토가 아니라
고난과 모순이 미만한 현세를 개벽하여 하생(下生)의 정토로 실현시
키려는 것, 즉 지상의 불국토이다. 따라서 미륵신앙이 사회적 총체성
의 기운으로 상승하면서 혁명사상의 다이내미즘이 되는 것은 필지의
사실이다. 역사적으로 미륵에의 환각은 성세보다는 말세에 많았
고,[45] 특히 미륵신앙이 민간풍속과 습합하면서[46] 민중변란사에 적잖
은 영향을 끼쳤다.
  중국의 경우에는 민간에 유포된 미륵신앙이 중국사의 흐름을 크게
좌우해왔다. 13세기말 남종 때 미륵보살이 현세에 명군(名君)으로 나
타나 세상을 개조한다는 민간신앙이 발생했다. 이것이 바로 백련교
(白蓮敎)의 시초이다. 백련교의 난은 일세에만 풍미한 것이 아니라,
원·명·청의 시대를 거치면서 면면히 계승되었고, 그 비밀결사단체
권비(拳匪)도 6세기 간의 전통을 이어 왔다. 누대에 걸친 중국의 민
중들은 백련교의 신비로운 말세관에 호응함으로써 금세기 초까지 이
어온 민중운동사에 직·간접적으로 영향을 끼쳤다. 이른바 '국금(國
禁)의 서'였던 「수호지」도 백련교도의 난에서 힌트를 얻었으리라고

---

44) 표일초, 「미륵신앙과 민중불교」, 정종만 편, 『한국근대민중불교의 이념과 전개』, 한길사,
   1980, pp.357~358.
45) 신라말의 궁예나 고려말의 신돈의 사례를 들 수 있다.
46) 박태순의 「미륵, 그 민중의 묵시록」, ≪예전대학보≫ 91호에 의하면, 마을 수호신 석장승을
   미륵님으로 불렀다든가 미륵당이란 이름의 당집이 있었다든가 미륵바위로 불린 기암괴석
   에 치성을 드렸다는 사례가 도처에 남아있다.

추측된다.[47]

　이상으로 소설 「장길산」을 이해하는 데 도움이 되도록 역사적 실
존 인물인 장길산에 관련된 사회문화적 배경을 필자 나름대로 정리
해 보았다. 천강성(天康星)이 하계(下界)로 내려오고 지살성(地殺星)이
사람으로 화신한다는 「수호지」의 서두나, 꿈꾸기 때문에 피를 옳게
흘리는 장산곶의 매가 장길산의 자유로운 넋이 되어 국토의 구석구
석을 퍼덕이며 날다 전남 화순 운주사(雲舟寺)에 이르러 미륵불을 이
룬다는 「장길산」의 발상은 미륵강림의 혁명적 참언을 모티프로 삼고
있다는 점에서 서로 공통적이다.

　1970년대 소설로 허구화된 「장길산」의 대체적인 큰 줄거리도 조선
조 숙종 당시의 시대적 총체성을 반영하고 있다. 쫓기는 노비의 몸으
로 태어나 광대들의 손에 길러진 그는 금강산에 입산하여 운부(雲浮)
의 지도를 받으면서 백성의 나라에 대한 확실한 신념을 갖게 된다.
숙종 10년 전국에 대기근이 몰아 닥치자 총명하고 날렵한 역사인 그
는 활빈과 구휼의 이상을 실현하기 위해 유민들을 끌어 모아 큰 무리
를 이룬다. 장길산 부대와 연계된 당시의 세력은 승병, 무계(巫系),
미륵교도, 검계·살주계 등이며, 이와 관련하여 여러 가지 복잡한 사
건이 난마처럼 얽혀 있었다. 이러한 다기한 사건들이 모아지는 하나
의 초점은 사민(四民)이라고 한 계급분리가 없는 사회를 이룩하려는
대동세상론(大同世相論)이다. 이것은 이 소설이 지향하는 궁극적인
의미의 요체이기도 하다. 즉 쌀이 인민의 것이므로 인민에게 되돌려
주어야 한다는 논리이며,[48] 스스로 힘을 합쳐 백성의 나라를 세워야
한다는 논리이다.[49] 이러한 논리가 심정(心淸)의 반응물로 변형될 때,

---

47) 川合貞吉, 『중국민란사』, 표문태 역, 일월서각, 1979, p.80.
48) 황석영, 앞의 책 6권, p.172.
49) 황석영, 위의 책 9권, p.53.

민중들의 마음에는 미륵이 도래할 용화의 세계를 염원하는 신앙이 필경 요원의 불길로 번져가게 되는 것이다.

황석영이 이 소설을 한국일보에 연재하기 직전 비평가 김주연과의 대화에서 소설 「장길산」을 인물 중심이 아니라 상황 중심으로 전개하겠다고 밝힌 바 있었다. 이 대목에서 김주연은 상황이 추상이나 풍속이 되지 않기 위해서는 작가로서의 끈기있는 장인적 노력이 요청된다고 적절히 지적한 바 있다.[50] 그는 10년 후 이 소설의 대미를 장식하면서 김주연의 지적에 만족할 만한 성과를 거두었는데, 이 소설에서 개인이 상황으로 환치될 수 있는 전형을 창조했다.

길에서 태어난 장길산이 용화세상으로 가는 길 위에서 전생애를 보내었어도 그는 결국 사랑도 혁명도 용화세상도 이룩하지 못하고 흔적도 없이 역사 속으로 실종되고 말았다.[51] 이 실종이란 어사가 무엇을 의미하는 것인가. 당대가 요구한 성숙한 역사의식에 한국사의 변혁성이 현저히 따르지 못한 수준임을 말해주고 있는 것이다.

소설에는 새롭고 낯선 세계상을 바람하는 현실적 결핍 요인이 있어야 한다. 이것이 바로 개인이 상황으로 환치되는 조건이다. 물론 이 조건이 선행되지 못한다면, 소설은 한낱 환상적인 전기(傳奇)이거나 교훈적인 전기(傳記)의 수준에 머물 것이다. 이런 관점에서 볼 때, 소설 「장길산」은 현실적으로 이룩하지 못한 꿈의 잔영을 잘 보여주고 있다. 세계의 질서와 화국을 거부한 장길산은 현실과 이상의 엄청난 틈새에서 오는 좌절을 경험하고, 끝내 종적을 감춤으로써 세계로부터 버림을 받는다. 그 버림받음이 현실로부터의 초월이나 도피냐 하는 쟁점이 관점에 따라 제기됨직하나,[52] 아무튼 그 버림받음의 대

---

50) 김주연, 『나의 칼은 나의 작품』, 민음사, 1975, p.137.
51) 「문학기행 11」, 《한국일보》, 1986. 7. 27.

신에 장길산의 염원과 정신은 끝없이 전승되면서 천민들의 예술양식인 탈춤으로 구현되었다.

우리에게 각별히 기억되는 장길산론 중에서 김윤식의 글이 돋보인다. 그는 「장길산」 중에서 나타난 황홀경의 환각을 앞서 말한 현실적 결핍 요인으로 파악했다. 우선 그는 「장길산」이 「임꺽정」과 구별되는 요인을 민중의식과 관련된 미륵사상으로 보았다. 하기야 사상이란 자기의 모자라는 부분을 채우고자 하는 주체의 과격한 활동이라면, 그의 말마따나 미륵에 대한 황홀경의 환각은 역사성을 띠고 있는 것이다. 그는 구체적인 사례로써 살주계 사건에 연루된 천민 산지니가 처형되는 장면을 특히 주목했다. 형장에서 죽음을 기다리는 산지니는 자신의 몸속에 미륵의 넋이 안겨들고 깃들여짐을 느낀다. 이 신비체험이야말로 황홀경의 환각인 것이다.[53]

장길산, 여환(呂環), 최형기와는 달리 산지니는 실존인물이 아니다. 다만 『조야회통(朝野會通)』에 나오는 서얼사촌 과부누이와 오랍동생 간의 간음사건을 변형하여 띠앗머리 도타운 오누이 간의 비극적인 미담으로 허구화했다. 산지니는 누이 석씨를 헌신적으로 도우다 관군에게 잡힌다. 살주계·검계 사건에 연루되었기 때문이다. 서사촌 오랍동생 석산진의 의로운 죽음도 물론이지만, 동생을 옥바라지하다 따라 죽은 과부 석씨의 행동 또한 감동을 자아낸다. 즉 그들의 죽음은 햇무리나 오로라처럼 아름답고 찬란한 환각(hallucination)의 상태에서 이루어진다. 다만 산지니의 죽음이 환촉(幻觸)이라면, 석씨의 죽음은 환시(幻視)이다.

---

52) 세계로부터의 버림받음을 비교적 김윤식은 초월, 황광수는 도피의 문학으로 바라본 듯하다.
53) 김윤식, 「장길산—황홀경의 사상·하」, ≪소설문학≫, 1985. 8 참고.

석씨는 오랍동생 산지니의 마지막 고함 소리가 아쟁의 가장 낮은 음조의 여운처럼 전해오는 듯하였다. 석씨는 마지막까지 산지니의 죽음의 의미를 이해하지 못하였던가. 석씨의 눈앞에는 육조의 기다란 담과 저 멀리 궁궐의 대문이 떠올랐고 그것들이 불길과 연기에 싸여서 일시에 무너져 내리고 있는 광경을 보았다. 높다란 성채와 제비 같은 추녀와 전각과 수문의 눈부신 단청은 맹렬하게 타오르는 불꽃에 일그러지고 있는 중이었다.

산진아, 저 모양이 보이느냐. 저 멸망해 가는 도성 궁궐의 장엄한 낙조가 보이느냐.

석씨는 올가미를 쥐고 있던 손을 놓으며 아래로 온 몸을 늘어뜨렸다. 그 여자의 몸이 늘어지면서 발끝은 비스듬히 땅을 밀치고 몇 번 버르적거리다가 차츰 움직임이 미약해지며 동작이 멈추었다.

찬 바람이 아직도 저자의 허접쓰레기들을 이리저리로 몰아대고 있었다.[54]

「장길산」 7권의 끝판이다. 인간에게 있어서 천년왕국(千年王國)에의 꿈은 이처럼 집요하다. 유토피아는 좌절의 고통 너머에 있는 것, 세계와의 격절에서 연유한 인간적 고독의 표상이다. 아니 절망의 순도를 재는 잣대이다. 누님, 미륵이 꼭 오십니다, 라고 하던 산지니의 죽음이나, 멸망해 가는 도성 궁궐의 장엄한 낙조를 문득 헛보았던 석씨의 죽음은 저 '주님의 형상'을 헛본 베드로의 환각과 같은 것이다.

우리는 이 시점에서 황석영의 「장길산」에 대해서도 냉정한 평가를 아끼지 않아야 한다. 우선 이 소설은 대작주의가 갖는 형식상의 장중미가 있다. 그러나 신문연재소설이 갖는 본질적 제한성으로 말미암

---

54) 황석영, 앞의 책 7권, p.328.

아 이야기의 짜임새가 치밀치 못하다. 또한 현재성의 의의와 관련하여 역사소설의 새로운 양식을 개발하지 못했다. 재래의 무협소설의 활극상과 같은 말하자면 통속적인 흥미를 드높이는 데만 국한되는 새로움을 도입하지 않을 수밖에 없었던 점은 필견적인 귀결이다.

　「장길산」의 독자가 늘어나고 작자의 의도와 목즈이 보다 넓게 전달되기 위해 새로운 양식의 도입이나 개발도 서슴지 않겠습니다. 미끈한 문체보다는 쉬운 이야기를 재미있게 들려주는 사랑방 이야기꾼의 입장을 취하겠습니다. 만약에 읽기 지리하고 현학적이며 복잡한 문체와 내용과 사건을 서술하는 것이 소위 문학이라면 차라리 중세의 음유시인(吟遊詩人)이나 이조 후기의 사랑방 '전기수' 같은 옛날 얘기꾼이 되겠습니다.[55]

　그리고 역사를 현재적인 것으로 의식하고자 할 때 이 「장길산」에 1970년대의 정당한 의미를 부여하고 있는가 하는 문제가 남아 있다. 1960년대 이래 우리의 외형적인 경제 성장은 불평등한 사회구조, 물질적 종속 관계, 계층 갈등의 심화, 부초처럼 떠도는 변두리 소외 집단 등 사회적 불안 요인을 야기했다. 소설 「장길산」이 1970년대의 산물이자 그 역사적 요청이라면 이와 같은 심각한 문제에 상응한 역사의식을 보여주어야 했었는데, 그러한 기대지경에 미흡했음은 묘옥이라는 연인과의 이룰 수 없는 사랑이 전체적인 구성에서 아무런 의미를 부여하지 못했다는 사실에서도 확인된다. 그것은 실로 전근대적 목가적 취미이거나 낭만적 치기로 스스로 후퇴한 것이다. 또 장길산이 끝내 세상으로부터 종적을 감춰 영생의 쾌락을 누리는 신격의 차원으로 초월했음을 암시한 점도 수준 높은 독자로 하여금 경악케

---

55) 황석영·김홍규·정석종(신춘좌담), 「소설 장길산의 매력」, ≪한국일보≫, 1977. 1. 12.

한다. 역사소설에서의 이러한 신화적인 면은 「홍길동전」 이래 거듭 확인되어온 문제였다.

> 당대의 증명에 지지를 받지 않은 한, 모든 역사는 로망스이다.
> All history, so far it is not supported by contomporary evidence, is romance.[56]

역사소설이 역사로 가장된 신화가 될 때 이것은 한낱 로망스에 지나지 않으며, 여기에서 역사의식의 심각한 결손이 지적되어진다. 옛 사람들의 삶은 어떠한 경우에도 현대인의 정서적 만족이나 도피적 성향을 위해 왜곡되어선 안된다는 황광수의 지적도 이러한 관점에서 이해됨직하다.[57] 소설 「장길산」에서 엿보이는 근대성의 결손은 좋은 의미의 탈역사성의 개념이 아니라 그것의 한계를 반증하는 것일 터이다. 역사적 현재의 효용성을 한 시대에 마족시키지 못했던 소설 「장길산」……. 그럼에도 불구하고 「장길산」이 가까스로 값어치를 얻게 되는 것은 그 속에 드러난 유토피아에의 충동이 한국민중사의 역동적인 힘의 원천이 된다는 점이다. 인간의 역사는 유토피아로 향하는 노력이지 그 성취는 아니다. 따라서 유토피아가 의식화되고 이념화될 때 전진적인 역사성을 띠면서 인간을 뜨겁게 고무시킨다.

봉건제에 대한 중세해체기 민중의 혁명적 저항은 신비주의로부터 투쟁의 영감과 정열을 얻게 된다.[58] 서구의 반봉건투쟁도 신학상의 이단과 결합하여 등장했고, 중국사의 백련교도 마찬가지였다. 「장길산」에서 미륵하생(彌勒下生)과 진인출세(眞人出世)의 모티프를 수용해

---

56) L. Raglan, The Hero, Greenwood Press, 1975, p.126.
57) 황광수, 「삶과 역사적 진실성」, 김윤수 외편, 『한국문학의 현단계』, 창작과비평사, 1982, p.139.
58) 고전구, 『세계관의 투쟁』, 두레, 1986, p.53.

미륵신앙과 『정감록』의 참언적 사상을 반영한 것도 이러한 맥락에서 이해해야 할 것이다. 한국사에 있어서 천년왕국에의 꿈은 홍경래불사설(洪景來不死說)이 항간에 끊임없이 나돌았다는 데에서 또 저 전봉준이 미소짓던 최후의 순간에서도 선명하게 볼 수 있는 것이다.

필자는 이 대목에서 소설이란 무엇인가를 생각한다. 여러 관점에 따라 무수한 응답이 예상될 법하다. 이상과 같은 문맥에서 볼 때, 소설이란 소설가가 아득한 지평선 너머 저편 낯설고 새로운 세계를 가슴 설레는 벅찬 감동으로 엿보는 것이다. 「홍길동전」의 허균은 율도국을, 「허생전」의 박지원은 무인공도(無人空島)를, 「흙」의 이광수는 살기좋은 살여울 마을을, 「장길산」의 황석영은 미륵하생의 용화세계를 엿보았지 않았던가.

7. 남는 말: 좌절과 환멸의 정치학

우리의 통념으로는 역사소설은 대도전(大盜傳)이나 사랑방 읽을거리 쯤으로 생각되고 있으며, 다분히 곰삭은 양식의 전통적 사담류로 이해되고 있다. 본 연구에서 다룬 역사소설도 이 범주에서 크게 벗어나지 않고 있으나, 제재사적인 면에서 동일한 유형으로 홍길동과 임꺽정과 장길산이 역사소설로 수용됐던 점은 중세사회의 심화된 모순을 인식하는 선택의 폭을 넓혔다는 의의를 수반하고 있다. 그들을 통해 피로 물들여 전취되는 역사를 고민하면서 삶의 밑바닥이나 아랫자락에 놓인 민중의 욕구를 어느 정도 반영했다는 점은 문학은 응당 도덕적 공동선을 추구해야 한다는 관점에서 볼 때 실로 고무적인 일이었다.

그러나 그들을 등장시킨 역사소설은 낭만적 허위나 초자연적 과장

으로 말미암아 소설로서 객관적으로 형상되기에 결손으로 유보되었
고, 역사적 현재성을 추구하는 데도 적잖은 한계성을 노정했다. 「홍
길동전」은 광해군 때에 적용되는 연산군 때의 역사를 그려야 했음에
도 불구하고 상당히 상위하는 사실(史實)로 왜곡했기 때문에 임란 후
상황의 현재성을 적실하게 보여주지 못했다. 더욱이 중세적 충효의
개념을 인정한 것은 세계와의 타협의 여지를 남긴 것이다. 홍명희의
「임꺽정」은 세심한 풍속 재현의 한계에서 기인한 소박한 역사의식
때문에 역사의 구체적인 전망을 제시하지 못했다. 황석영의 「장길
산」에서 보여준 신비주의는 근대소설로서는 치명적이며, 특히 70년
대 산업사회의 문제점을 정확하게 진단하지 못함으로써 당대가 절실
히 요청했던 과제에 적절히 호응하지도 못했다.

　우리는 여기에서 역사적 인격으로서 실존적 증거는 없으나 전설
등의 구비문학을 통해 그의 생애가 재구되는 로빈 후드의 경우를 보
게 된다. 기독교적 서양풍속인 오월제(May-Day) 연희의 주역으로 등
장하게 되고, 15세기말과 16세기초의 관습과 관념으로 재현될 때 그
로부터 빈자의 영웅이란 믿음은 사라지게 된다. 또 그를 역사적 인격
의 표상으로 만들려는 시도는 끊임없는 시대착오나 또다른 불합리성
에 말려들면서 그를 숭배의 대상으로 여기기까지에 이른다.[59]

　역사적 인격으로서의 문학적 인간상은 역사를 민중주의와 영웅주
의의 관점에서 달리 바라보게 한다는 점에서 하나의 쟁점으로 집약
되는 문제이기도 하다. 물론 홍길동과 임꺽정과 장길산이 근대적 연
속성을 띤 인간상임에는 틀림없다. 그들의 목소리가 어둡고 텅빈 역
사의 망각 속으로 화답없는 홀수의 소리로 남았더라도 남성적 한의
궤적을 좇는 민중의 적층적 기대와 야틈히 결합하면서 문학적 허구

---

59) L. Raglan, 앞의 책, 1975, p.53.

의 장치를 통해 발현되었다. 따라서 우리는 그들에게서 근대로 향한 최초의 날개짓과 또는 그 꿈의 날개가 꺾인 좌절과 환멸의 정치학을 읽게 된다. 그러나 과거의 역사는 현재의 전사라는 관점에서 볼 때, 지금까지 논한 바와 같이 여러모로 미흡한 점을 남겼던 것이다.

　우리는 그동안 춘원과 월탄 등의 작가를 통해 역사인식의 시대착오를 범한 무수한 사례를 그리고 심지어는 역사소설을 대중의 오락적 취미에 영합한 경우를 보아왔다. 그렇다면 격사적 인격으로서 문학적 인간상이 갖는 의의는 과연 무엇이겠는가. 자칫 영웅주의로 기울기 쉬운 엄숙한 왕후장상, 일세를 풍미했던 반거적(反拒的) 리더보다는 이름없는 갑남을녀, 필부필부(匹夫匹婦)의 어둔 삶 속에서 적출된 정신의 광채가 번득이는 문학적 인간상을 통해 경험적 다층으로 분리된 오늘날을 살아가는 우리에게 과연 절실히 요구되는 최고의 가치관이 무엇인지를 찾아야 할 것이다. 집단적 체험에 관한 기억인 역사를 파헤치면서 민족적인 삶의 원적과 자기 신원을 탐색해가는 진정한 역사소설이야말로 우리로 하여금 역사 해석에의 성찰을 끊임없이 요구하는 것이다.

정장군과 말뚝이: 反儒敎의 肖像

1. 아우라와 리비도의 거리

조선 후기의 문학적 인간상 가운데 정장군과 말뚝이는 매우 독특한 캐릭터이다. 유교적인 이념이나 주자학적 질서에의 한계 인식에 대응하는 인물이기도 하지만, 조선 후기라는 산문 시대에 소설적인 인물로서 텍스트의 유동성을 얻지 못했던 인물이기도 하다.

조선 후기에 민란이 일어날 때마다 진인(眞人)이 나타날 거라는 풍문이 나돌았다. 진인이란, 도력의 높은 경지에서 나라를 차지하고 구세의 확신을 주는 비범한 존재이다. 진인출현설은 민중 사이에 자연스레 형성된 이야기이다. 세계와의 대결을 준비하면서 대결이 벌어질 때 반드시 승리할 것으로 인정되는 인물인 진인에 관한 얘기는 '세계와의 대결을 민중의 입장에서 벌여 승리를 거두리라는 미완성의 가능성을 제시하며 역사의 움직임과 밀착해서 부침' 한다.[1]

그러나, 진인 이야기 중에서 가장 대중적인 것으로 여겨지는 정장군 설화만 해도 구체적인 형상화로 발전이 없이 결과적으로 상징적인 조작의 형태로 설화 속에 내재화되고 만다. 그것은 역사의 동향에 결정적으로 영향을 주지도 않았고, 문학적인 텍스트로 정형화되어 뚜렷한 형상으로 각인되지도 않았다.

사실은 홍경래의 난도 민중의 지지를 얻었다. 이때에도 진인출현설이 있었고 난이 평정된 이후도 불사설(不死說)이 나돌았다. 그런데 왜 홍경래의 난이 실패했는가? 사상적인 기반이 너무 허약했기 때문이다. 홍경래의 무리들에게 겨우 가진 거라곤 비합리적인 풍수신앙 정도였다.

정장군 설화가 『정감록』과 관련된 이야기이다. 그렇다면 그것은 사회 변화에 대한, 지극히 낮은 단계의 요구를 반영한 것에 지나지 않는다. 여기에 함축된 유토피아 사상은 소박한 형태의 종교적 복락일 뿐이다. 유럽에서는 이미 16세기에 사회적인 삶과 제도를 개선하는 개념으로서의 유토피아 사상이 있었다. 독실한 카톨릭 신자였던 토마스 모어조차도 유토피아에 대해서는 종교적 교조보다 사회적 체계에 더 많은 관심을 나타내었다.[2]

반면에 말뚝이는 어떠한 팬터지도 없이 강렬한 원색의 형상으로 제시되었다. 탈춤·야류·오광대에서 취발이와 말뚝이는 조선 후기 민중의 전형성을 얻은 문학적인 캐릭터이다. 취발이는 노장과 몸싸움을 벌이고, 말뚝이는 양반에게 말싸움을 건다. 취발이의 정공법에 비하면, 말뚝이는 에돌아서 뒤통수치는 인물이다. 말뚝이가 매력 있고 획기성을 띤 인물인 것은 사실이다. 신분제 해체의 사회 변동과 맞물리고 있는 존재라는 점에서 역사성을 충분히 가늠할 수 있다.

탈춤이 농촌형에서 도시형으로 전환되면서, 즉 하회탈춤의 이매,

---

1) 조동일, 『한국 설화와 민중의식』(정음사, 1985), p.102.
2) 리처드 해리스, 손덕수 옮김, 『파라다이스』(준명, 1999), p.53

북청사자탈춤의 꼭쇠(꼽새)에서 새롭게 탈바꿈한 도시형 탈춤의 말뚝이는 지배층과의 대결을 강화한다. 언쟁적 상황에 능숙한 말뚝이는 필경 신분의 역전, 상황 관계의 전복을 도모하기에 이른다. 양반 안방마님과의 통정이 그것이다. 신분의 사회학적인 상향이동(upward mobility)으로는 돈·공부·출세보다도 섹스가 가장 직접적일 것이다. 사회변동의 엇갈리는 시기의 엇박자, '엇'의 미학은 말뚝이 미학의 정점일 것이다.

연행의 측면에서 볼 때, 말뚝이에게는 용솟음치는 듯한 역동의 신바람이 있다. 그것은 집단의 리비도이면서, 욕망의 에로스이다. 카오스 속에서 구현되는 육체 해방의 정화(淨化) 의식이라고 할까? 그렇다고 해서, 미래의 보다 나은 삶의 약속에로 강하게 유인하는 역동의 신바람에는 미흡한 듯하다. 말뚝이에게 비판정신이 있지만 형평의 이상에 대한 집단적 원망이 온축되어 있는 것도 아닌 듯하다. 극적 환상도, 이상향의 공동체로 향한 집요한 꿈꾸기(dreamwork)도 없다. 거룩한 힘을 순환시키는 활성적인 난장판에서 제시되는 육체의 불구성, 그 기형적인 힘과 창조적인 카오스가 진경과 벽사의 부적과 같은 신비성을 얻는다고 해도 말이다. 말뚝이는 반아리스토텔레스적인 서사극의 인물로는 적합하지만 근대소설의 인간상이 되기에는 비전, 혹은 아우라가 부족하다.

사회 변동의 산문 시대에, 왜 정장군과 말뚝이는 소설의 인물로 발전하지 못하고 설화와 연행의 단계에 머물고 말았을까? 그것은 영성(靈性)과 색정(色情), 즉 아우라와 리비도가 각각 따로 존재했기 때문일 것이다. 정장군에게는 집단적인 원망(願望)의 리비도가 부족했고, 말뚝이에게는 유토피아적인 충동이 거부되었다. 아울러, 딴지걸기의 인물이란 점에서 유사성을 지닌 판소리의 방자형 인물이 소설화의 이행 과정을 겪으면서 소설적 인물의 역할을 강화할 수 없었던 것도 이 때문이라고 할 수 있다.

2. 구세적(救世的) 신비주의와 그로테스크 리얼리즘

역사적 현재성이란 과거를 거울 삼아 오늘의 좌표를 터득하고 보다 현명한 미래를 겨냥한다는 점에서 과거와 현재와 미래는 연속적인 선상에서 파악된다. 이러한 관점에서 정장군(鄭將軍)과 말뚝이는 역사적 현재성을 획득하는 데 본질적으로 제한된 조건을 지닌 중세 해체기 문학적 인간상이다. 이제껏 다룬 역사소설의 인물들과 관련성을 지니고 있는 이들은 참다운 역사의식을 구현하는 데 본질적으로 한계성을 노정하고 있다. 이들이 역사화된 인격으로 발전하지 못한 까닭이 한 사람이 설화의 인물이어서, 다른 한 사람이 민속극의 인물이어서만이 아니다. 정장군과 말뚝이는 인물 형상의 특징을 묘사하는데 전혀 역사적 실존성이 없고 사회적 실체가 부족하기 때문에 역사의 흐름으로부터 초월한다. 세속 밖의 인물인 정장군은 전혀 현장성이 없기 때문에 환상적 영웅주의의 극단에 존재하며, 반면에 세속 안의 인물인 말뚝이는 너무 현장성이 강하기 때문에 미래에 대한 낙관적 전망이 반영되어 있지 않다. 즉 여기에서 구세적 신비주의와 그로테스크 리얼리즘 간의 극단적인 상반성을 보게 된다.

자고로 서도에는 극적이 많았다. 역사적으로 볼 때, 임꺽정 이후에는 지함두(池涵斗)가 있었고, 장길산 이후에는 홍경래가 있었다. 역사적으로 실재하지 않았던 전설적 구세자 정장군에 관련된 설화가 서북지방의 민간에 두루 유포되었다는 사실도 이와 관련이 있을 듯하다.

숙종초인 17세기말에는 기층민의 움직임이 사상적인 면과 결부되는 점이 주목된다. 실례로는 미륵신앙과 같은 불교적 메시아니즘이 기층민의 움직임과 결부되는 것이 그것이다. 이외에도 동양적 메시아니즘의 또다른 형태인 정장군설화가 서북지방 민간에서 신앙되는 점이 주목되는데 그것은 변란시와 같은 극한상황 속에서 뿌리깊게 지속된다.[3]

정장군 설화는 민중들의 영웅대망 심리와 미래 예언서인 『정감록』의 사상을 반영하고 있다. 정성혁명(鄭姓革命)의 주역으로 신봉되었던 가상적인 정장군은 정도인(鄭道人) 혹은 정성진인으로도 일컬어진다. 사회 변혁에 대한 민중의 요구가 현실적으로 드러난 것이 중세적 질서를 해체하려는 일련의 민요와 민란이라면, 주로 관서지방의 민간에 전승되어 오면서 일세에 유포된 정장군 이야기가 정감록의 정진인과 결부된 것은 억압과 고통에서 해방하려는 그들의 갈망이 공상적인 측면에 호소한 것이라 하겠다.

임꺽정의 난을 계승한 정여립은 환호(幻號)를 팔룡(八龍)이라 하며 자신을 『정감록』의 주인으로 자처했고,[4] 숙종조 승려세력 거사계획을 주도한 운부가 8도의 승려와 체결하고 장길산의 무리와 맺어 나라를 평정해 진인 정성(鄭姓)을 왕으로 세우려 했던 사실이 일차 사료인 「이영창등추안」에서 밝혀진 바 있다.[5] 물론 정장군으로 일컫는 진인의 실체를 해도중(海島中)의 노비도적으로 상징한 세력으로 본 관점도 있거니와,[6] 민란 때마다 이씨의 왕조에서 정씨의 왕조로 대체되어야 한다는 『정감록』의 사상으로 구체화되어 왔고 끝내 장길산과 미륵교도의 사건에까지 미치게 된 것이다. 숙종조에 반가에서도

---

3) 정석종, 『조선후기사회변동연구』, 일조각, 1983, pp.15~16.
4) 矢澤康祐, 「임거정의 반란과 그 사회적 배경」, 『전통시대의 민중운동상』, 풀빛, 1981, p.162.
5) 정석종, 앞의 책, p.145.
6) 정석종, 앞의 책, p.131.

정장군 실재설을 믿게 되어, 곧 서울을 입성하게 되리라는 풍문이 나돌아 피난 준비를 하는 사례도 발생했다. 비유하자면 해도중의 정장군은 구약성서 「욥기」에 나오는 거대한 영생의 해수(海獸) 리바이어던(Leviathan)과 같은 것이다. 체제 안의 시각에서 보면 악룡(惡龍)의 이미지를 띠는 리바이어던은 17세기 영국의 T. 홉즈가 교회 권력으로부터 해방된 국가를 가리킨 것처럼, 해도중의 정장군이나 혹은 율도국은 주자학적 권력으로부터 해방된 환상의 국가를 상징한다.

　이 정장군 실재설은 훗날 홍경래 불사설과 함께 내세적 신비주의의 극치를 드러낸다. 홍경래난(1811)이 촉발되는 과정에서 정장군에 관한 믿음이 중요한 수단으로 이용되었다. 주지하다시피 홍경래가 민심을 동요시킨 것은 누대에 걸친 지역적인 차별 대우 때문이라고 한다. 이성계가 서북인을 외이불용(畏而不用)한 이래 조정에서 중용하지 않았고, 민간에서조차 그들을 서한(西漢)이라고 하면서 낮춰 불러 왔다. 우리의 통념으로는 홍경래난의 발생은 그 자신의 과거 실패에 기인한다. 흔히 그것은 홍경래를 포함한 서북인으로서는 처음부터 확정될 거의 숙명적인 일로 여겨 왔다. 그러나 서북인의 과거 급제 제한은 구실에 불과했고 사실 홍경래의 과거 실패는 그 자신이 공부를 게을리 했기 때문이다.[7] 이처럼 현실적으로 지역감정에 호소한 것과는 달리 신미년 대흉년의 계기로 민간에서 『정감록』을 더욱 믿게 되자 정장군 실재설과 같은 공상적인 측면에서 백성들의 마음을 부추겼던 것이다. 홍경래난을 주도한 모사꾼은 진사 김창시(金昌始)

---

7) 영조 1년(1725)에서 고종 13년(1876)까지 150년간 배출한 2,103명의 식년시 문과 급제자 거주지 조사를 보면 홍경래의 지역 감정은 타당성을 얻지 못한다. 평안도가 518명으로 전체의 ¼을 웃돌고 있으며, 경상도 402명, 서울 377명, 전라도 216명, 충청도 215명 등으로 집계되었다. 특히 홍경래가 과거를 본 정조 때에 군현별로 본 급제자수는 묘하게도 그가 최후로 항전했던 정주(定州)가 압도적인 수위를 차지했다. 송준호, 「조선 시대의 문과급제자를 통해 본 팔도인물론」, ≪낙강춘추≫, 1989.가을, pp.104~107 참조.

였다. 『정감록』의 신봉자였던 그가 지은 격문 중의 일부가 음미됨직
하다.

> 다행히 제세(濟世)의 성인이 충북 선천(宣川)에서 탄생하셨으니, 나면
> 서 신령함이 있었고 다섯살 때에 신승(神僧)을 따라 중국에 들어갔으며
> 장성하여서는 강계(江界)에 머무르기 5년에 황명(皇明)의 세신유족(世臣
> 遺族)을 거느리게 되었으며, 철기(鐵騎) 10만으로써 부정부패를 숙청할
> 뜻을 가지셨다. 그러나 이곳 관서땅은 성인께서 나신 고향이므로 차마 밟
> 아 무찌를 수가 없어서 참임금을 기다리다 살아난 곳이 아니겠는가.[8]

이 제세의 성인이 바로 정장군이다. 재래의 정장군 설화가 다소 변
형되어 홍경래의 난을 타고 더욱 민간에 유포된 것으로 짐작된다. 해
방기의 학자 이명선의 전기문학 「홍경래전(洪景來傳)」(1947)에 삽입
된 대강의 내용은 다음과 같다.

> 홍의도(紅衣島)라는 섬에서 30년 전 이인(異人)이 탄생했다.
> 어머니 뱃속에서 나올 때에 벌써 이가 다 나고, 말을 하며, 아장아장 걸
> 어 다녔다.
> 다섯살 때 이상한 중이 찾아와서 이 아이를 데려가 버렸다.
> 그 아이는 중국 곤륜산(崑崙山)에 들어가서 도승한테서 도술을 배웠다.
> 도로 조선으로 나와 강계땅에 은거했다.
> 10만 패병을 모았다.
> 북으로 만주와 청을 치고, 남으로 평양과 한양을 들이칠 계획이다.
> 건방에 나타난 혜성은 이인이 때를 만난 것을 하늘이 지시한 것이다.

---

8) 정석종, 「홍경래난」, 『전통시대의 민중운동 · 하』, 풀빛, 1981, p.930에서 재인용.

미구에 나라가 뒤집히는 큰 난리가 날 것이다.

이명선은 이상의 정장군 설화를 홍경래가 압록강 상류 지방에 갔을 때에 만난 만주의 마적단 두목 정시수(鄭始守)의 이야기를 신비화한 것이라고 설명하였다.[9] 과거를 통해 제도권에 진입하고자 했지만 실패한 홍경래가 난을 일으켜 용이 되고자 했지만 역시 용이 되지 못했다. 그가 죽은 후에도 불사설이 끈질기게 유포되었으며, 1817년 그가 살아 있다는 유언비어를 퍼뜨려 민심을 선동한 뒤 정부를 전복하고자 했던 소위 채수영 사건도 있었다.[10] 요컨대 카라일의 표현을 빌자면, 해도중의 정장군은 이교시대(異敎時代) 예언자로서 영웅에 가깝게 해당한다.[11]

그런데 국문학자 김기동은 수년 전 한 문예지에 「홍길동은 실존인물」이라는 논문을 발표한 바 있다. 이 명제는 오랜 전부터 있어 온 것에서 결코 새삼스러운 일이라고 볼 수 없다. 다만 고증의 방식이 달랐을 뿐이다. 그는 정사가 아닌 야사를 통해 홍길동의 실재를 탐색하였는데 주로 조선 후기에 편찬된 설화집을 이용했다. 그 중에서도 순양자(純陽子)가 증보한 『해동이적』에서 다음과 같은 사실을 발견했다.

그런데 『해동이적』을 증보한 순양자가 해중서생(海中書生)을 서술한 다음 주를 달기를 〈구문(舊聞)〉에 의하면 조선 중엽 이전에 홍길동이란 자가 있었는데 정승 홍일동(洪逸童)의 서제(庶弟)이다. 재기(才氣)를 품고 호걸로 자처하였으나 과거 응시와 벼슬을 허락치 않는 나라법에 구애를

---

9) 이명선, 『홍경래전』, 조선금융조합연합회, 1947 : 범우사 복간, 1990, pp.51~52.
10) 『한국인명대사전』, 신구문화사, 1967, p.927.
11) 토마스 카라일 저, 『영웅숭배론 외』, 박시인 역, 을유문화사, 1963, p.47 참조.

받아 어느날 홀연 도망하여 어디론가 갔다. 그후 길동이 단기로 홀연 나타나 그 형 일동을 찾아 뵈옵고 며칠을 머무르다가 가면서 이후로는 다시 오지 않겠다고는 가버렸는데 그 위엄과 용모가 남의 밑에 있을 위인이 아니었다는 것이니 필시 해외로 도망하여 스스로 왕이 되었을 것이다〉라고 해놓았다.

그리고 〈정태화가 만난 바와 같이 사람이 어찌 홍길동과 같은 무리가 아니겠는가〉하여 해중서생의 주인공을 홍길동으로 보고자 했던 것이다.[12]

이상으로 본 바와 같이 여러 나라의 가난한 백성과 갈 곳 없는 사람들을 거두어 들여 옛날에 사람이 살지 않는 땅을 개간하여 기름진 옥토를 만들어 해중왕(海中王) 노릇을 하는 서생의 설화는 「홍길동전」의 율도국 이야기와 비슷하며, 또한 해도중(海島中)의 진인인 정장군에 관련한 설화와도 유사하다. 순양자가 그 해중왕을 홍길동이 아닌가 하고 의심을 품은 것과 같이 해중왕과 정장군도 동일한 유형의 인물이라는 결론을 유추할 수 있다. 즉 세 사람에 얽힌 이야기가 각각 활빈의 의적 모티프가 있다는 점에서 서로 공통적이다.

해도중 노비도적이 무리져 출륙(出陸)하여 그 우두머리인 진인이 새나라를 건설하여 민중의 구세주가 된다는 정장군설화는 17세기 사상사의 한 소산이기도 하다. 두 차례의 전란과 함께 주자학적 대응력의 한계를 인식하기 시작했던 시대에 새로운 사상적 전망을 모색하던 가운데 관념적인 신비주의가 성행했다. 말하자면 17세기 사상계에 드세게 불었던 선가풍(仙家風)은 구질서, 구사상에 대한 반발과 변혁의 징표였다. 이러한 시대적 분위기 속에서 이른바 이인설화(異人說話)가 선행하게 된 것은 하등 이상한 일이 아닐 것이다.

---

12) 김기동, 「홍길동은 실존인물」, ≪소설문학≫, 1981.9, pp.203~204.

정장군 설화나 해중왕 설화가 그 시대에 만연한 이인에 관한 호기심의 범주를 벗어나고 있다는 점에서 현실의 변혁을 요구하는 시대사적 의미와 깊이 관련을 맺고 있다. 이 시기에는 전대에 비해 방달하고 초탈한 방외인의 일화가 많아졌고, 당대의 지배적인 사상 풍조에 따라 이인 설화 내지 신선적 계보의 문학을 촉발시켰다. 이러한 문학적 현상은 전대와 구별되는 역사적 필연성을 띠면서 18세기 과학적 합리주의의 학풍인 실학이 사상계를 주도하기 전까지 지속된다. 실학의 최고 경지에 이른 박지원과 정약용조차 각각 「김신선전」과 「조선신선」을 썼던 점은 세계관이 단속적으로 변혁되기가 용이하지 않다는 사실을 말해주고 있다. 다음은 이인 설화가 신선전으로 수용되면서 발전적으로 전개해가는 과정을 표로 그린 것이다.

이름	작품명 및 설화집	세기	비고
허 균 (許筠)	「장생전(蔣生傳)」, 「장산인전(張山人傳)」, 「남궁선생전(南宮先生傳)」	17C	이인설화가 신선전으로 새롭게 전환됨.
홍만종 (洪萬宗)	「해동이적(海東異蹟)」		
순양자 (純陽子)	「보해동이적(補海東異蹟)」	18C	18세기까지의 이인설화를 집대성함.
이규경 (李圭景)	「속보해동이적 (續補海東異蹟)」	19C	신선집전의 19세기적 전개. 일서(逸書). 이규경은 이덕무의 손자이다.
이원명 (李源命)	「동야휘집(東野彙輯)」	19C	방대한 설화집 속에 25이인의 설화가 있음.

이러한 문학적 현상은 조선 후기 사회 내부의 모순적 상황에 기인하는 것이다. 이를테면 농민층의 분해와 유민화, 끊임없는 당쟁과 정변, 서얼·중인층의 신분적 제약에 대한 불만 등이다.[13] 정장군 설화

도 비록 혁명적 참언의 요인으로 말미암아 문헌설화집에 정착되지 못했지만, 시대에 따라 다양한 형태로 숱하게 변형되면서 항간과 민간에 구전되었다고 추단된다. 사회적 문제를 해결하려는 집단적 욕구가 신비주의의 손짓에 유혹될 때, 이 설화는 역사성이나 현재성의 요구에 감당하지 못하고 속절없이 소멸되고 만다.

말뚝이는 봉산탈춤 등의 민속극에 등장하는 반골적 인물의 전형이다. 그는 신비주의의 영역과 멀찍한 거리를 유지하면서 구연적 국면을 통해 가식없는 실상을 능숙한 입담으로 토로한다. 민속극의 여러 과장 중에서도 유독 양반계급에 대한 반감의 주역으로 등장하고 있는 말뚝이는 일정한 시대적 필연성에 따라 구현된 문학적 인간상이다. 말뚝이가 출현한 시대적 배경은 봉건적 신분제도의 동요와 민중의식의 점진적 성장으로 표현되는 16·7세기 한국사회의 변동성과 상관하고 있다.

말뚝이: 양반 나오신다아 양반이라거니 노론 소론 이조 호조 옥당 다 지내고 삼정승 육판서 다 지낸 퇴로재상으로 계신 양반인 줄 아지 마시요. 개잘양이라는 양자(字)에 개다리 소반이라는 반자(字) 쓰는 양반이 나오신단 말이요.
양반들: 야 이놈 뭐야.
말뚝이: 아아 이 양반 어찌 듣는지 모르겠소. 노론 소론 이조 호조 옥당을 다 지내고 삼정승 육판서를 다 지내고 퇴로재상으로 계시는 이생원네 삼형제분 나오신다고 그리했소.[14]

---

13) 박희병, 「이인설화와 신선전(Ⅱ)」, ≪한국학보≫, 1989.여름, p.91.
14) 심우성 편저, 『한국의 민속극』, 창작과비평사, 1976, pp.235~236.

봉산탈춤을 못생기고 일그러진 온갖 탈을 통해 드러난 집단적 삶의 군상을 상징적으로 제시하면서 민중적 삶의 애환을 희극적으로 보여주고 있다. 그 중에서도 말뚝이는 이상의 따옴에서 보았듯이 양반 풍자의 주역으로 등장하면서 양반사회의 위선과 거짓 허세를 신랄하게 공격한다. 썩 믿기지 않는 사실이지만, 봉산탈춤의 기원이 장길산에서 유래되었다는 설이 있다. 장길산 자신이 놀이판의 광대 출신이기도 하였거니와 신분적 예속으로부터 벗어나고자 한 요구의 싸움을 전개했던 점에서 또 민중적 항거의 전형으로 연상된다는 점에서도 장길산과 봉산탈춤은 다소 일치감을 일으킨다. 이러한 심정적인 동질성이 실증적으로 확인할 수 있다면, 봉산탈춤의 원전(arche-text)은 장길산 설화가 될 것이다.

어느 민속극이든 말뚝이형이 양반의 권위와 지배에 도전하고 비판하고 공격하는 민중의 대변자로 전형화되어[15] 있지만, 동래야유와 수영야유에 이르면 양반 부인을 육체적으로 쟁취함으로써 양반계급 공격의 극치를 보여준다.

　대부인 마누라가 말뚝이를 오르랍디다.

말뚝이라고 이름된 것조차 성적 연상을 넌지시 유발케 하는 기묘한 착상의 명명법(appelation)이다. 양반 부인과의 간통을 통해 지배계급으로 하여금 치욕적인 패배를 안겨다 주고, 따라서 신분상의 형평성에 대한 요구의 극점에 도달한다. 봉건적 윤리관에 억압된 이러한 성의 해방은 인간을 속박하는 모든 권위적인 요인을 격파하면서 스스로 자유롭기를 갈구하는 정신의 일환이다.

---

15) 김명길, 「한국민속극에 나타난 말뚝이형 인물연구」, 《한양어문연구》 6집, 한양대 한양어문학회, 1988, p.120.

그리고 꼭두각시본에서 말뚝이의 변형으로 등장한 홍동지는 민중의 선두에 서서 자기희생을 통해 민중의 응어리를 풀어주는 영웅이며 숨은 의인으로 형상화된다.[16] 이처럼 말뚝이는 민속극의 이본에 두루 극중 인물(Homo Dramaticus)로 등장하고 있다. 그러나 극중 인물이 지닌 본질적인 제한성은 역사적 현재성을 획득하기에 심각한 저해 요인이 된다.

말뚝이라는 극중 인물은 행동하는 인간상이다. 그의 대화에는 비판정신의 양상을 띠고 있으나, 예언정신의 부재는 불가피한 것이었다. 말뚝이는 현실을 인식하지 않고, 관객과 더불어 그것을 해소하고자 했다. 현재성이란 미래와 과거를 자유롭게 연결하고 개방하는 특성을 지닌다. 그런데 말뚝이의 행동은 강한 현장성을 띠기 때문에 봉건적 신분 관계의 예속성의 원인이나 그 극복의 전망을 보여주지 못하고, 다만 역동적인 연희 공간에서 집단의 심리적 욕구를 카타르시스화하고 있을 뿐이다. 즉 그가 내뱉은 외설적인 음사나 요설적인 말놀음 등에는 현실 비판의 기능은 있을지라도 현실 창조의 기능은 없다. 서사적 갈등 속의 주인공은 자기운명을 한탄하거나 절망하지만, 민속가면극의 주역은 이를 한탄할 겨를이 없기 때문에 직접적인 현장에서 적대자를 비하시킨다. 그럼에도 불구하고 그 적대자에게 직접적인 고통을 주지 못한다.

앞서 말한 대로, 희극은 열등한 사람의 악행을 모방한 것이다. 그러나, 그 모방의 대상은, 모든 종류의 악행으로 규정되는 것이 아니라, 우스꽝스러운 한 부분으로서의 추악함이다. 우스꽝스러움이란, 모자라는 부분이거나 일종의 기형으로서, 고통이나 파괴를 유발하지 않는다. 비근한 예

---

16) 김명길. 앞의 책, p.162.

를 들자면, 우스꽝스러운 탈(mask)은 다소 추악하고 일그러져 있지만, 결코 남에게 고통을 주지는 않는다.[17]

말뚝이형은 요컨대 혁명전야의 사회에서 흔히 볼 수 있는 건강한 전투적 열정 같은 것에는 이르지 못했을 뿐더러 분배적 정의에 대한 요구가 실현되지 못한 시대의 민중의 고난을 반영하는 데도 일정한 근대적 수준에까지 미칠 수가 없었다.

그럼에도 불구하고 말뚝이란 문학적 인간상에서 가까스로 의의가 발견된다면 그것은 바흐친이 설정한 미학적 범주인 그로테스크 리얼리즘을 이룩했다는 점이 될 것이다. 말을 바꾸면 그의 추악한 가면의 형상 속에 왜곡되고 뒤틀린 세계상을 적극적으로 반영하고 있다. 노부부가 격렬한 성행위를 하고 임신했다는 것은 상당히 엽기적인 상상력이다.

(영감과 미얄 양인은 서로 얼른다. 미얄은 영감의 전반부에 매여 달려 매우 노골적인 음행동을 한다. 영감이 땅에 누우면 미얄은 영감의 머리 위로 기어 나간다.)
미얄: (고통스런 소리로) 아이고 허리야 연만(年晩) 팔십에 생남자(生男子) 보았더니 무리 공알이 시원하다.[18]

그로테스크(grotesque)라는 용어는 로마시대의 장식품인 그로테스카에서 유래되었다. 15세기 후반 고대 로마의 폐허 땅밑에 묻혀 있던 동굴의 궁릉천정(grotto) 등에 괴기한 무늬가 발견되었다. 이러한 이상한 무늬를 그로테스크풍이라고 일컫게 되는데, 거기에는 좀처럼

---

17) Aristotle, Poetics, The University of Michigan Press, 1986, p.23.
18) 심우성 편저, 앞의 책, pp.243~244.

볼 수 없었던 '웃음으로 일그러지고 밴 아이를 임신한 노파'의 형상
이 있었다. 이상으로 인용하는 바와 같이 봉산탈춤에서의 미얄의 형
상과 묘하게도 일치하고 있다.

예술 전반에 추구되는 미학의 하나인 그로테스크 리얼리즘은 자유
와 평등, 민중적인 인간 관계를 지향하는 '카니발화된' 세계관의 특
징을 드러낸다. 따라서 카니발화된 문학도 욕설이나 악담이나 조롱
등과 같은 상소리 구어체로써 공식적인 언어규범을 파괴하기 때문에
구어체가 지향하는 보다 평등한 사회, 보다 행복하고 공정한 사회상
을 반영할 수 있다는 점에서 훗번의 근대적 문학 양식으로 계승시킬
여지가 있다.

3. 정형과 기형의 표정

문학에서 인물을 창조하는 것은 작품에 세계상을 조명하거나 현실
적 이념을 반영하는 문제이다. 인물은 작가가 세계의 창문을 내다보
는 창틀이며 창구이다. 작가와 세계의 매개물인 인물의 성격과 행동
속에 작가의 정신과 세계관이 함축되어 있다.

역사적 실존인물이었던 홍길동과 임꺽정과 장길산은 관찬사서는
물론이거니와 실학자 이익에게조차도 부정되었다. 그러나 이들은 각
각 서자, 백정, 광대라는 불우한 신원적 조건에도 불구하고 기존 체
제에 저항하면서 사회적 형평의 이상을 실현하고자 했기 때문에 정
의로운 군도(群盜)의 행수 내지 민중의 구원자로 추억되어 왔다. 이
들이 소설의 내용에 긍정적으로 수용됨으로써 도상학적(iconic) 이미
지가 지극히 정형의 표정으로 조절되어 왔던 것이다. 즉 지체 낮은
이로서 잠깐 영롱했던 새벽이슬처럼 사라진 역사의 단역이 허구적

인물(Homo Fictus)의 과정을 겪으면서 어엿하게 소설의 주역으로 재등장하였다. 그 표정들은 자못 비장하고 엄숙한 분노와 같은 것이었고, 버림받은 출생의 비밀을 안고 태어난 장길산의 경우에는 끝내 원만구족한 미륵의 모습으로 변모되어 갔다.

그러나 여기에는 우상화에의 유혹의 함정이 있다. 그들을 소설 속에 문학적 인간상으로 구현시킨 작자들은 대체로 역사 속의 민중의 역량을 낮잡아 보고 있으며, 경우에 따라서는 그들을 신비화된 이인의 옷을 입히고 있다. 일상의 현실을 보다 광벗위하고 진지하게 다루면서 사회적으로 열등한 인간집단을 실존적 재현의 제재로 이끄는 것이 리얼리즘의 발생론적 기초라면, 경험적 구체의 조건으로부터 멀리 떨어진 초월의 세계를 꿈꾸는 인간상은 결경 낭만적 허위를 드러낼 수밖에 없을 것이다. 특히 홍길동과 장길산은 영웅주의적 환상에 무력하게 사로잡힌 몽상가(dreamer)로 그려졌다. 따라서 그들의 도상학적 이미지는 로빈 후드(Robin Hood)와 같이 신사강도(noble robber)의 이미지로 정형화되고 있다. 신사강도의 조건은 대체로 다음과 같이 열거된다.

① 당국의 박해를 받으면서 빈민을 구휼하며
② 정의 원천인 국왕은 결코 적이 아니며
③ 지방의 지주(gentry)나 승려, 기타 억압자와 적대적으로 투쟁하며
④ 성원의 배반으로 죽거나
⑤ 불사신처럼 끝내 모습을 나타내지 않는다.[19]

홍길동은 ①, ②, ③에, 임꺽정은 ①, ③, ④에, 장길산은 ①, ③,

---

19) B. J. 홉스봄 저, 『의적의 사회사』, 황의방 역, 한길사, 1982, pp.47~49.

⑤에 해당한다. 여기에서 ⑤와 같이 영생적인 비교(秘敎)를 연상케 하는 우상화의 경우는 장길산 외에도 성서의 거대한 리바이던과 같은 해도(海島)의 정장군, 홍경래 불사설, 다음 인용할 박태원의 『홍길동전』(1946)의 끝판 등의 사례에서 볼 수 있다.

> 그 뒤로 길동이의 소식을 아는 사람이 없다.
> 활빈당도 다시 두 번 세상을 소란하지는 안하였다.[20]

그밖에 신사강도의 모티프와 관련되는 사례는 실제의 홍길동이 당상관 무관의 복장을 하며 다녔다는 점, 소설 속의 임꺽정이 초인적인 괴력을 지니면서 서울에 여러 첩을 거느리고 때로 반취(班娶)의 쾌감도 향유했다는 점, 장길산이 묘옥이란 여인과 이루어질 수 없는 낭만적인 사랑을 나누었다는 점이 지적될 수 있다.

그러나 민속가면극, 탈놀이에 등장한 익명군상의 잡색(雜色)은 역사소설에서 보여준 도상(圖上) 이미지와 상반한다. 그들은 극적 환상을 거부하며 몰아적으로 빠져든 환영의 별세계를 꿈꾸지 아니한다. 그리고 가장된 표정 속에 극단적인 광기를 은폐시킨다. 역사소설의 영웅이 보여준 바 광정(匡正)을 위한 구체적 방안은 없어도 적대자인 양반과 승려를 조롱하고 풍자한다. 여기 등장한 극중 인물들은 정상적인 모습에서 일탈한 험상궂고 기괴한 이미지를 드러내면서 기형의 표정을 짓는 하자있는 유형이다.

말뚝이가 민중의 이데올로기를 무장시킬 때 영웅화된다. 하지만 말뚝이의 민중성은 드라마의 장중한 영웅상이나 정형화된 인물상으로까지 다듬어지지 않는다. 이데올로기가 소멸될 때 말뚝이는 더 이

---

20) 박태원, 『홍길동전』, 조선금융조합연합회, 1946, p.173.

상의 영웅이 될 수 없기 때문이다. 말뚝이는 처용과 같은 문화영웅이
아니라 이념의 무장해제를 강요당하는 어릿광대일 뿐이다. 말뚝이가
어릿광대로 주변화되고, 희화화되는 것은 필지의 사실이다.[21]

루카치에 의하면 극(劇)은 조각과 같은 것이어서 자신의 형상화를
통해서만 현실화되는 예술형식이며, 역사소설과는 비교가 안될 정도
로 역사적 갈등을 직접적인 방식으로 해결할 수도 있다.[22] 한결같은
외상(trauma)을 간직한 익명의 마스크는 끊임없이 현존하고 있는
의식의 동향을 보여준다. 과장과 희화로 추루화된 기형의 표정을 지
으면서 왜곡되고 변형된 세계상을 바라보며 놀이에 탐닉하는 것은
세계의 사악함을 추방하려는 상징적 제의의 몸짓이다. 전율과 해학
의 양면성을 통합하면서 세계를 파악하는 정신은 신사강도의 이미지
로는 도저히 불가능한 일이다. 요컨대 가면 속의 비밀이 지닌 풍부한
상징성 때문에 그들은 본모습을 상실할지라도 결코 환각을 일으키지
는 않는다.[22] 요컨대 정형과 기형의 표정 속에 파묻힌 엄숙주의와 그
로데스크 리얼리즘, 이 두 명제는 첨예롭게 대립하는 문예미학의 상
반된 조건이다.

4. 유토피아의 중의적인 모호성

토마스 모어가 '유토피아'라는 말을 희랍어로부터 조어할 때 중의
적인 모호성을 띠게 했다. 기실, 그것은 중의적인 모호성의 사이에
존재하는 관념이다. 다시 말해, 유토피아는 존재하지 않는 곳을 뜻하

---

21) 이상일은 『축제와 마당극』(조선일보사, 1986)에서 '말뚝이 민중상의 어릿광대성'에 관해
   의견을 밝힌 바 있었다.
22) G. Lukcas, The Historical Novel, Beacon Press, 1963, p.119.

는 '아우토피아(outopia)'이며, 또한 완전한 곳을 가리키는 '에우토피아(eutopia)'이다. 인간적인 감정이나 색깔이 부족했던 정장군이나, 유토피아적 충동의 결여 상태를 그대로 제시된 말뚝이가 소설적인 인물로 발전되지 않는 것은 전근대성을 탈피하지 못한 증좌이기도 했다. 과문한 탓에 잘은 모르겠으나, 유토피아가 지닌 중의적인 모호성의 관념으로부터 하나의 근대적인 체계와 힘을 얻은 모어의 경우와 잘 대비되는 것이라 아니할 수 없다.

진인출현설은 풍수적 관념의 흔적을 거두어들인 몇몇 현대 소설에 독특한 소재론적 관심의 대상이 되었다. 이문열의 「황제를 위하여」도 이 넓은 범주에 포함될 것이다. 근대사의 급변하는 격동의 흐름 속에서 황제로 자처하는 시대착오적인 인물의 일대기를 연의의 형식으로 구성한 이 소설은, 성현의 말씀과 비기(秘記)의 말세적 세계관에 비추어서 정감록 사상의 요체인 진인출현설을 주제로 삼고 있다. 민중의 지복(至福)을 구현하고 있으나 역사성이 탈각된 환(幻)의 소재주의에 불과하다.

말뚝이는 오늘날에도 소설의 인물이 되지 못하고 있다. 그는 민주화 시대에 저항 주체의 민중적인 표상이, 산업화 시대의 교활한 거간꾼(브로커)이 될 수도 있었을 터인데 말이다. 말뚝이적인 담화는 소설이기보다 대설(大設)을 지향하는 김지하 유의 담시(譚詩)로 현대적인 변용을 겪고 있는지도 모른다. 김지하는 자신의 풍자 문학을 집대성한 담시전집 『말뚝이 이빨은 팔만 사천개』(1991)에서 이렇게 말하고 있다. "말뚝이 이빨은 팔만 사천 개다. 팔만 사천 개의 이빨이 어느덧 소탈한 너그러움으로 변모할 수 있음을 생각해보자. 그 변모는 번뇌의 힘 때문이다."

이광수 문학론과 소설의 전개

1. 도입, 이광수 문학의 구조

이광수는 우리 근대문학의 서막을 장식한 작가이다. 그의 뛰어난 필치는 문학 장르를 다양하게 개척한 문인으로만 내버려두지 않았으며, 사상과 논설 면에서 자신의 경세관과 풍속개량의 정론(政論)을 밝힌 논객으로서도 일세에 문명을 드날리게 했다. 또한, 다방면에 걸친 능란한 재주꾼인 그는 다양한 마스크 못지 않은 다양한 자기변신, 다채롭고 다난했던 삶의 내력 때문에 문학론뿐 아니라, 심지어 인간론까지도 관심의 표적이 되어 왔다.

생애의 파란과 상응하게도, 이광수에 관한 문학평가도 난마처럼 뒤얽혔고, 특히 개인적으로나 민족적으로 돌이킬 수 없는 아픈 상처가 된, 신체제에로의 훼절은 그의 작품을 가치평가 하는 데 적잖게 나쁜 영향을 주었고, 그의 정당한 평가가 유보되어 온 요인이 되기도 했다. 많은 사람들의 마음에는 이러한 선입관의 여운이 여전히 남아 있는 듯하며, 물론 객관적으로 볼 때 이광수가 최초의 업적을 이룩한 작가인 것만은 재론의 여지가 없지만, 그러면서도 한 쪽에선 그를 최고의 작가니 최대의 작가니 하며 찬양하는 인상적 흔적도 묵과할 수 없는 노릇이다. 근본적인 문제점의 소재는 그의 문학이 인간적 평가인 단죄론과 동정론에 좌우 되어 왔다는 사실이다. 물론 그가 문학사에서 이룩한 훈로(勳勞)의 공적은 다대한 것이어서 충분히 인정할 만한 가치가 있으며, 종교적으로 일찍이 천도교에 입교했고 그 이후 기독교의 세례를 받았으며 만년에는 뜨겁게 불교에 귀의했으며, 정치적으로 계몽주의·민족주의·신체제라는 일련의 과정을 밟았던 논리적 당착 내지 신념의 빈곤 등은 예리하게 지적되어야 했다. 그리고, 이광수 연구사의 찬반 양론이 인간으로서의 단죄와 동정이라는 외적인 부분으로 공전하는 경우를 흔케도 목도되곤 하는데, 이를 늘 간과할 수만은 없을 것이다.

어떤 이는 이광수의, 선구자 내지 개척자적 업적을 크게 부각하면서 천재니 문호니 거장(巨匠)이니 하는 칭예를 서슴지 않았으며 어떤 이는 그를 표리부동한 위선자로 몰아치거나, 다소 선입관을 갖고, '현실을 재단한 동키호테'로 빗대기도 했다. 그의 반민족적 행적을 너그럽게 여지면서 도저하고 경이적인 업적에 심취하든, 용서받지 못할 과오 때문에 타매되어야 하는 인물로 보든지 간에, 우리가 크게 상관할 바가 아니다. 다만 그것은 평가자의 몫일 따름이다.

그렇지만, 부분을 전체로 오인하거나 일면을 다면으로 과장하는 인상적 영역의 비평은 극복되어야 하며, 편견을 수정하고 취미를 교정함으로써 세련된 감수능력을 함양시키려는 비평 본래의 역할은 회복되어야 한다. 이런 점에서, 80년대에 이르러 이광수의 대상으로 객관적 평가에 이르는 수준을 드높인 구인환·한용환·김윤식의 연구결과를 주목하지 않을 수 없다. 이들에 의해 이루어진 방법론적 혁신은 기존의 이광수 관을 새롭게 조명하는 결과를 빚어냈다.

구인환은 비본질적인 요건에 의한 재단으로 끝나기엔 너무도 방대한 이광수 문학적 의미가 있음을 전제로, 문체·구조·서술양식 등의 '내부적인 어프로치'를 통해 작가의 주제적 지향의식과 작품속에 형상화된 예술적 구조를 분석하였다. 즉, 그는 외연적 연구의 미몽에서 벗어나 준엄하고 정당한 평가가 이룩되기를 역설했다.[1] 한용환은 이광수 소설을 목적소설(didactic novel)과 예술소설(non-didactic novel)로 분류하고, 전자를 심미기능의 활성화가 기대되자 않는 문학으로, 후자를 표현적 성과가 괄목할만한 문학으로 브았다.[2] 김윤식의 『이광수와 그의 시대』는 평전의 형식을 갖춘 단행본 세 권 분량의 이광수론이다. 그는 하나의 의미 있는 구조를 동우회 이념과 운동양상이 문학이라는 형태를 통해 어떻게 드러나고 있는가 하는 데에서 찾고자 했다.[3]

우선 이광수 문학의 총체적 현상을 하나로 꿰뚫는 구조로 본 이는 조연현과 김윤식이다. 전자는 휴머니즘을 의미의 요체로 보았고, 후자는 문학사상적인 면에서 계급투쟁과 같은 상쟁이 아닌, 종교적 사랑 따위의 상애(相愛)를 핵심의 개념으로 보았다.

그의 민족주의적인 이상이나 종교적인 그것이 아무리 추상적이었다 할지라도 기본적으로는 그러한 것이 그의 인간에 더한 애정과 인류에 대한 희망에서 기초된 것이었다. 그의 활자화된 처녀문장인 『정육론(情育論)』에서부터 그의 최후의 작품인 『서울』에 이루기까지 일관된 기본적인 조류는 그것을 일언으로 총괄한다면 『휴-매니즘』이었다고 볼 수 있다.[4]

---

1) 구인환, 이광수 소설연구, 1983, pp. 17~20 참고.
2) 한용환, 한국소설론의 반성, 이우출판사, 1984, pp.159~161 참고.
3) 김윤식, 이광수와 그의 시대·3, 한길사, 1986.
4) 조연현, 한국현대문학사, 현대문학사, 1957, p. 266.

요컨대 당장 서로 다투는 세계는 못마땅하고 싫고 귀찮고 겁났던 것이다. ……춘원사상의 마지막 도달점은 이와 같이 소박하고 도덕적이며, 꿈과 같은 것이었다. 이 사상의 원점은 한일합방 전 19세의 오산학교 교원 때에 이미 확립된 것이었고, 그 후 한번도 변함 없이 지금에 이른 것이다. ……그의 사상은 이 점에서는 시종 일관성이 있고 굴곡도 변화도 발전도 없다. 그토록 고집불통인 단재 신채호조차도 1920년 초반에 오면 무정부주의자로 변모함을 보거니와, 춘원의 외고집은 가히 유례가 없을 정도이다. 그의 비극은 바로 여기에서 왔다.[5]

둘째, 앞서 밝힌 바 있듯이 이광수 문학에 너무도 방대한 의미가 있음을 전제했지만, 지향의식과 미적 구조, 사상성과 예술성이라는 양면성의 존재를 인정했고, 한용환도 목적소설과 예술소설, 교술적 구조와 비교술적 구조를 밝혔다. 일찍이 김동인의 역시『한국근대소설고』에서 이광수 소설에는 두 가지 욕구, 즉 미를 동경하는 마음과 선을 좇으려는 바램이 공존하는 '이원적 번민(煩悶)'을 지적하기도 했다.[6] 이러한 사실들은 이광수 소설을 이중적 병행구조로 본 인식 결과이다.

셋째, 이광수 소설을 변증법적으로 발전하는 구조로 본 경우는 흔하지 않게 신상철의 논문에서 볼 수 있다. 그는 인물에 대한 관심을 소설의 본질적 요소이며 작가의 성패의 조건으로 보면서, 이광수 소설에서 변증법적으로 발전하는 인물을 적시했다.

「무정」에서 「유정」을 거쳐 「사랑」에 이르는 동안 동일인의 변형은 변증법적 통일을 이루고 있다. 결론부터 이야기하면 형식을 정(즉자)이라 할

---

5) 김윤식, 상계서, p.1072.
6) 김동인, 동인전집, 홍자출판사, 1968, p.591.

때 최석은 반(대자)이 되고 안빈은 합(통일)이 된다. 춘원의 인물은 성장
하여 궁극적으로 안빈의 경지를 지향하고 있다.[7]

필자는 본고에서 이광수 문학의 총체적 현상을 원점으로 환원하는
재귀 구조로 보면서 이에 합당한 논거와 사례를 제시코자 한다. 이
현상을 해명하는 데, 상반되게도 전기적 혹은 형식적 방법을 이용할
수 있다. 가령 김윤식의 경우처럼 평전을 이용한다거나 구인환의 경
우처럼 '내적 어프로치'를 이용한다거나, 인상적 수준을 극복하고
개관적으로 논리를 세우기 위해서는 양자 모두가 필요한 것이다. 아
마도, 비유컨대 춤에서 춤꾼을 분리하기가 어렵고, 이광수 소설에서
예술적 감명의 파장도 부인할 수 없기 때문이리라. 따라서, 필자는
여기에서 이론과 창작, 사상과 예술을 균형있는 시각으로 바라보기
위해서, 문학관점 신념의 변모양상과 작품 속에 내재한 미질(esthetic
quality)을 바탕으로 세 단계 과정으로 된 통시적 위상을 설정하고자
한다. 즉, 이광수는 감정론에 따라 초기 단편소설을 썼고, 탈감정론
을 표방하면서 소설적 사회개량가로 몸바꿈했으며, 끝내 원점으로
회귀하는 경향을 드러냈다. 환언하자면, 문학론과 소설의 병행적 전
개양상 속에서 두 수레바퀴의 궤정을 살펴보겠다는 뜻이다. 작가에
게 있어서 문학론은 주의주장이 명료한 사견이어서 소설 속에 감추
어진 문학적 의미를 밝혀줄 수 있는 근거가 된다. 더욱이 이 두 가지
가 동전의 양면처럼 매양 의존적이고 보충적인 관계를 맺고 있음에
랴.

---

7) 신상철, 「사랑」 논고, 동국대 한국문학 연구소(편), 이광수연구(하), 1984, p.348.

2. 문학론과 소설의 전개

1) 감정론(感情論)

이광수의 초기문학은 청년으로서의 감성적 기질과 생득적으로 주어진 다정다감한 일면이 주로 반영된 시기의 문학이며, 아직 이성의 통제를 받지 않은 가운데서도 사회적 존재로서의 자아의 각성을 얕게나마 엿볼 수 있는 시기의 문학이다. 이광수의 문학론과 소설이 병행적으로 전개했음을 전제로 할 때, 통시적으로 뒤얽히고 겹쳐져서 전후를 구분하기가 어렵다. 제1기의 문학을 대체로 단편을 발표했던 1918년까지로 보겠다(장편「무정」을 발표한 1917년을 제2기의 시작으로 보겠지만). 이 시기에 그는 「애(愛)か」(日文, 1909), 「어린 희생」(1910), 「무정」(1910), 「헌신자」(1910), 「금경(金鏡)」(1915), 「소년의 비애」(1917), 「어린 벗에게」(1917), 「방황」(1918), 「윤광호」(1918) 등의 단편을 썼고, 「옥중호걸」(산문시, 1910), 「우리 영웅」(1910) 등의 시와, 희곡 「규한(閨恨)」(1917), 그 밖에 많은 수필과 기행문을 발표했다. 또 「문학의 가치」(1910), 「문학이란 하(何)오」(1916), 「현상소설고선여언(懸賞小說考選餘言)」(1918)이라는 제목의 문학론과 「금일아한청년(今日我韓青年)과 정육(情育)」(1910), 「혼인론」(1917), 「부활의 서광」(1918)이란 시사적 논설을 남겼다.

이 시기 그의 문학론을 형성하는 데 발생적 원천이 되었던 글은 이른바 정육론으로 불리는 논설 「금일아한청년과 정육」이다. 누구에게나 청년기는 이성에 눈뜨기 시작하는 뜨거운 열혈의 시기이므로, 그의 문학을 보는 시각을 형성하는데도 다분히 영향을 주었으리라 짐작된다.

인(人)은 실(實)로 동물이라. 정이 발한 곳에는 권위가 무(無)하고, 의리가 무(無)하고 지식이 무(無)하고, 도덕 건강 명예 수치 사생이 무(無)하나니, 오호라 정의 위(威)요, 정(情)의 역(力)이여, 인류의 최상 권력을 악(握)하였도다.[8]

정의 개념은 일반적으로 지정의 가운데서 정적 측면을 일컫는 말이지만, 폭을 넓혀서 기분·정서·정조를 포함한 감성의 개념과 미적 체험의 가치를 의미한다. 인간의 순수한 감정은 지식과 도덕에 종속되어서는 안되며, 종속된 감정은 이로부터 당연히 해방되어야 한다고 그는 믿었다. 이 정의 개념은 초기 이광수 문학에 빼놓을 수 없는 어사로 가장 핵심적인 이미지를 갖고 있다. 초기 문학론이나 소설에서 최상의 비중을 둔 개념이다.

그러면, 「문학」이라는 것은 무엇이며 또 하여한 가치가 유하뇨?
문학의 범위는 심히 넓으며, 또 기 경계선도 심히 몽롱하여 도저히 일언으로 폐지할 수는 무하나, 대기 정적 분자를 포함한 문장이라 하면 대오(大誤)는 무하리라.[9]

그는 「문학의 가치」(1910)란 글에서 이상과 같이 문학의 가치를 정적 분자에 두었거니와, 「문학이란 하오」(1916)에 이르러 더욱 구체화시키고 심화시켰다. 요지를 정리하면 다음과 같다.

문학은 마치 자기의 심중을 독하는 듯하여 미추희애의 감정을 반(伴)하나니 차감정이야말로 실로 문학의 특색이니라. ……정이 이미 지와 의의

---

8) 이광수 전집, 14권, 삼중당, 1962, p.474.
9) 이광수 전집, 제1권, 삼중당, 1971, p.546.

노예가 아니요, 독립한 정신작용의 일(一)이며, 종하여 정에 기초를 유한
문학도 역시 정치·도덕·과학의 노예가 아니라, ……문학의 용(用)은 오
인의 정의 만족이라. ……오인의 정신은 지·정·의 삼방면으로 작하나
니, 지의 작용이 유하매 오인은 진리를 추구하고 의의 방면이 유하매 오
인은 선 우(又)는 의를 추구하는지라 연즉, 정의 방면이 유하매 오인은 하
를 추구하리요. 즉 미라. 미라 함은 즉 오인의 쾌감을 여하는 자이니 진과
선이 오인의 정신적 욕망에 필요함과 여(如)히, 미도 오인의 정신적 욕망
에 필요하니라.[10]

이상으로 따온 글은 초기 이광수 문학론을 집약하는 일컫자면 감
정론으로 이름할 수 있다. 쾌·불쾌의 심리적 반응이 문학적 특색이
며 그 중에서도 쾌감을 추구함이 문학의 필요한 가치이다. 요컨대,
정의 개념은 감정을 의미하며, 또한 감정은 미의 등식을 보이고 있
다.

이 감정론은 문학의 심미적 구조와 독자성, 자율성의 측면을 강조
하며, 유교적 인습과 도덕적 교훈주의를 부정한다. 즉, 권선징악을
추구하는 과거의 문학관을 비관하면서 다분히 예술지향적 성격을 띤
것이다. 이처럼 그는 장편 「무정」을 계기로 극단적인 모랄리스트로
변모했지만, 초기에는 아름다움을 좇는 정서론자였던 것이다. 그의
초기의 주류를 이룩하고 문학적 세계의 바탕을 한마디로 집약하는
이 감정론을 서구 비평사에 있어서의 가장 원천적인 감정론적 자율
론의 자취로 볼 수 있겠고,[11] 또한 통속 소설이라고 칭하는 일부논자
의 소론에 거점을 제시한 결과와,[12] 식민지 전 기간을 걸쳐 많은 독

---

10) 동게서, pp.548~550.
11) 김열규, 이광수 문학론의 전개, 서강대, 인문연구논총 제2집, 민음사, 1986, p.81.
12) 전광용, 이광수의 문학관과 그 성격, 한국 현대 문학론고, 민음사, 1986, p.53.

자를 가질 수 있었던 유력한 근거로도 이해함 직하다.[13]

이것은 기실 서구적 의미의 문학론의 체계를 갖추고 있다. 인간의 정신세계를 삼분하는 지정의론은 현저히 서구적 문화의 소산물이고, 이때에는 꽤나 낯선 이론임에 틀림없을 것이고, 재래적인 사상으로는 성정론이 뿌리깊게 박혀 있었을 따름이었다. 성정론에서 성은 누구나 함께 지니고 있는 마음의 바탕이며, 정은 사람마다 다르게 움직이는 마음의 작용이다.[14] 즉, 속으로 감추는 것과 겉으로 드러난 것의 차이인 것이다. 그런데, 지정의론에서 말하는 정의 개념은 겉으로 드러난 모든 것을 의미하지는 않는다. 성정론에서 정이 지정의를 포함한다면, 지정의에서는 정은 훨씬 축소된 개념이다. 이때 정의 개념은 일종의 쾌미감이다. 이는 소설의 '재미' 론으로 연결되는 바, 훗날 「무정」과 「흙」과 같이 지적 엘리트와 도덕군자의 이야기도 흥미롭게 읽힐 수 있었던 근저가 되는 것이다. 지적이고 의지적인 내용이 따분하게도 느껴짐에도 이 계열의 소설들이 쉽사리 읽힐 수 있었던 것은 쾌미감을 주는 감정의 자유로움에 기인한다.

더욱이 다감한 청년의 필치로 펼쳐졌던 초기 소설도 말할 나위가 없거니와, 변동기 사회의 반유교적 사상의 일환으로 당대 소년들의 사랑의 감정을 추구하면서 자유연애를 동경하며 새 시대의 이상을 구현하고자 했던 시조(時潮)와 깊이 관련한다. 요컨대, 감정론에 입각한 비평적 편린은 그의 창작에서도 '단편'적 성격을 이룩했던 것이다.

이광수의 초기 단편을 긍정적 시각으로 보면, 근대적 단형서사문학이라는 양식적 특징을 1910년대에 다양하게 시도하고 봉건적 인습과 구투를 비판함으로써 근대적 자아를 각성하는, 가장 절실한 당

---

13) 김윤식, 한국현대문학비평사, 서울대 출판부, 1988, p.13.
14) 조동일, 한국문학사상사시론, 지식산업사, 1978, p.333 참고.

대적 문제를 제기했다는 점이다. 주종연에 의하면, 단편 「무정」과 「윤광호」는 특정한 종교한 편협한 주장에 앞서 구체적 개인의 삶을 통해 현실을 여실히 제시함으로써 생의 문제를 근원적으로 조명했고, 「소년의 비애」, 「어린 벗에게」는 가장 절실한 현실적 사회문제로 대두된 시대적 고민의 일단을 문제화했으며, 「금경(金鏡)」과 「헌신자」에서는 근대 단편의 요체인 바른 시점의 획득과 더불어 주제와 내용이 적절히 구사되었다.[15] 한편, 이것을 부정적으로 볼 때, 근대적 자아 각성의 양상이 자기도취의 우월성과 자유연애로 되었을 뿐, 정당한 인간해방이 아니었으며, 일제와외 적극적인 대결도 봉건구조에 대한 혁신의식도 결여된 채 안온한 풍속개량의 거처에 안주해 버렸다는 평가도 있다.[16]

문호는 이백, 왕창령(王昌齡), 같은 중국시인이나 톨스토이, 사옹(沙翁), 괴테 같은 서양시인을 칭찬하되 문해는 그러한 시인은 대개 인생에 무익한 나태자라고 매도하고 공맹 주자라든가 서양이면 소크라테스, 와싱턴 같은 사람을 찬송한다.

양인이 다 어떤 의미로 보아 문학에 뜻이 있는 것은 공통이었다. 그러나 문호가 미적(美的), 정적(情的) 문학을 애(愛)함에 반하여 문해는 지적, 선적(善的) 문학을 애(愛)한다.

즉 문호는 문학을 사회를 교화하는 한 방편으로 여기되 문호는 꽤 분명하게 예술지상주의를 이해한다.

그러므로 문호는 문해를 유치하다 하고, 문해는 문호를 방탕하다 한다.

— 「소년의 비애」에서

---

15) 주종연, 이광수의 초기단편소설고, 김열규 신동욱(편), 최남선과 이광수의 문학, 새문사, 1981, pp. I ~137.
16) 김춘섭, 이관수의 초기소설, 깊은샘 신서(I), 식민지 시대의 문학연구, 깊은샘, 1980, p.192.

초기 이광수의 감정론이 실제 작품으로 구현된 대표적인 사례는 단편 「소년의 비애」에서 잘 드러나고 있다. 다정다감하고 자유분방한 문학소년 기질의 주인공을 통해 근친간의 애정과 인생의 무상감을 반영하고 있다. 주인공 문호는 중학교에 재학중인 18세의 소년으로 여러 종반간의 누이들로부터 존경과 아낌을 받는 속에서 사촌 누이인 난수를 가장 사랑한다. 그는 열정적인 문학소년으로 미래의 시인을 지향하고, 난수 또한 문학을 사랑하는 소녀이다. 그러나, 16세의 소녀 난수가 부호의 아들과 결혼하게 됨에 따라 문호는 실망과 비정을 참지 못하고 난수에게 도피할 것을 권유하나, 난수의 소극적인 태도로 뜻을 이루지 못한다. 이상 인용한 글을 볼 때, 이광수는 주인공 문호를 통해 당시 자신의 문학관을 주장한 셈이다. 그것은 사회를 교화하는 문학이기 보다는, 예술지상주의적 경향이다.

> 그의 가슴속에는 일광이 차고 춘풍이 차고 시가 차고 미와 사랑과 온정이 찾도다. 이에 외롭고 싸늘하게 식은 청년은 그 흘러넘치는 기쁨과 미와 사랑과 온정의 일적(一滴)을 얻어 마시려고 무릎을 꿇고 두 손을 들고 눈물을 흘리며 그 앞에 엎더졌도다. ……나는 이윽고 사진을 보다가 마침내 정화(情火)를 이기지 못하여 그 사진에 내 얼굴을 닿이고 그 입에 열렬하게 입을 맞추고 그 동무의 어깨위에 놓은 손에 내 손을 힘껏 대었나이다. 나는 광인과 같이 그 사진을 품에 품기도 하고, 뺨에 닿이기도 하고, 물끄러미 쳐다보기도 하고, 뺨에 대고 키스도 하였나이다.

—「어린 벗에게」에서

미려하고 정확한 문체와 정열적인 영탄의 어조는 일찍이 한국문학이 일찍이 경험하지 못한 영역이었다. 형식면에서 짜임새가 허술하고 우연적 요소가 개입되어 있으나, 자기 고백적인 감정의 토로에 걸

맞는 서간체소설의 도입은 단순한 습작의 수준을 넘어 근대적 단편의 싹틈을 여실히 보여주는 것이다. 서간체 소설의 시대적 조건을 이재선은 우정사(郵政史)의 발달, 여권의 확립과 결부된 자유 연애관의 상승현상, 외국문학의 영향 등으로 보았거니와,[17] 그것이 이광수의 감정론을 반영하는 최적의 양식이며 초기 단편의 압권의 위치에 오른 것만은 사실이다.

내가 중국 상해에서 심한 병고에 시달려 사경에서 헤맬 때, 뜻밖에도 어느 중국인 남매로부터 극진한 간호를 받았다. 자취를 감춘 후 알고 보니 나에게 첫사랑을 일깨워준 김일련(金—連)이란 여인이었다. 동경유학시절, 기혼인 나에게 실연의 고통을 안겨준 아가씨였다. 나는 번민 끝에 학업마저 중단하고 대륙을 방황한다. 러시아 군함을 타고 미국으로 가던 중 수뢰에 맞아 격침하고 있을 때 삶과 죽음의 절박한 상황에서 그녀와 극적으로 해후한다는 이야기다.

이 시기에 씌어진 단편들은 대체로 유교적 도덕률의 배리로부터 억압된 감정을 해방하고자 했다.[18] 따라서, 그는 낭만주의의 소설을 미력하게나마 개척했다. 바이런과 괴테 등의 서구 낭만주의에 영향을 입은 전기적 사실이 있으며, 이순신의 사적을 기린 신체시「우리 영웅」(『소년』 1910, 3)에서도 엿볼 수 있듯이 낭만적 영웅주의를 예찬했고, 낭만주의 인간관의 요체인 천재를 빈번히 사용했음이 이 점을 다소 입증해 준다.

초기소설의 결말이 갖고 있는 주된 패턴도 낭만적 파국(catastrophe)이다. 이것은 민담이나 고전소설이 '호회 호식하며 잘 살았더라'로 맺

---

17) 이재선, 춘원의 초기 단편과 서간형태, 김열규·신동욱(편), 상게서, pp. I -110~111.
18) 이광수전집, 14권, 1962, p.34.
    "우리 반도에는 사랑이 갇혔나이다. ……우리는 대성질호(大聲叱呼)하며 갇혔던 사랑을 해방 하사이다. 눌리고 속박되었을 우리 정신을 봄 풀과 같이 늘이고 봄 꽃과 같이 피우게 하사이다."(「어린 벗에게」)

는 소위 '행복한 끝판'(happy ending)'과는 구별되며, 소설사에서 발전적 변화의 자취로 인정될 수 있다. 일문소설 「애(愛)か」는 한국인 소년 문길이 일본인 소년 마사오를 사랑하나 번민 속에 철도 자살을 하고, 단편 「무정」은 조혼의 악습으로 말미암은 가정의 비극을 다룬 것이며, 「어린 희생」은 침략자의 손에 의해 아들과 손자를 잃고 복수심과 비탄에 빠진 어느 노인의 이야기이다. 이처럼 초기 이광수 소설은 어떠한 판국이 '결판냄'으로 치닫는 미학적 요소를 공유하고 있다. 즉, 그것은 이룰 수 없는 사랑이며 이루지 못한 사랑이다. 정상의 궤도에서 일탈한 사랑으로, 「소년의 비애」에서는 근친애를, 「윤광호」에서는 동성애(남색)를, 「소년의 비애」에서는 소위 짝사랑(척애)을 다루었다. 이것이 육체관계로 진행될 때, 사촌 오누이간의 상피붙음, 변태적인 비역질, 삿된 혼외정사의 결과를 불러 일으키겠지만, 도덕적 타락만은 허용하지 않았다.

비극은 연민과 공포로써 억압된 감정을 카타르시스한다. 이것은 일종의 쾌미감이다. 이광수 소설의 비극적 결말은 얽매이지 않은 감정의 쾌미를 일으킨다. 따라서, 당대의 독자들로 하여금 아릿한 정서의 파문을 일으키는, 마음속 여백의 공간을 남겨두었으리라. 물론 이러한 정감의 깊이와 함께 초기 소설에는 민족의식이 엿보인다.[19] 그러나, 이는 주류를 형성하지 못했다. 다만 이것은 불씨로 남아 있다가, 「무정」에 이르러 지성인으로서 민족의식을 각성하는 불씨로 타올랐다. 즉, 초기 단편에서 감정적 소질에 기인한 개인적 각성은 「무정」이후 지성과 윤리적인 바탕위에 사회적 각성으로 확대된다.

---

19) 송민호, 춘원의 초기작품고, 현대문학, 1961·9월호, p.237, p.240.
  "초기 작품의 주제는 정적(情的) 자각과 민족의식이었다. ……정적 자각과 아울러 그의 작품 사조를 이룬 민족적 자각이다. 초기 작품의 근간이 된 정이 당시의 국가환경과 원래 지니고 있던 정치적 야심이 서로 야합되어 항상 애정을 민족정신과 결부시켜서 생각했다."

2) 탈감정론(脫感情論)

한국 근대문학의 최초의 장편인 「무정」(1917)은 우리 문학사의 신기원을 이룩한 작품이지만, 개인적 문학 도정에서도 에포크를 긋는 작품이다. 보수적인 기득권자들의 따가운 눈총을 받으면서도 당대 진보적인 젊은이들에게 열광적인 선풍을 일으켰고 작가로서의 명예로운 위치도 굳혀 갔다. 무엇보다도 이 작품이 갖는 의미는 감정론에서 비롯했던 그이 초기 문학관이 급히 반전하는 계기를 이루었다는 점, 감정론자 이광수가 문학의 사회적 비평가, 소설로써 민족적 경륜을 펼치는 선도자로 극적인 자기변신을 추구했던 점, 소설가이기보다는 숫제 문학의 사회적 효용론자 내지는 사회개량가로 자처하게 되었다는 점에서 찾을 수 있다. 즉, 다정다감한 청년문사가 아닌 이지적인 실천가로 탈바꿈하게 되고 그의 문학관도 '예술을 위한 예술'에서 '인생을 위한 예술'로 변모한다. 대체로 이광수 문학관을 정리하면 다음과 같다.

(1) 우매한 민중을 깨우치고 교화하려는 계몽주의 문학
(2) 「자녀중심론」「농촌개발론」「혼인론」「민족개조론」 등의 논설을 소설 속에 반영한 공리주의 문학
(3) 도산류(島山流)의 점진적 교양론을 바탕으로 한 민족문학
(4) 조선주의 이데올로기로 집약되는 민족주의 문학
(5) '인생을 위한 예술' 혹은 톨스토이 영향을 입은 인도주의. 이상주의의 일면

이상의 문학적 경향은 이광수 문학의 전체적 형상으로 이해되고 있으나, 사실은 제2기의 문학적 현상에 불과하다. 이광수 문학의 전

부로 삼을 만큼 일반적인 통념으로 지배되는 제2기의 문학은, 그의 문학적 이념의 줏대로 이해할 만큼 빼놓을 수 없이 중요한 시기이다. 초기 감정론의 문학에서 극적으로 전환한 탈감정론, 도덕적 교훈주의의 문학이「무정」에서「유정」이전까지 이르는 제2기의 문학을 한 마디로 대변해 준다. 이 시기에 발표한 대표적인 작품을 든다면, 새로운 사상과 지식의 도입과 교육입국을 위해 고뇌하는 청년들의 이상과 사랑을 그린「무정」(1917), 과학자를 주인공으로 설정하여 당대에 필요한 과학의 효용성을 주창한「개척자」(1918), 사랑을 바탕으로 한 민족주의의 지향의식을 보여준「재생」(1925), 박지원의 실학사상을 시대적 조류에 맞게 개작함으로써, 작가의 민족적 경륜과 민족적 주체의식으로 선양한「허생전」(1924), 계몽운동과 문맹퇴치운동을 위해 귀농한 지식인의 삶을 그린「흙」(1932) 등이 있다.

일련의 장편들을 통해 이광수는 자신의 밭을 일구어 왔는데, 이를 이론적으로 뒷받침하면서 병행관계를 유지해준 문학론으로는「문사와 수양」(1921),「예술과 인생」(1922),「여의 작가적 태도」(1931) 등이 대표적이다. 이러한 글들의 기본적 입장은 문학의 자율성을 부인하며 문학의 가치를 사회와의 연속체로 본다는 것이다.

　생(生)에 대하여 공헌이 없는 것, 더구나 해를 주는 것은 그것이 무엇이든지 다 악이니, 문예도 만일 개인의, 특히 우리 민족의 생에 해를 주는 자면 마땅히 두드려 부술 것이외다. Arts for life's sake야말로 우리의 취할 바라 합니다.[20]

　그러므로 나는 단언하기를 위대한 문사는 반드시 건전한 인격의 소유

---

20) 이광수 전집, 제16권, 1962, 상게서, p.19.

자이기를 요한다. 그러므로 덕성의 수양은 문사의 근본요건이다. 그런데 문학이란 민족의 생활을 위하여서만 가치가 있는 것이므로, 문사의 수양할 덕성은 민족적 생존 후영(厚榮)을 조장하는 성질의 것이라야 할 것이외다.[21]

문사라는 직업은 적게는 일민족을, 크게는 전인류를 도솔(導率)하는 목민(牧民)의 성직(聖職)이외다. ……우리 문사들은 발분하여 과거의 무의식적 최소 저항주의적 데카당스적 생애를 벗어 버리고 일각이 바쁘게 덕성과 건강과 지식, 성직에 합당한 건전한 인격의 작성(作成)에 착수 노력하여야 할 것입니다.
아아, 사랑하는 반도의 청년 문사 제위여.[22]

이상의 따음을 읽어보면, 문학의 사회적 효용성을 중시하는 한편, 한 사회의 민족의 지도자로서 문사는 마땅히 도덕적 수양을 쌓아야 한다고 주장하고 있다. 공리주의적 문학관에서 문사의 민족적 소명의식을 역설한 이 비평문은 초기의 정의 문학관과는 상반되는 것이며 김동인의 반춘원론(反春園論)에 대한 반론의 근거되는 것이다. 그는 이 글을 통해 감정보다는 지식과 도덕의 우위성을 강조하며 '인생을 위한 예술'을 실천하고자 했다. 이것은 「예술과 인생」에서도 되풀이되고 있는데, '인생을 예술화하라'는 슬로건을 통해 데카당스 문학의 망국정조를 비판하면서 예술과 도덕의 일체화를 강조한다. 민족주의적 이념에 입각한 또 다른 문학관은 「중용과 철저」(1926)에서 엿볼 수 있는 '상적(常的) 문학론'이다. 이광수는 이 글을 통해 예술주의적 경향과 사회주의적 경향을 동시에 겨냥하면서 비판하였다.

---

21) 동게서, p.25.
22) 동게서, p.27.

그러므로 비록 상적은 아니라 하더라도 혁명적 문학은 때로 필요하다. 환영할 만하다. 아마 오늘의 조선도 그러한 경우에 있다. 그러나 여기 크게 주의할 것이 있다. 그것은 혁명의 병이라는 것과 상적이 아니요 변적이란 것을 기억하는 것이다.

사회가 혁명을 요구할 시대에는 흔히 병적인 추리와 감정이 민심을 지배하는 것이다. 아무쪼록 자연과 인생의 암측면, 즉 병적 부분만 확대하여 보고, 증오 살육 자포자기 저주 질투 쟁투, 이러한 열등감정이 인심을 지배하는 것이다.[23]

여기에서 중용이란 보편성, 영원성을 뜻하며, 철저란 극단논리, 시대성을 뜻한다. 즉 상의 논리이며, 변의 논리로 구별된다. 이광수는 이상의 문학관을 통해 민족주의적 지향성을 재확인했으며, 사회주의자들의 계급혁명은 민족을 분열시키고 예술 본래적 의미를 왜곡시킨다는 점을 비판하고 우려했다. 따라서, 이 글의 성격은 혁명적 문학은 일시적이요, 혁명이 끝나면 다시 상으로 돌아간다는 문학관의 발로이며 자사(子思)의 중용 철학과 예술적 구원성의 집약으로 이해할 수 있다.

그만큼 이광수의 사상적 노선은 온건하고 절충적이었다. 이것을 통해 우리는 이광수에게서 보수적이고 퇴영적인 민족주의자의 면모를 발견할 수 있다. 그는 철저보다는 중용을 우선했다.[24] 이 점은 최고의 지성적 선택이요 결단일 수 있지만, 투쟁성이 결여된 문약한 일면도 감출 수 없다. 정치적으로 신채호의 투쟁론보다 안창호의 준비론을 선호했음에도 이와 무관치 않다.

---

23) 동게서, pp.145~146.
24) 양주동은 「철저와 중용」이란 글로써 이광수를 반격했다. 그는 이광수와는 달리 혁신적으로 시대성을 강조하는 '철저'에 우선했다.

문학이론은 심정적 형식의 반영이다. 청년시절에 누구보다도 전통 부정에 과격했고 형식적으로 다분히 유교적임은 전근대와 근대의 접점에 놓인 시대적 아이러니이다. 그는 유교적 문학관인 경국지대계(經國之大計), 불후지성사(不朽之盛事)의 형식을 벗어나지 않았고, 문학을 일종의 여기나 경세지문(經世之文)으로 보았다. 그가 이와 더불어 훗날 신체제로 변절하게 된 것도 지속성있는 지성의 소유자, 체질화된 신념의 소유자가 되지 못했다는 평가의 근거가 되었다.[25]

아무튼 그는 「무정」을 계기로 초기 정(情)의 문학관을 지양하고 도덕적 교훈주의, 공리적 민족주의, 절충적 사회개량주의로 탈바꿈한다. 「무정」의 표제도 정의 개념을 무시하고, 지적 도덕적 개념의 초입에 들어선다는 뜻이다.

> 설사, 영채가 죽었다 하더라도 그 시체라도 찾아보아야 할 것이 아니던가. 그리고 대동강에 서서 뜨거운 눈물이라도 흘려야 할 것이 아니던가. 영채는 나를 생각하고 몸을 죽였다. 그런데 나는 영채를 위하여 눈물로 흘리지 않아, 아아, 내가 무정하구나, 내가 사람이 아니로구나 하였다.
>
> —「무정」에서

주인공 이형식은 영채와의 사사로운 정을, 앞과 같이 무시할 만큼 사회적 지향의 욕구가 강한 근대적 인간형이다. 내적 갈등은 있어도 평양에서 돌아온 형식은 부잣집딸 선형과 약혼하고 그 댓가로 자신의 민족적 경륜의 포부인 교육입국을 위해 미국유학을 준비한다. 우유부단한 일면도 있었으나, 그는 자신의 야심과 사회적 자아로의 도약을 위해 과감하게 사사로운 인연의 사슬을 끊어버렸다.

---

25) 신동욱, 춘원의 문학비평, 한국현대문학론, 박영사, 1972, p.211.

영채는 아버지 박진사가 생전에 정혼한 이형식을 사랑할 만큼 구시대의 봉건적 도덕의식에 사로잡힌 여인이다. 그녀는 타의에 의해 육체적 순결을 잃고 자살을 기도할 만큼 가부장 제도의 복종적 윤리관의 포로였다. 죽음 앞에 김병욱이란 신여성을 만나 삶의 지향을 바꾸며 정신적으로 재생한다.

"영채씨도 이러한 낡은 사상의 종이 되어서 지금껏 속절없는 괴로움을 맛보셨습니다. 그 속박을 끊으십시오. 그 꿈을 깨십시오. 저를 위하여 사는 사람이 되십시오. 자유를 얻읍시오."

—「무정」에서

마침내 영채는 구질서 의식에 예속된 자아에서 사회적으로 확대된 자아로 자각하기에 이른다. 소설의 참된 생산주체가 집단이라면, 그것은 사회 발전적 변화에 민감한 양식일 것이다. 형식과 영채는 끝내 개인의 행복과 사회적 성취를 하나의 논리로 통합하였고 개인적 무정을 딛고 성취되는 집단적 동정과 유대를 강화했다.

형식은, 사람은 다 같은 사람이라 하더라도 개인 또는 사회의 노력으로 개인이나 사회가 개선될 수 있고 향상될 수 있다 하고, 그네는 모든 일의 책임이 전혀 사람에게 있지 아니하니 다만 되는 대로 살아갈 따름이요, 사람의 의지로 개선함도 없고 개악함도 없다한다.

—「무정」에서

개인이나 사회가 개선될 수 있고 향상될 수 있다는 기본적 시각은 이광수적 이데올로기를 형성하게 하는 바탕이 된다. 초기 단편들이 사사로운 애정의 파국을 통해 개인됨을 자각했다면, 「무정」에서는 사회애(社會愛), 즉 사회적 발전의 욕망을 통해 개인적 인격을 실현하고자 했다. 이점은 당시로서는 상당히 시의에 합당한 테마였고 발전적 변화에 민감한 결과였다. 「무정」의 문학사적 의의를 김태준은 '당시인(當時人)의 사상'의 반영에 두었고,[26] 김윤식도 시대적 진취성, 즉 상승할 계층의 세계관의 최대치를 드러낸 것으로 보았다.[27]

「무정」이 발표된 이듬해인 1918년에, 「개척자」가 발표되었다. 「개척자」는 과학 입국의 이상을 묘파한 소설이다. 생활력의 제고나 자유연애의 고취하는 측면에 있어서는, 교육 입국의 이상을 미리 제시했던 「무정」과 비슷한 방향성을 표방하고 있다고 하겠다.

주인공 김성재는 실험실에서 연구에만 몰두한다. 동경 유학생 출신의 그는 경성공전과 연희전문 교수직도 사양하면서 사회현실로부터 격리된 좁은 공간 속에서, 자신의 꿈, 한 시대의 과업을 부여받은 실학적 지식인으로서의 공동선(共同善) 구현에 매진한다. 그러나, 그에게는 부의 축적에 혈안이 된 배금주의자 함사과가 장애 요인으로 버티고 있다. 졸부형 자산가인 함사과는 근대 소설사 형성 과정에 건재하였던 바, 속물(snob) 부르주아이다. 함사과의 방해로 김성재가의 운명도 뒤바뀐다. 김성재의 아버지는 화병으로 급사하고, 누이 동생인 성순 역시 자유연애에 실패한 후 자살하기에 이른다. 그 역시 실험 비용을 얻기 위해 막노동을 하다가 폐렴에 걸린다. 이처럼 남은 것은 비극적인 결과뿐이다. 그러나, 이 소설의 행간에 근대성의 여로로 향한 낙관적인 전망이 곳곳이 깔려 있다.

「개척자」는 미숙한 작품으로 낮게 평가되어 왔다. 물론 근대정신이 철저하지 못한 측면도 없는 것은 아니었다. 그러나 이 소설이 민족주의 이념의 무장이란 공론적인 측면 못지 않게 사적인 연애담으

---

26) 김태준, 조선소설사, 학예사, 1939, p.253.
27) 김윤식, 이광수와 그의 시대·2, 한길사, 1986, p.533.

로써 소설의 흥미 요인을 이끌어내려는 노력을 보여주기도 했다. 오히려 이 점으로 인해 소설의 구성이 지리멸렬해 보이기도 하였지만, 당시의 실정을 감안할 때 소설이 지닌 독자수용의 측면을 간과하지 않은 측면이 새삼스러이 돋보인다. 동시대의 사회현실을 생생하게 그려내고 있다는 점에서 볼 때, 그것은 매우 사실적(寫實的)인 수준과 위상을 확보하고 있다고 거듭 평가되어 마땅할 것이다.

「무정」과 「개척자」에서 드러난 '우리감정(We-feeling)'의 결속과 미래지향적 사회건설의 「흙」에서 재현된다. 삼각형 연애소설이란 점에서 서로 일치하며, 교육입국은 농촌계몽으로 계승하며, 주제 구현에 늘 장애가 되었던 반동적 인물 정근조차 주인공 허숭의 브나로드 운동, 더 정확히 말해 작자 이광수의 도산사상(동우회사상)의 실천에 동조함으로써 화해적 결말 구조를 이룩한다. 이 화해적 결말은「무정」으로부터 반복되는 패턴이다.

정근은 일어나 읍하고,

"나는 그 동안 지은 죄가 많습니다. 첫째로 옳은 사람들은 모함했고, ……동네 여러 어른들께도 지은 죄가 태산 같습니다. 그러나 그것은 다 내가 철이 안 나서 그러한 것입니다. 이제로부터 나는 있는 힘을 다해서 우리 살여울 동네를 위해서 힘쓰고자 합니다. 우리 살여울 동네가 조선에 제일 넉넉하고 살기 좋고 문명한 동네가 되도록 있는 힘을 다하려고 합니다."

하고 정근은 북받쳐 오르는 눈물을 삼키노라고 잠깐 말을 끊었다.

　　　　　　　　　　　　　　　　　　　　　　　　　　　　— 「흙」에서

그러나, 이러한 계몽의식은 분명 한계를 지닌 것으로, 도산사상을 선양하는 동우회는 총독부 치하에서의 합법적 운동을 전제로 한 단

체이며, 도산의 준비론이라든가 이광수의 민족주의는 언제나 타협의
여지가 잔존하고 있었다. 이광수는 입으로 민족을 외쳤지만 실제적
인 민중이나 농민 자신의 삶은 그리지 못했다. 그의 소설의 인물들도
인텔리나 모랄리스트의 시혜적 계몽의 유형에 속하는 인물들이다.
권력이란 다수 민중의 마음을 함부로 흔들지 못해도 소수 엘리트의
마음은 쉽게 흔들 수 있었다. 이것은 권력의 속성을 내포한 야합의
논리이다. 그는 문제의 글 「민족개조론」을 동아일보에 연재함으로써
자신도 모르는 사이에 식민정책을 동조했고, 미확인 전기적 사실이
지만 당시 총독 제등실(齊藤實)과 만났고, 일제말기에는 친일이라는
중대한 도덕성의 위기를 초래했다.

　소설을 논의하는 데 있어 평가자의 기본입장은 대체로 두 가지로
가름된다. 하나는 개념적 조건에서 '무엇이 소설인가' 하는 명제이
며, 다른 하나는 '어떤 것이 소설인가' 하는 명제이다. 전자가 가치중
립적 입장에 서는 것이라면, 후자는 가치지향적 입장에 서는 것이다.
이광수는 무엇이 소설인가 하는 명제를 남겨 두고, 어떤 것이 가치
있는 소설인가 하는 명제에서 출발했다. 그는 자신을 소설가로 자처
하지 않았고, 당연히 자신의 이념을 수행하는 여기로 삼았다. 그것을
소설 아닌 소설이었다. 따라서, 무엇이 소설인가 하는 입장에서 이광
수는 비판을 당하지 않을 수 없었다.

　작품 「흙」은…… 상당히 대중예술의 필요조건을 훌륭하게 만족시키고
있는 것이다. 이광수는 대중문학의 거장이었다. 그는 대중예술의 구성 요
소인 상투형을 자유자재로 구사할 수 있었다. 그는 그 작품에서 본격적인
예술을 남겨 놓지는 못했다. 그러나 그는 훌륭한 문장력을 과시하였다.
그는 '이야기'를 척척 만들어 낼 수 있는 천재였다. 비록 그 이야기가 통
속문학이 되기는 하였지만.[28]

그의 인간관과 사회관에서 본 바와 같이 자신의 철학이 결여된 계몽사상이다. 따라서 그 사상은 역사의식이 결여된 신념에 머물어, 민족을 이끌어야 할 이 계몽자는 마치 자침 없이 자기 경험만을 믿는 선장과 같다. 철학의 결여는 또한 사상 자체의 자가당착을 빚어 낸다.[29]

앞엣글은 송욱이 이광수 소설의 예술성 결여를, 뒤엣글은 김붕구가 이광수 소설의 역사의식의 결여를 지적한 것이다. 송욱은 김동인, 김기진(八峰) 등의 당대비평에서도 거론된 적 있었던 예술적·통속성 시비를 체계화하면서 그 미학적 실패를 지적했으며, 김붕구는 행동의 구심점이 없는 철학의 빈곤을 문제삼아 역사의식의 결핍을 지적했다. 이러한 지적들은 60년대 강단비평의 산물이다. 세련되고 정교한 서구 문학 이론이 갖는 척도가 무비판적 관행의 오류와 인상적 반복을 극복하면서 새로운 결론을 도출할 수 있다고 하겠다. 하지만 우리 문학의 축적된 경험을 쉽게 비판하는 것도 책임 있는 행위가 결코 아니다.

이광수 문학이 갖고 있는, 정확히 말해 「무정」으로부터 「흙」에 이르는 미학적 실패와 역사적 실패, 이것은 이광수관의 인지구조를 집약한다. 무엇이 소설인가? 예술적이어야 하는가, 역사적이어야 하는가. 만약, 역사적이어야 한다면 이광수에게 있어서의 역사성과 역사의식이 지닌 어감의 미세한 차이를 어떻게 이해해야 할 것인가? 앞으로의 연구 과제가 아닌가 한다. 이광수는 「유정」(1933)을 계기로, 어떤 것이 소설인가에서 해답을 얻은 바, 이념·사상 여기로서의 소설을, 다소간 대중적 취향에 영합한듯 한 반(反)예술성과 교술적인 목적의식의 오만이 빚어낸 역사성을 스스로 분쇄하기에 이른다. 즉, 그는 무엇이 다시 소설인가 하는 명제로 회귀하지 않을 수 없다.

---

28) 송욱, 문학평전, 일조각, p.51.
29) 김붕구, 작가와 사회, 일조각, 1973, p.361.

3) 회귀론(回歸論)

「무정」이란 표제에 암시되어 있는 의미가 초기 정(情)의 문학관, 즉 감정론을 무시하며 이지적 실천행위로서의 문학관으로 탈바꿈했다면, 「유정」이란 표제가 품고 있는 의미는 정의 문학관을 유요(有要)히 여긴다든가 유심히 주의를 기울인다든가 하는 것이다. 이를 통해 그의 문학적 역량은 난숙해졌고 사실상 난만한 개화기(開花期)를 맞이할 수 있었다. 우선 「유정」을 연재하기 전, 작가의 창작의도를 살펴보도록 하자.

> 나는 인생 생활을 움직이는 힘 중에 가장 힘있는 것이 인정인 것을 믿습니다. 그리고 인생을 높게 하고 깨끗하게 하는 것도 인정인 것을 믿습니다. 돈의 힘으로, 권력의 힘으로도, 군대의 힘으로도 할 수 없는 힘을 인정의 힘으로 할 수 있을만큼 인정에 신비한 힘이 있는 것을 믿습니다. 나는 순전히 정으로만 된 이야기를 써 보고 싶습니다. 사랑과 미움과 질투와 원망과 절망과 회한과 흥분과 침울 등등, 인정만으로 된 이야기를 쓰고 십습니다.
>
> 최석(崔晳)이라는 지위 있고 명예 있고 양심 날카로운 중년 남자와 남정임(南貞姓)이라는 마음 깨끗하고 몸 아름다운 젊은 여자와의 사랑으로부터 생기는 인정의 슬픈 이야기를 써 보자는 것이 이 「유정」이라는 소설입니다. 나는 22,3세의 도무지 아무 것에도 구속을 받지 않는 열정에 타는 어리던 시절로 돌아가서 열정이 쏟는 대로 이 이야기를 써 보려고 합니다. 이 이야기가 뜨겁고 아름답고 재미있는 이야기가 되어지이다 하고 빌 뿐입니다.(조선일보, 1933년 9월 22일)[30]

---

30) 이광수 전집, 제16권, 1962, p.285.

보는 바와 같이, 민족이니 계몽이니 하는 사회적 논리의 세계를 벗어나, 그는 「유정」을 통해 초기 단편을 쓰던 개인적 심정의 차원으로 회귀하고자 했다. 이광수의 총체적 문학현상은 이처럼 원점으로 순환하는 구조를 지녔던 것이다. 초기 감정론에로의 회귀의 논리는 「문학과 문사와 문장」(1935)과 「문학쇄언」(1940) 등에서 엿볼 수 있다. 그는 앞엣글 「문학과……」에서 정적 생활이 지적 생활보다 더 크고 높깊다는 사실을 전제로, 여러 갈래의 감정이 실생활과 예술품과 대면함으로써 성장하면, 부수적으로 예술의 실제적 공리적 효과가 파생한다고 했다. 그리고, 제국과 공화국이 아무리 바뀌고 철학의 발견이 무수히 변하고 비행기를 타고 남북극을 휘도는 세상이 온다 하더라도 유정연(有情然)한 생활은 생멸이 없이 인생의 본류와 주류를 형성한다고 했다.[31] 결국 그는 문학의 성과를 문체에 두었고, 이에 상응하게도 시혜적인 지성인에서 스트일리스트로 변모했다.

> 문학과 문장은 몸과 혼과 같습니다. 문학이란 문장 자체만으로 한 예술
> 이라고 믿습니다.[32]

「문학쇄언」에서는 감정적인 일면 뿐만이 아니라 의지적인 면까지 동시에 강조된다. 그는 이것을 '소설에서의 작품의 인격'이라 불렀으며, 이 인격의 향기가 지식에서 오는 것이 아니라 정의적(情意的)인 면에서 오는 것이라 했다. 그렇지만, 그는 능숙한 언어경영자로서의 소설가의 소임을, 논리적으로 화석화된 문서나 긴장감이 결여된 일상어와는 달리 이상적인 문학어가 감명을 주기 위해 가림새있게 다루어진 언어여야 함을 포기하지 않았다.

---

31) 동게서, pp.213~216.
32) 동게서, p.220.

이데올로기란 예술적 작품이 아니고도 전달할 수가 있는 것이다. 논문으로도 연설로도 그러나 시나 소설이 우리에게 주는 감명이란 것은 다른 형식으로는 전할 수 없는 것이다. 톨스토이가, 예술이란 우리의 감명을 전하기 위한 특수한 언어라고 한 것이 이 뜻이다.[33]

「무정」에서 「흙」으로 이르는 제2기의 소설이 주로 교술적이고 논리적인 언어로 이루어졌다면, 변화의 전조를 뚜렷이 내포한 「유정」은 보다 심미적이고 심정적인 언어로 이루어질 수밖에 없다. 남녀간에 있어서 사랑의 세계란 논리가 아니라 미묘한 심정의 차원이기 때문이다. 그러므로, 「유정」은 이광수 소설의 긴 흐름에서 전환의 물목이 되어 종래 선동적어조와 웅변가적 변설을 지양하기 시작했다. 「유정」이 갖는 이러한 전환의 의미를 기존의 논자들도 이미 지적한 바 있다.

우선 이 소설은 교화적 주제를 갖고 있지 않다. 이타주의적인 교훈과 교육주의적인 이념의 부각을 통해 타자의 삶에 개입하고자 하는 소설 기술자의 집요한 의도가 「유정」에는 거의 배제되어 있다. 오히려 이 소설에는 감각적 정열에 집착하다 좌절하는 순수한 개인적인 삶이 그려져 있고, 사회적 규범으로부터 이탈하면서까지 개인적 삶의 내실을 추구하고자 하는 자기 지향적이며 심미적인 삶의 경향이 제시되어 있다. 이것은 「유정」이전의 일반적인 이광수 소설의 주제 양식이나 문학적 경향과 비교할 때 현저하게 두드러지는 차이이며 변모라고 해야 될 것이다.[34]

요컨대 「유정」을 고비로 하여 춘원은 여기(餘技)를 본기(本技)로 삼은

33) 동게서, p.253.
34) 힌용환, 상게서, p.98.

방향전환을 하기에 이른다. 「유정」 이후의 그의 창작세계는 동우회운동의 방편이 아니라 독자적인 춘원 자신의 개인문제를 핵으로 한 것이었다. 말하자면 춘원은 이로부터 문인이 된 것이며 그 절정에 『돌베개』(1948)의 세계가 놓여 있다. 자기 자신의 심적 상태를 거짓없이 그린 세계야말로 춘원의 만년의 향기 높은 글들이다. 「유정」(1933)에서 「육장기」(1939)에 이르는 6년간의 거리는 춘원이 절망에 부딪히는 시기였다. 문학이 절망과 더불어 시작되고, 절망 다음이 온다는 원리를 우리는 춘원을 통해 재확인할 것이다. 문학이 굶어 죽어가는 사람에게 아무것도 해줄 수 없다는 것, 그것은 운명이랄까 허무와의 만남일 터이다. 그것이 종교과 이웃한다는 것은 너무도 자명한 사실이다. 이점을 춘원은 저절로 증명할 형국이다. 그 증명의 첫 관문이 「유정」이었다.[35]

「유정」은 부녀지간과 다름이 없는 남녀간의 참사랑을 주제로 한 애틋한 순애보이다. 40대 교장 신분의 최석은 죽은 친구의 딸인 남정임의 후견을 의탁받는다. 남정임은 성장하면서 최석에 대해 이른바 엘렉트라 콤플렉스를 느끼면서 열화같은 이성애(異性愛)로 비약한다. 이를 세속적으로 호응하기에 기존의 도덕률이 너무 견고했으므로, 최석은 처절한 자기갈등을 겪게 되고 인간으로서 감내하기 힘든, 초인적이고 구도자적인 인내로써 극기의 길을 걷는다. 이역을 방황하는 뼈아픈 고행 끝에, 그는 비극적인 최후를 맞이한다.

나는 죽음과 대면하였다. 사흘째 굶고 앓은 오늘에 나는 극히 맑고 침착한 정신으로 죽음과 대면하였다. 죽음은 검은 옷을 입었으나. 그 얼굴에는 자비의 표정이 있었다. 죽음은 곧 검은 옷을 입은 구원의 손이었다.

---

35) 김윤식, 상게서 · 3, pp.900~901.

죽음은 아름다운 그림자였다.

여기에 육체적인 사랑이 틈입할 여지가 없고, 오로지 세속적인 이성애가 아이디얼 뷰티의 차원으로 제고되고 승화되는 순간일 따름이다. 이러한 숭고한 정신애는 「사랑」(1939)에서도 반복되는 모티프이긴 하지만, 남의 괴로움을 보면 이것을 함께하는 온정가, 박애가로서의 사랑이 아니다. 초기 단편에서 엿보이는 갈팡질팡한 저미(低迷)의 상태도 아니며, 「무정」에서 이 형식과 선형 간에 있는 경미한 이해와 허식도 용인하지 않는다. 다만, 비장한 죽음 앞에서도 두 마음을 하나로 타오르게 하는 불꽃과 같은 것이다. 따라서 , 「유정」은 이기적 경향인 육체적 욕구도, 계몽·설교·정치적 선동의 어조로 저류하는 사회애를 배제한 순수 열정의 기록이다.

기실 사랑이란 인간의 감정 중에서도 가장 미묘하고 막연한 것이다. 사랑이란 이름의 객관적 정의의 도달은 거의 불가능하다. 우리의 인류사가 사랑이란 질문을 해명하는 기나긴 관념의 역사였다 해도 지나친 말이 아닐 것이다. 지적 엘리트들의 마음을 사로잡는 우미(優美)한 고전에서부터 보통 사람들이 두루 즐기는 유행가 노랫말에 이르기까지 사랑이란 무엇이냐를 끊임없이 물어 왔고, 숱한 시인들과 예술가들이 다스하기 그지없고 가슴이 설레는 이름을, 경이의 눈길을 보내며 찬미해 마지않았으며, 위대한 종교적 천재들도 누구나 할 것 없이 사랑을 가르쳤고 또 실천했다. 요컨대, 누구나 쉬 말할 수 없는 지난의 물음을, 이광수는 「유정」을 통해 응답했다.

「유정」 이후의 소설을 제3기로 본다면, 이 시기에 놓칠 수 없는 작품으로서 「무명」(1939)을 들 수 있다. 이것은 작가자신도 가장 자신 있는 작품이라고 공언하였거니와, 상황 설정의 리얼리티가 안정되어 있고, 종래 웅변가적 변설이 완벽하게 제거되어 있고, 절박한 한계

상황 속에서 순수한 인간 존재의 탐구를 꾀하려고 했다는 점에서 그의 작품 중에서 가장 탁월한 것으로 평가될 수 있을 것이다. 불교적 소재를 취한, 자신의 여느 작품과는 달리, 「무명」은 교시적이고 계몽적인 성격을 크게 탈피하였고, 종래의 소설에서 보여 주었던 성자적(聖者的) 위용과 설교조의 징후를 조절하면서 평범한 개인의 종교심의 비약을 통해 다수인의 궁극적 구원의 문제를 드러내는 데 성공하였다.

불교에서는 자신의 무명을 파사현정하여 진여(眞如)의 경지에 이름으로써 종교적 구원을 성취한다고 말한다. 작품 「무명」의 공간적 세팅은 감옥이며 그 중에서도 가장 열악한 조건인 병감(病監)이다. 병은 인간고통의 불교적 표현인 사고(四苦)의 하나이며, 병감은 삼악도(三惡道)를 상징한다. 지옥과 아귀와 축생의 응보를 받고 있는 몽매한 인간의 발가벗은 모습과, 이기적인 허욕의 늪에서 헤어나지 못하고 서로 다투는 작중인물들, 즉 병든 수인(囚人)들의 생활상을 통해 인간고통의 실체가 과연 무엇인가를 실감있게 묘사하였다. 사바세계의 축소판인 병감의 핍진을 드러낸다. 모든 몽매한 인간은 세속적인 무명의 덫에서 벗어나지 못하고 있다는 사실과 이러한 무명의 소치를 업인(業因)으로 얽매임과 배고픔과 아픔의 응보를 받고 있다는 사실을 상징적으로 확대하면서, 작가는 모든 인간이 처한 상황적 조건이 무엇인가를 여실히 제시하고 있다. 여기 작품 속에 함축된 작가적 의미요체는 이기적 욕구로 가득찬 몽매한 인간의, 그릇되고 파괴된 모습 이른바 아상(我相)으로부터 벗어나 참다운 자아를 끊임없이 이룩해 가는 과정이 불교적 인생관이라는 사실에 있다.

그는…… 탐욕으로 원인을 하고 이 큰 죄악에서 오는 당연한 결과로 경찰서 유치장을 거쳐 감옥살이하다가, 믿지 못할 인생을 끝마감한 것이다.

나는 그가 어느 날 밤에 불을 놓을 결심을 하던 양을 상상하다가, 이왕 죽
어버린 불쌍한 젊은 혼에게 대하여 미안한 생각이 나서 뒷문으로 그의 시
체를 향하여 합장하고 고개를 숙였다.

─「무명」에서

어느 방화범이 병감에서 죽어가는 과정을 지켜본 주인공 '나'는 참
담하리만치 무상한 인간의 숙명적 조건과 냉혹한 업보에 대해 개인
적 연민과 무한한 동정을 느낄 뿐, 사회적 윤리에 입각한 논평을 거
부하고 종교적 당위에 대한 설교도 하지 않는다. 「무명」에 드러난 불
교를 허탈상태에 빠진 노예의식, 나약한 추모사상, 그리고 철저한 자
기기만에 빠진 불교로 극단적으로 폄하한 사례가 있었지만,[36] 계몽
주의니 민족주의니 하면서 오만하게 조국현실을 하시하며 들뜬 상태
에서 벗어나 불교적 정조를 매개로 변화의 비젼을 모색했고, 결과적
으로 차분한 자아의 내성적 발견이라는 변화의 표징을 드러내었다.
「무명」 이후의 주요 작품으로는 단편 「육장기」「난제조(亂帝鳥)」
「산사의 사람들」「상근령의 소녀」 등이 있다. 이 소품들이 갖고 있는
장르적 특성은 자기신변의 사상에 관련된 이야기로 서사적 수필과
구별이 모호하다. 이것은 서정적이고 주관적인 경험과 정조를 지향
하는 단편적 특성을 드러내면서, 소설적 자아의 개념에 관해서도 화
자의 서사적 진술을 목표로 하는 '역사적 자아'(historical Ⅰ)에서 평
범한 내용을 담백하고 소박하게 꾸미는 '서정적 자아'(lyric Ⅰ)로 변
환되고 있다.

아무려나 나는 이 집을 지은 육년 동안에 법화행자가 되려고 애를 썼

---

36) 송욱, 상게서, p.72.

소. 나는 민족주의 운동이라는 것이 어떻게 피상적인 것도 알았고, 십 수 년 계속하여 왔다는 도덕적 인격 개조 운동이란 것이 어떻게 무력한 것임을 깨달았소. ……문학을 하노라 하여서 소설 권이나 썼소. 사상가 자처하고 논문편도 썼소. 지도자를 자처하고 나보다 젊은 남녀들에게 훈계 같은 말까지도 수천만 어를 하였소. ……이러다가 나는 법화경을 읽는 자가 된 것이도. 이 집에 온 이후로 육 년간 날마다 법화경을 읽은 자가 된 것이오.

— 「육장기」에서

이광수의 정신적 변화는 소위 '수양동우회사건'으로 인한 수감생활과 그것으로 인한 정신적 고통과 입원생활에서 비롯하였다. 이 사건과 관련된 수감생활 체험의 소산이 걸작 「무명」이라면, 인용문을 보는 바와 같이 민족주의 운동과 도덕적 인격개조운동에 환멸을 느끼고 종교적 세계로 입문하는 심경의 토로가 「육장기」이다. 종교적 세계로의 길트기는 냉철한 자기성찰을 전제로 하는 새로운 자아의 탐구이다. 따라서, 그는 과거에 지녔던 지적 엘리트 의식, 도덕적 인격주의, 교사연한 삶의 태도에 대한 철저한 자기반성 끝에 고백문학적 범주로 들어 서기 시작했다. 그의 후기 소설은 다소 허구적 장치의 구속을 상실한 신변잡기 내지 수필체 소설의 수준에 머물지만, 이광수적 이념의 형성과 파탄의 도정을 잘 반영하고 있다는 점에서 사뭇 의의가 있는 것이며, 소설을 습기 없이 건조한 교술적 구조로부터 벗어나려는 내적인 움직임도 한껏 보여주고 있다. 「가난한 처녀들」(1940)은 동소문 밖 홍천사 옆에 생긴 빈민들의 소재로 12살난 이광수 아들과 기생수업하는 또래의 소녀 을순이으 관계를 홍미롭게 다룬 작품이다. 이 작품은 이광수가 가난한 이웃에게 보내는 따뜻한 애정, 횡적인 동정심, 소박한 인정주의 등이 담겨 있을뿐더러, 당시 우리나라 현실을 누구 못지 않게 직서하고 있다는 점에서 평균작 이상으로 취급되어야 한다.

「무정」이나 「흙」과 같은 장편에서 보여준 주인공의 사회개량의 신념과 동일시되는 냉정한 귀족주의가 후기 단편에서는 온화한 서민적 인정주의로 전환되고, 이러한 소박·담백한 개인적 서정의 세계는 「무명」이후 「나·소년편(少年篇)」(1947)에 이르러 한 극점을 이룩한다. 이 작품은 실질적인 취후작으로 볼 수 있으며 최고로 고조된 심미적 감각을 유감없이 발휘하고 있다. 중편 이상의 분량이지만, 장르적 특징은 오히려 단편의 성격에 가깝다. 즉, 한 편의 아름다운 서정시이다.

이광수는 이 작품의 서문에서 오십 여년 묵은 기억을 주워 모아서 추악한 몸을 세상에 없애기 위해 더러운 나를 살라 버리자는 뜻으로 이 소설을 썼다고 술회했다.[37] 따라서, 「나·소년편」은 내면적 고백의 양식으로 된 전형적인 자전소설(auto-biographical novel)이다.[38] 이것이 비문학적 자서전과 구분됨은 소설이 갖고 있는 허구적 장치일 터이다. 그럼에도 불구하고 기존의 평가는, 이 소설이 마치 수기인양 곧이 곧대로 믿으면서 실화와 허구의 거리를 망각한 채, 작자의 자기반성이 미약했음을 지적했다. 당대의 비평가 김동석의 평가는 인신공격처럼 느껴진다.

춘원의 소설은 어느 것이고 잘 생기고 재주 있는 이광수 자신이 주인공으로 되어 있는데 말하자면 그의 소설처놓고 자화자찬 아닌 것이 없는데

---

37) 이광수 전집, 제16권, p.326.
38) 이와 유사한 개념으로, E.Muir의 Chronicle, G.Watson의 Memoir-novel, N.Frye의 Confession, 그 밖에 Ich-Roman, 사소설, A.욜레스의 회상록 등이 있다. 더욱이, 이 소설은 일련의 종류가 같은 짧은 단편적 이야기들이 모여 한 사람의 인물에 통일을 이루는, 소위 W.카이저의 인물소설과 거의 일치한다.

8·15 후엔 좀 겸손해질 줄 알았더니-춘산광랑(春山光郞)의 죄를 뉘웃는 자기 비판을 기대하는 것은 어리석다 하더라도-여전히 「나」 잘났다는 자랑이니 그의 자만은 어지간히 질기다 할 것이다.[39]

김윤식도 자전소설에서 허구적으로 함축된 자아를 자서전의 자아 개념으로 동일시했다는 점에서 김동석의 논조와 별반 다름이 없다. 그는 이광수가 머리말에서 밝힌 자기를 불살라 버린다는 처음의 의도와 지나치게 거리가 멀며, 자신의 가슴 속에 있는 어두운 측면의 최대치를 드러냄으로써 자신을 해방시킨 것이라고 했다.[40] 다만, 한용환은 이 소설이 자신을 그토록 부정하려고 했지만, 이광수 소설에서 가장 표현적 내실이 두드러진 소설이었음을 긍정적으로 평가했다.[41]

이 「나·소년편」은 동일한 인물아래 여섯 편의 독립된 이야기가 단순하고 연대기적으로 연결된, 소위 피카레스크적 형식으로 짜여져 있다. 결코 정연한 형식미의 맛은 느낄 수 없으나 비교적 안정감을 주고 있다. 첫째 이야기에서 셋째 이야기까지는 망각의 늪으로부터 소중한 가족적 유대감을 헤집어 내며, 동시에 유년기의 어둡고 굴욕적인 추억의 저편을 향해 그의 촉수는 민감하게 반응한다. 그 곳에는 반복되는 좌절과 실낱같은 소망이 교차하는 성정의 도정이 있다. 넷째 이야기는 실단(實丹)이란 소녀를 깊이 사랑했지만 일본유학으로 말미암아 어쩔 수 없이 잃게 되었다는 비련을 다룬 것이다. 다섯째 이야기는 육친에 대한 숙명적 애정의 깊이와 그 죽음이 환기하는 비극적인 체험을 보여 준다. 여섯째 이야기는 재산이 탐나 원치 않았던

---

39) 김동석, 부르조아의 인간상, 탐구당, 1949, p.69.
40) 김윤식, 상게서, pp.1079~1098.
41) 한용환, 상게서, p.139.

결혼을 했고, 애정 없는 생활의 공허감 속에 문(文)의 누님과 사련(邪
戀)의 관계를 맺게 된다는 것이다.

   "실단이!"
하고 나는 인사 체면도 다 잊고 불렀다. 그 소리는 내 소리 같지 아니하게
떨리고 우는 소리였다.
   "네."
하고 실단은 고맙게도, 의외에도 대답하고 고개를 들어서 눈물에 젖은 눈
으로 나를 바라보았다.
   오, 그 맑고 다정한 눈!
   나는 마치 이번에 한번 보아 두면, 천만 번 나고 죽더라도 그 눈을 아니
잊을 것이나 되는 것같이 그 눈을 바라보았다. 실단이는 내 시선을 피하
여 고개를 숙였다.
   나는 또 한번,
   "실단이!"
하고 불렀다. 실단은 또,
   "네."
하고 아까 모양으로 나를 바라보았다. 그 눈에는 아까보다도 눈물이 그득
찼다.

─「나 · 소년편」에서

이 소설에서 가장 아름다운 부분이다. 하고 싶은 말을 끝내 가슴
속에 파묻어 버린 이 침묵의 언어는 감정의 여백이 주는 공간적 미학
이다. 이 애틋하고 가녀린 첫사랑의 추억은 이광수 자신의 체험이며,
모든 이의 몫이다. 그래서 독자들을 공명케 한다. 정신적 미숙자에게
시집가는 애인의 모티프는 초기 단편 「소년의 비애」에 멀리 소급한

다. 또 이 소설은 이미 발표한 「그의 자서전」(소설)의 개작으로도 알려져 있다. 그렇다면, 이 소설은

「소년의 비애」(1917) → 「그의 자서전」(1936) → 「나·소년편」(1947)

으로 변형되고 계승되어 갔음을 알 수 있거니와, 이러한 적층적 현상을 보일 만큼 그에게는 집요한 추억의 세계였다.

문의 누님은 점잖은 여자로서 육례를 갖추지 아니한 남자의 요구에 대하여 반항할 수 있는 절차는 다 하였으나, 그도 사람이요, 젊은 여자요, 또 과부였다. 마침내 나는 그를 나의 정욕의 독한 이빨로 씹어 버렸다. 이리하여서 나는 악인의 적에 등록이 되고, 양심의 옥합을 깨뜨린 사람이되었다. 이것이 내 소년 시대의 입맛 쓴 끝이었다.

— 「나·소년편」에서

소설의 끝 부분이다. 이 혼외정사는 단순한 불륜이기 보다는 이것을 통해 정신적으로 개안(開眼)해 가는 과정일 터이다. 성장소설에서 흔히 볼 수 있는 탈소년화의 모티프로 미성년의 입사식(initation)과 같이 엄숙한 의식(儀式)이다. 사회는 각연령층에 상응한 행동기대를 규정한다. 이를 변화시키는 계기를 연령집단의 통과의식(rites of passage)이라고 한다. 이 소설의 주인공 나(도경)가 체험한 성적 불륜은 탈소년 과정의 통과의식의 하나이며, 정신적 성숙으로 자아를 확립하게 하는 계기인 것이다.

「나·소년편」이 갖고 있는 문예적 가치는 무엇일까? 표현적 내실도 무시할 수 없지만, 필자는 다채롭고도 정치한 문식(文飾)과 더불어 작가적 체험을 불특정 독자에게 던져주는 감동의 파장에 있다고

본다. 일제말기 이광수 친일문학이 현실추수의 소산이라며, 이 소설은 해방후 사회일각으로부터 변명과 참회의 요구에 먼 과거로의 탈출을 시도한 현실도피의 소산일 것이다. 사회역사적 비평가들은 물론 이 점을 비판의 과녁으로 삼을 것이다.

그러나 「나·소년편」은 변명도 참회도 아닌 일종의 고백이다. 고백은 거짓이나 비밀, 불분명한 세계를 벗어나 스스로를 분명하게 드러내는 윤리적 결단의 결과이며, 늘 새롭게 자기자신에게로 돌아가는 실존적 자각이다. 여기에는 어느 인간이 지닐 수 있는 온갖 상념이 뒤섞여 있다. 가난에 대한 굴욕감, 콤플렉스, 한, 복수심, 정신적 상흔, 뉘우침, 불륜의 사악함……. 이 소설을 아무 편견없이 심미적 자족체로 볼 때 독자들은 여러 갈래로 분화된 감정의 교차 속에 무구한 서정적 감동에 젖게 된다.

요컨대, E·슈타이거가 서정적 양식의 특징을 회감(Erinnerung)이라고 표현했듯이, 이 소설이 낭만적 회상을 실감있게 묘파했다는 점에서 이광수 소설 중에서 양손에 꽃을 든 최고의 가편(佳篇)이다. 즉, 감동적 체험과 표현의 난숙함을 동시에 성취했다. 성장의 곡절 속에 한없이 아릿한 추억, 유실감에서도 소중하고 애틋한 것에 대한 아쉬움과 그리움, 무엇보다도 가족(혈연) 공동체에 대한 목가적 향수는 이 소설이 지닌 감동적 체험의 정화이다.

하지만, 이 세 번째 국면에 이르러 그의 소설은 탈역사성의 양상을 띠게 된다. 남정임으로 이름되는 순결 컴플렉스, 고행과 진여(眞如)의 세계, 박애, '돌베개'로 비유되는 인격의 향기, 아릿한 추억의 감상주의, 무엇보다도 문제가 되었던 친일 행각 등등이 그가 본디 지녔던 역사 참획에의 애국적 열정을 점차 지우게 되었던 것이다.

3. 장르비평적 고찰

이와 같이 이광수의 다난했던 40년 문학적 도정은 초기 감정론에서 비롯된 소설에서부터 탈감정론의 서사적 교술로된 소설로 바뀌고 막바지에 이르러 처음으로 환원하는 구조를 브임으로써 꽤 독특한 양상을 띠는 것이다. 이제껏 주로 논자들은 두 번째의 경우를 이광수 문학의 전반적 현상으로 이해했지만 그 전후의 경향도 무시할 수 없다. 이러한 변화와 재귀의 과정을 장르비평의 입장에서 고찰할 필요가 있다. 왜냐하면 이광수 문학의 상호 구별되는 측면은 범주의 이동에 따라 편차를 보인 장르이론과도 밀접히 연관되고 있기 때문이다. 장르이론은 주제, 세계관, 자아의 태도, 감정의 기조를 구별하고 이에 따른 조직과 구조를 분류하는 가장 본질적인 문학연구 방법론이다. 우선 이광수의 문학현상을 도표로 세목화하면 다음과 같다.

	제 1기(초기)	제 2기(중기)	제 3기(후기)
대표작	「소년의 비애」 「어린 벗에게」	「무정」 「개척자」 「흙」	「유정」 「무명」 「나·소년편」
문학론	감정론	탈감정론	회귀론
쟝르	단편	장편	단편 혹은 단편적
시점	1인칭과 3인칭	3인칭	1인칭
어조	고조된 감정	웅변가적 변설	내성적 고백
양식적 특징	서정적	교술	서정

이광수 소설에서 장르의 변화는, 제 1기에 단편을 썼고 제 2기에 계몽소설·역사소설·통속소설류의 장편을 중심으로 활동했고 제 3기에 단편 내지 단편적 소설로 환원했음을 볼 수 있다. 제 1기를 문학수업을 하던 습작기로 본다면 주로 장편을 쓰던 시기와 단편을 쓰

던 시기로 대별된다. 이 전환점이 소위 수양동우회 사건으로 인한 수
감생활과 이를 반영한 「무명」이다. 그 이전 「유정」에서 계몽적 민족
주의에 회의를 느끼면서 초기 감정론으로 회귀하는데 적극성을 보였
지만, 신변적 소재와 사사로운 퇴감의 방향으로 선회한 것은 이때부
터였다. 물론 1937년 수양동우회 사건으로 검거되었다가 풀려난 후
부터는 그가 적극적인 부일행각, 반민족적인 길을 걷게 되고, 비폭력
적 타협적 민족운동이 결국 어디로 갈 수 밖에 없었던가를 단적으로
보여준 대표적인 경우를 남겼다.[42] 부정적인 측면에서 보자면, 「유
정」에서 「나·소년편」에 이르는 회귀론의 소설은 개인적 절망과 정
치적 허무주의의 일면적 성격도 미묘하게 교착하고 있음을 엿볼 수
가 있는 것이다.

1939년 『문장(文章)』 창간후에 발표한 이 「무명」은 장편에서 단편
으로, 3인칭 시점에서 1인칭 시점이라는 형식적 전환의 의미 외에,
서사적 세계관에서 개인적 세계관으로 이행하는 전환의 의미도 아울
러 갖는다. 장편이 한 집단의 운명이 띠고 있는 의의의 기술이라면,
단편은 '한 개인이 띠고 있는 의의에 대한 신념'[43]이다. 장편이 사회
적 공동체의 이념을 반영하기에 알맞은 그릇이라면, 단편은 회상이
나 망각 따위와 같은 작가개인의 정신적 현실을 반영하기에 적합한
그릇이 된다.

이러한 이유로 해서 장편은 주로 3인칭을 지향하고 단편은 주로 1
인칭을 지향하게 된다. 서술형태에 있어 제 1기 단편소설에서 시점
은 이중적이었다. 「금경」「소년의 비애」「윤광호」에서는 서술자의 간
섭과 동정이 지양된 엄격한 3인칭 객관적 서술이 추구되고, 「방황」
「헌신자」「어린 벗에게」에서는 자기고백적 1인칭 주관적 서술이 추

---

42) 강만길, 독립운동의 폭력노선과 비폭력노선, 외국문학, 1986·겨울, p.109.
43) 김준오(역), 폴 헤르나디, 장르론, 문장, 1983, p.29.

구된다. 제 2기의 장편소설은 거의 3인칭이며, 「유정」 이래 제 3기의 소설은 거의 1인칭이다. 이런 점에서 볼 때, 「유정」이 1인칭 시점이 란 사실은 대단히 시사적이다. 분량상으로는 장편이지만, 성격상으 로는 단편에 훨씬 가깝기 때문이다. 물론 「유정」이 전체적으로, 긴장 과 경이의 감정을 자아내며 주관과 객관의 세계를 조화하는 1인칭 관찰자 시점이긴 하지만, 3분의 2분량은 주인공 최석의 편지 내용으 로 서술되어 있고 결말부분에는 일기가 부분적으로 삽입되어 있으므 로 사실상 1인칭 주인공 시점에 해당한다. 초기소설 특히 「어린 벗에 게」등에서 볼 수 있는 서간체 내지 일기체 고백의 진술형태를 오랜 만에 복원시킨 것이다. 1인칭 소설이란 '나'라는 1인칭 서술자가 그 의 사건과 경험을 보고하는 자전적 형태의 서사적 제시 방법의 소설 을 일컫는 말이라면,[44] 「유정」은 체험 회상적 성격을 지닌 자전적 단 편에 해당될 수 밖에 없다. 「나·소년편」은 앞서 자전소설 혹은 발전 소설으로 규정했는데, W·카이저의 분류법에 의하면, 일련의 종류 가 같은 짧은 단편적 이야기가 집적되어 한 개인의 인간형에 통일을 이룩하는 이른바 인물소설의 개념으로 접근한다.

인물의 실체가 특히 수동성, 고독, 심정적인 것의 측면에 따라서 형성 되면 인물소설은 쉽사리 서정적인 경향을 띠게 된다. ……인물소설로 통 하는 또 다른 하나의 길은 자서전에서 생겨난다. 작가가 자신의 자아를 고립된 사건, 감정 따위를 지닌 자로 보지 않고 발전이라는 것을 의미깊 은 전체로 보면 곧 자서전은 발전소설로 이행되는 것이다.[45]

야콥슨이 서정적인 것의 개념을 파스테르나크의 단편소설들과 자

---

44) 주종연, 상게서, p. I -125.
45) 김윤섭(역), 볼프강·카이저(저), 언어예술작품, 시인사, 1988, p.557.

서전 등에 관련시켜 '일인칭과 현재의 시간'을 지닌 장르라고 설명했듯이,[46] 자아의 생각이나 비젼이나 무드에서 출발하는 순간의 양식이며, 연속적인 역사적인 또는 시사적인 시간에 관심이 적다는 점에서 현저히 서정문학의 본질에 귀속한다.[47] 슈타이거도 단편소설에서 문장의 띠가 풀어지는 곳을 늘 우리로 하여금 서정적으로 느끼게 한다고 했다.[48] 요컨대, 단편 내지 단편적 성격이란, 자전적이고 서정적 경향과 내성적인 자기고백의 어조를 띤다는 것이다.

장르관의 변화는 문학관의 문제에 그대로 적용된다. 「무정」으로부터 「흙」에 이르는 3인칭 장편소설을 뛰어넘은 '단편적'인 「유정」 「나·소년편」과 단편 「무명」 등은, 1인칭 자기고백적 시점을 반영하면서, 어조·양식적 특징·자아의 개념·세계관과 태도에도 심각한 변화를 수반했다. 어조에서는 시혜적이고 늘 군림하는 변설에서 자신으로 겸허히 돌아가는 고백의 말투로 바뀌고, 양식적 특징은 교술에서 서정으로 교체된다. 프랑스 문학사에서 17세기의 종교인 설교 단상의 미사법이 19세기의 서정시로 전환했듯이,[49] 이광수 소설에서 장르적 범주의 이동은 그의 장편소설에 숨어 있던 통속적인 정적 분자가 「유정」을 계기로 표면화되면서 순수예술의 세계를 지향하는 현상으로 보여 주었다.

서정: 작품외적 세계의 개입이 없는 세계의 자아화

교술: 작품외적 세계의 개입으로 이루어지는 자아의 세계화

서사: 작품외적 자아의 개입으로 이루어지는 자아와 세계의 대결

---

46) 김준오(역), 상게서, p.101.
47) 김준오, 한국근대문학의 장르론에 관한 연구, 계명대, 1986, p.9.
48) 오현일·이유영(공역), E.슈타이거(저), 시학의 근본개념, 삼중당, 1978, p.69.
49) 김병철(역), 르네·웰렉, 오스틴·워렌(공저), 문학의 이론, 을유문화사, 1982, p.379.

희곡: 작품외적 자아의 개입없는 자아와 세계의 대결[50]

이광수 장편소설은 자아를 세계화하며, 단편적 양식은 세계를 자아화한다. 교술과 서정은 자아 또는 세계 중 어느 한 쪽으로 귀착되는 경우이다. 전자의 자아개념이 3인칭 '역사적 자아'(historical I)라면, 후자의 그것은 '서정적 자아'(lyric I)이다.

서정 양식에 있어서 가장 핵심을 이루는 개념은 '세계의 자아화'이다. 전형적 현상으로 「나·소년편」을 꼽을 수 있겠는데, 이미 언급했듯이 자전적 고백체 소설로서 종래 이광수 문학관을 수정하는 구체적 사례로 파악될 수 있다. 즉 수없이 민족계몽이니 민족성 개조를 되뇌였던 그의 목소리가 확실히 변질되었음을 직감케 해주는 작품이다. 이 세계의 자아화라는 개념은 독일 문예학 특히 E·슈타이거의 회감(Erinnerung)이나 W·카이저의 내면화 내지 정조성(情調性)과 일치한다. 슈타이거는 서정적 존재 생명은 회감하고 서사적 존재생명은 현존화하고 극적 존재생명은 예시한다고 했다. 서사적 작가는 자신의 동시대를 묘사하고 현재를 형상하며 눈앞에 보이듯이 그려진 삶을 근거를 추구하지만, 서정적 작가는 지나간 상태 속에 있는 모든 것을 다시 나타나게 한다. 즉, 회감이란 자기 자신속으로 집중하고 회귀함으로써 비로소 자아를 쟁취한다는 것이리라.[51] 이 개념을 카이저는 내면화와 정조성으로 확대 해석했다.

서정적인 것 속의 세계와 자아는 정녕 자기표현적 정조의 자극 속에서 융합하고 상호 침투하는 것이다. 심령적인 것이 대상성에 깊이 파고 들어서 그 대상성은 내면화되는 것이다. 정조의 수간적인 고조를 띤 대상성의

---

50) 조동일, 한국소설의 이론, 지식산업사, 1977, p.103.
51) 오현일·이유영(공역), 상게서, p.37.

내면화는 서정성의 본질인 것이다.[52]

　서정적 표현이란 대상적인 것과 심적인 것이 서로 침투된, 그때 그때 고조된 감정의 알림이었다. 서정화의 현상을 보여주기 위해 우리가 시도했던 앞의 보기에서는 고조된 감정, 정조성이 언어로 되어 버린 것이기는 하지만 그러나 대상적인 것과 주체적인 것과의 융합은 어느 정도까지밖에는 이루어지지 못했다. 확실히 대상에 관한 경험은 감정적으로 체험되었고 표현의 동기와 일체를 시의 음조로 만들어서 독자에게 전달하는 것은 분명히 심적인 정조성이었다.[53]

　작가가 환경과 끊임없이 교섭함으로써 반응과 행동의 경향이 생겨난다. 이를 작가의 태도로 불리면서 자아의 개념을 정착한다. 즉, 사회아(社會我)와 순수아로 나누어진다. 이광수가 장편소설을 발표하면서 자신의 경세관과 풍속개량의 정론을 소설로 통해 밝혔다. 이러한 태도와 관련되는 자아의 개념은 사회아이며 개인적인 '나'가 집단적인 '우리'에 포함되는 순간이다. 순수아는 자아와 세계가 대결이 아닌 화국(和局)의 차원으로 들어서는 경지에서 이룩된다. 물론 불교에서는 이를 수양의 결과로 보는데 순수아를 지향하고자 했던 소설로는 「사랑」 「무명」 「육장기」 등을 들 수 있다. 아무튼, 그는 냉정한 귀족주의의 허영을 포기하며 온화한 서민적 인정주의로 전환하는 작가적 태도를 견지했다.

---

52) 김윤섭(역), 상게서, p.520.
53) 동게서, pp.524~525.

4. 약론, 이광수관의 구조적 재인식

이제껏 이광수관은 민족적 훼절로 인해 정당한 비판을 받았다는, 그럼에도 불구하고 일각에선 그를 최고·최대의 작가로 꼽는 등, 극단적인 찬반양론으로 나누어져 왔다. 본고는 균형있는 시각에서 문학론과 소설의 전개양상을, 즉 문학관적 신념의 변모양상과 작품 속에 내재한 미질을 바탕으로 세 단계 과정의 통시적 위상을 설정했는데, 그 결과 이광수 소설의 전반적 현상은 원점으로 환원하는 재귀적 구조를 이루고 있음을 확인했다. 환언하자면, 필자는 이광수 문학의 간과되기 쉬운 측면을 새롭게 부각시킨 셈이다.

첫 번째 단계는 감정론을 바탕으로 해서 이루어진 소설이다. 「문학의 가치」「문학이란 하(何)오」 등의 비평문은 정(情)의 문학관을 지향하고 있으며, 이와 상응하게 초기단계에도 감성적 기질, 다정다감한 소년의 일면, 미적 체험의 가치가 반영되어 있다.

두 번째 단계는 「무정」(1917)을 기점으로 탈감정론을 표방하면서 쓰여진 계몽적 민족주의적 소설의 경향이다. 아름다움을 좇던 정서론자인 그에게, 극단적인 모랄리스트, 소설적 사회개량가, 이지적인 실천가, 민족적 경륜을 펼치는 선도자로의 극적인 자기변신이 추구된다. 이 시기 그의 문학론도 대개 자율성을 부인하는, 사회적 연속체로서의 탈감정론을 기조로 한다. 여기에서 문학은 여기 내지 민족의식과 근대화를 선양하는 수단일 따름인데, 「무정」에서는 교육입국, 「흙」에서는 '살여울'이라는 소공동체적 모델이 이상적인 낙토로 설정된다. 이 시기의 이광수 소설이 예술성과 역사의식의 결핍이 문제로 제기되던 시기였다는 것이 기존 연구자들의 시각이었다. 그러나 이 시기는, 단언하건대 이광수 소설의 역사성이 가장 발랄하고 열정적으로 드러난 시기라고 할 수 있다.

　후기의 이광수에게도 낙원사상이 있었다. 그는 역사적 인물 허생을 통해 정감록 환영의 잔상이라고 말할 수 있는, 소위 '남조선 사상' 언저리에도 기웃거렸다. 그러나 그가 고통스러울수록 지니게 된 최후의 유토피아는 불교적인 진여(眞如)의 세계였다.

　세 번째 단계는 「유정」(1933)을 계기로 반예술성은 극복되나 몰역사성은 더욱 치명적으로 심화되던 시기이다. 그의 문학론이 회귀론으로 집약되고 여기를 본기로 삼아 문학적 역량은 더욱 난숙해졌다. 그는 문학을 문장 자체만으로 한 예술로 보았고 교술적 구조를 심미적 구조로 활성화 시켰다. 「유정」은 계몽적이고 설교적이고 선동적인 어조를 배제한 순수열정의 기록이다. 「무명」은 상황설정의 리얼리티가 안정된 인간존재의 탐색 및 내성적 발견의 소산이다. 그 밖에 후기 단편은 냉정한 귀족주의를 벗어나 신변적 소재에서 온화한 서민적 인정주의를 추가하였다. 「나·소년편」은 최고로 고조된 심미적 감각을 유감없이 발휘한 작품이다. 서정 양식의 특징인 회감을 실감 있게 묘파한, 이광수 소설에서 최고의 가편으로 기억된다. 그가 여기에서 감동적 체험과 표현의 난숙함을 동시에 성취했음을 보게 된다. 여기에서의 회감이란, 다름 아니라 그의 작품 세계가 탈역사성의 양상을 띠고 있었다는 사실을 말해주는 것이기도 했다.

　이러한 변화의 양상은 장르비평적 입장에서도 고찰하였는바, 장편에서 단편 내지 '단편적'인 것으로의 회귀는 시점·어조·양식적 특징·자아개념과 태도 등에서도 심각한 변화를 수반했다. 변설에서 고백으로, 교술에서 서정으로 지향하는 장르관의 변화는 바로 그 자신의 문학관의 변화를 명시하는 구체적인 거점이었다.

황금광 시대의 채플린과 채만식

1. 식민지 조선의 황금욕

나는 얼마 전에 전봉관이라는 한 소장 연구자가 쓴 「황금광 시대 지식인의 초상」을 매우 흥미롭게 읽었다. 이 글은 매우 이례적인 채만식론이라고 할 수 있다. 기존의 채만식론에는 이미 다루어져 왔던 작품들이 다루어지곤 했었다. 그런데, 「황금광 시대……」라는 글에서는 소설 「금의 정열」, 채만식 자신의 금광행(金鑛行) 체험에 관한 수필 「금과 문학」이 주요한 텍스트로 취급된다.

1930년대는 금광 열풍에서 보듯이 황금에 기친 시대, 즉 황금광 시대였다. 이 시기의 식민지 조선은 적잖은 양의 금을 생산하였다. 그럼에도 불구하고 금값은 해마다 폭등했다. 1927년 일본 경제의 금융 공황, 1929년 뉴욕에서 비롯한 세계 대공황(Great Depression) 등은 1931년 한반도에 열풍을 몰고 온 골드 러시와 긴밀한 관계를 맺고 있었다. 채만식은 식민지 조선의 지식인 사회의 붕괴와 금광 열풍을 풍자와 비판의 대상으로 삼았던 작가였다. 특히 금광 열풍을 비판하고 있는 것은 다음의 인용문에서 확인되었다.

> 의사는 메스를 집어 던지고, 변호사는 법복을 벗어 던지고, 금광에로 금광에로 달려간다.
> 기생이 영문도 모르고서 백오원을 들여 광을 출원하는가 하면 현직의 교원이 감성을 들고 분석 소엘 찾아간다.
> 부로커며 건달이며 남봉이가 광산도면을 한 장씩 안고 구석구석에서 수군거리는 것쯤은 수로 세일 수가 없다.
> 하는 덕에 소설쟁이도 광산을 하자고 덤벼 보았었고 그리하여 아무런지 金鑛狂 시대는 날로 그 狂度가 더 강화되어간다.
>
> ―「금과 문학」[1]

채만식은 인용문 「금과 문학」외에도 「금」, 「황금무용론」등의 비소설 산문을 통해 인간의 황금욕에 대한 허망함을 냉소적으로 성찰하였다. 그런데, 문제의 심각성은 그러한 채만식 자신이 황금광 시대의 금광행 대열에 끼여들었다는 데 있다. 그가 붓을 꺾고 금광을 찾아나선 것은 황금광 시대의 끝물이라고 할 수 있는 1938년이었다. 즉, 그는 자본 조달자 형식으로 형들의 금광 개발에 참여하여 소위 '금광 브로커'가 되었다.

인간의 황금욕을 풍자해 마지않았던 작가 채만식마저 일확천금을 꿈꾸며 금광행(金鑛行)을 마다하지 않았던 이유는 어디에 있었는가? 아마도 식민지 조선이 식민 종주국인 일본을 매개로 세계 자본주의 경제 체제에 편입되는 과정에서 생긴 내적 모순이 표면화된 것으로

---

1) 채만식, 『인물평론』(1940. 2), 전봉관,「황금광 시대 지식인의 초상」
　『한국근대문학연구』(2002, 하반기, 태학사), pp.78~9.

이해되어야 하지 않을까?[2]

2. 채플린이 본 「황금광 시대」

미국은 우리보다 황금광 시대가 먼저 찾아왔다. 황금광 시대의 도
래는 자본주의 경제 시스템이 삐걱거리고 있음을 반증하는 것이다.
1925년에 제작된 채플린의 영화 「황금광 시대(The Gold Rush)」는 동
시대 의식 및 생활감정의 소산이며 정확한 반영물이라고 할 수 있다.
한 백과사전은 이 영화에 관해 이렇게 설명하고 있다.

채플린이 각본·감독·주연·제작한 것으로 그의 최초의 장편 희극 작
품이다. 무성영화로 제작되었으나 42년 채플린 자신이 음악과 해설을 덧
붙여 새롭게 공개하였다. 일확천금을 꿈꾸며 알래스카 금광지로 모여든
사람들의 비극과 사랑을 희극적으로 연출하였다. 방랑자 채플린이 현상
범과 황금을 좇는 거인 빅 짐(맥 스웬)을 만나 벌어지는 사건과 술집 여인
조지아(조이아 헬)를 짝사랑하는 내용 등을 담고 있다. 굶주린 나머지 구
두를 삶아 고기처럼 뜯어먹고 구두끈을 스파게티처럼 먹는 등 채플린 특
유의 감성과 기법이 돋보이는 작품이다.[3]

채플린이 「황금광 시대(The Gold Rush)」라는 희극 영화를 만들었
을 당시의 1920년대 중반은 세계 경제의 어두운 면이 서서히 드리우
기 시작할 무렵이었다. 즉, 세계적인 수준의 불황의 전조가 나타나던
시대였다. 사람들은 한탕주의에 자신의 인생을 걸었다. 골드 러시는

---

2) 전봉관, 같은 책, p.83, 참고.
3) 엠파스 검색, Copyright©1999-2004 (주)지식발전소, 동서문화사.

궁핍한 삶의 반증이다. 채플린은 자기 구두 한 짝을 삶아 먹는다. 이때 구두끈은 스파게티가 되고 구두창의 목은 뼈다귀가 된다. 알래스카 산중에서 폭설과 싸우면서 황금을 찾는 찰리 채플린이 허기 상태에서 착란에 빠지게 된 것이다. 황금에 대한 모험적인 욕망은, 채플린의 동료가 지독한 굶주림으로 인해 채플린이 닭으로 헛보여 마귀들린 것처럼 거친 숨을 휘몰아친다. 황금광(黃金鑛)과 황금광(黃金狂)이 동의어가 되는 시대에 서서히 진입하고 있다는 메시지를 이 영화는 담고 있는 듯하다. 그는 훗날 이 영화에 대해 다음과 같이 술회한 바 있다.

코미디를 창조하는 데 있어서 비극은 웃음의 정신과 통한다는 역설이 성립된다. 웃음이란 저항하는 자세라고 나는 생각한다. 우리가 어찌할 수 없는 자연의 힘을 아무런 구원의 여지도 없이 직면했을 때, 웃거나 미치는 수 밖에 없을 것이다. 나는 캘리포니아로 돌아오는 길에 길을 잃어 시에라 네바다 산맥의 눈에 갇힌 도너 탐험대에 관한 책을 읽은 적이 있다. 160명의 개척자들 중에 18명만이 살아남았고, 그들의 대부분은 굶주림과 추위 속에서 죽어갔다. 어떤 사람들은 죽은 사람의 고기를 뜯어 먹었으며, 또 어떤 사람들은 굶주림을 덜기 위하여 사슴 가죽신을 구워 먹었다. 이렇게 끔찍한 비극 속에서 나는 아주 익살스러운 장면 하나를 생각해냈다. 무시무시한 굶주림 속에서 나는 내 신을 끓여서 먹는데 구두에 박힌 못을 맛있는 닭고기의 뼈를 가려내듯이 건져내고, 마치 스파게티를 먹듯이 구두 끈을 먹는 것이다. 굶주림으로 인한 정신 착란 상태에 빠진 나의 동료는 나를 닭으로 착각하고는 나를 잡아 먹으려 하는 것이다.[4]

---

4) 채플린 자서전, 유자효 옮김, 『찰리 채플린, 그 슬픈 광대』(태안출판사, 1980), p.229.

채플린의 「황금광 시대」는 자본주의 체제를 비판하는 은밀한 전략을 함축하고 있다. 그의 일련의 영화에는 자본주의의 거대한 욕망 덩어리에 대해 웃음으로 맞서고 있으며, 이 웃음의 뒤켠에는 비판의 칼날을 감추고 있다. 그가 훗날 레드 헌팅, 즉 빨갱이 표적 수사의 리스트에 올라 매카시즘 시대의 희생양이 된 것도 이와 같은 반자본주의적인 성향에 기인하는 바 적지 않다.

1926년 이후 폭등을 거듭하던 월스트리트의 주가, 그리고 1929년에 이르러 세계 공황의 장기화가 시작된다. 이때 국내의 언론에조차 제 2차 세계대전이 일어날지 모른다는 불안감이 반영되기도 했다. 채만식이 무산 지식인에 대한 자기풍자적인 독설을 퍼부으면서 종당에는 금광행(金鑛行)에 모험을 걸게 된 까닭도 세계적인 공황 시대의 배경에 있다고 할 수 있다.

채플린과 채만식은 자본주의 질서를 전복하려는 욕망과 자본주의 질서 속에서 성공을 이루어보려는 욕망을 동시에 가졌던 인물이었다. 채플린은 희극 영화를 통해 입신에 성공했고 돈도 많이 벌었다. 그러나, 채만식의 경우는 자신의 소설 쓰기가 옹색한 살림으로부터의 탈출구가 되지 못했다. 그의 금광행은 위기를 기회로 삼으려는 생존의 결단인 셈이 되었다.

3. 백수 지식인을 양산하는 시대

채만식은 부농(富農)의 가정에서 태어나 일본 유학을 하는 등 교육의 시혜를 받았으나 궁핍한 글쟁이로 살다가 머리맡에 수북한 원고지를 그리면서, 지독한 가난 속에서 죽었다. 그는 백수 지식인으로서 구직을 위해 여기저기 서울의 거리를 돌아다녔다. 그의 자전적 경험은 「레디 메이드 인생」(1934)에 잘 반영되어 있다.

소설 속의 주인공 P는 채만식에 다름없다. P가 신문사를 경영하는 선배 K사장을 찾아가 자신을 고용해 달라고 간청하는 데서 소설은 시작한다. P의 비굴함과 자괴심, K사장의 거만함과 권태감이 서로 교차하는 가운데, 1930년대 한국 사회에 대처하는 지식인의 역할이 하나의 쟁점으로 슬몃 비춰지고 있다.

"가령 응…… 저…… 문맹퇴치운동도 있지. 농민의 구할은 언문도 모른단 말이야! 그리고 생활개선운동도 좋고…… 헌신적으로."

"헌신적으로요?"

"그렇지…… 할테면 헌신적으로 해야지."

"무얼 먹고 헌신적으로 그런 사업을 합니까……? 먹을 것이 있어서 그런 농촌사업이라도 할 신세라면 이렇게 취직을 못 해서 애를 쓰겠습니까?"

"허! 그게 안 된 생각이야…… 자기가 먹고 살 재산이 있으면서 사회를 위해서 일도 아니하고 번들번들 논다는 것은 그것은 타락된 생각이야."

P는 K사장이 억단을 내세우는 것을 보고 속으로 싱그레니 웃었다.

"그렇지만 지금 조선 농촌에서는 문맹퇴치니 생활개선이니 합네 하고 손끝이 하―얀 대학이나 전문학교 졸업생들이 몰려오는 것을 그다지 반겨하기는커녕 머릿살을 앓을 것입니다…… 농민이 우매하다든지 문화가 뒤떨어졌다든지 또 생활이 비참한 것의 근본원인이 기역 니은을 모른다든가 생활개선을 할 줄 몰라서 그런 것이 아니니까요. 그리고 조선의 지식 청년들이 모두 그런 인도주의자가 되어집니까?"

"되면 되지 안 될 건 무어야?"

"그건 인도주의란 그것이 한 개 공상이니까 그렇겠지요."

"허허…… 그러면 P군은 ××주의잔가?"

　　"되다가 찌부러진 찌스레깁니다. 철저한 ××주의자라면 이렇게 선생님한테 와서 취직운동도 아니합니다."[5]

　　K사장이 펼치는 논리가 이상론이라고 할 수 있다면, P의 그것은 현실론이라고 하겠다. P는 K사장의 논리를 억단(궤변)이라고 치부한다. P의 현실론은 사실상 작가 의식의 변용이다. 30년대 지식인 귀농 운동은 조선일보의 문맹퇴치운동과 동아일보의 '브 나로드(to the people)' 운동에 의해 촉발되었다. 이와 같은 이상주의적인 민족운동은 심훈의 「상록수」로 대표되기도 하지만, 총독부의 농촌진흥운동에 영향을 받았으리라고 여겨지는 박영준의 「모범경작생」의 경우는 현실적으로 굴절된 감이 없지 않았다.

　　어쨌든, 위의 대화를 통해 우리가 문학사적으로 되짚어 보아야 할 사실은 심훈의 「상록수」와 채만식의 「레디 메이드 인생」이 갖는 시국관의 차이 및 쟁점이라고 할 수 있다. 전자에 의하면 지식인이 이상적인 인도주의를 실현하기 위해 문화운동에 참여해야 한다고 말하고 있다면, 후자에서는 지식인의 경제적으로 자립해야 하는 것이 우선적인 현실적 과제라고 강조하고 있다고나 할까? 이러한 유의 쟁점은 오늘날 지식사회의 세계에 화두로 제기되고 있는 바, 공동체주의와 자유주의의 대립 양상으로 이해될 수도 있다. 즉, 심훈이 지식인의 공동선(共同善)을 중시하고 있다면, 채만식은 지식인의 개인권리를 우선시하고 있다.

　　채만식이 지식인의 개인권리를 획득할 수 없는 사회라는 인식에 도달했을 때 다음과 같이 지독하기 그지없는 넋두리, 절규에 가까운 독설이 쏟아진다.

---

5) 한국소설문학대계 · 15,두산동아, 1996, pp.223~4.

인텔리가 아니 되었으면 차라리……(원문 7~8자 탈락)…… 노동자가 되었을 것인데 인텔리인지라 그 속에는 들어갔다가도 도로 달아나오는 것이 구십구 퍼센트다. 그 나머지는 모두 어깨가 축 처진 무직 인텔리요, 무기력한 문화 예비군 속에서 푸른 한숨만 쉬는 초상집의 주인 없는 개들이다. 레디메이드 인생이다.

인텔리…… 인텔리 중에도 아무런 손끝의 기술이 없이 대학이나 전문학교의 졸업증서 한 장을, 또는 그 조그마한 보통 상식을 가진 직업 없는 인텔리…… 해마다 천여 명씩 늘어가는 인텔리다. 부르주아지의 모든 기관이 포화상태가 되어 더 수요가 아니 되니 그들은 결국 꼬임을 받아 나무에 올라갔다가 흔들리는 셈이다. 개밥의 도토리다.[6]

이 소설의 시대적 배경은 타이쇼오(大正: 1912~26) 데모크라시의 지식열으로 인한 지식인의 양산과, 두 차례의 경제 공황에 의해 양산된 무산 지식인의 사회문제화, 그리고 일본 제국주의가 중국 침략 전쟁으로 활로를 개척해 나아가는 역사적 과정 속에 놓여 있었다.

백수(白手), 즉 손끝이 하얀 대졸자가 사회문제로 부각하고 있는 2004년 오늘날의 사회 현상과 서로 조응하고 있는 채만식 시대의 무산 지식인은 그에 의해 심각한 자조(自嘲)의 대상, 신랄한 자기 풍자의 과녁이 되고 있다. 개밥의 도토리, 문화예비군, 초상집의 주인 없는 개들, 기성품 인생 등으로 비유되는 그 시대의 지식인은 한마디로 사회적인 무용지물일 따름이다.

작가 채만식은 이 소설에서, 바가지(쇄국정책)를 쓰고 벼락(외세)을 막으려 했던 대원군 이래 파행적으로 전개해 온 조선의 근대성을 비판하고 있다. 무산 지식인에 대한 풍자는 바로 근대성 비판에 다름

---

6) 같은 책, pp.228~9.

아니다. 그의 희곡 「인텔리와 빈대떡」 역시 마찬가지이다. 그의 작품 가운데 셋방살이·구직·돈타령 등의 옹색한 살림살이에 대한 자탄을 일삼고 있는 소설의 계열이 뚜렷이 나타나고 있다. 여기에는 김상선의 말마따나 생활의 소담스런 향기도 안빈낙도의 아취도 존재하지 않는다.[7] 희곡 「인텔리와 빈대떡」에서 주인공인 종식은 중도 속도 못 되는 얼간이, 즉 백수 지식인이 될 바에야 차라리 실업학교 3년을 다녀 손끝의 기술이나 익혔더라면 하고 후회한다. 종식은 어린 아들에게 어려서부터 공장에 들어갈 것을 권유한다. 이 점은 「레디 메이드 인생」에서 P가 아홉 살 난 아들 창선이를 학교에 입학시키지 않고 인쇄소에 취직시킨다는 내용과 엇비슷하다.

P가 K사장과 대화할 때 '철저한 사회주의자'가 되지 못한다고 스스로 밝힌 바가 있었다. 말하자면, 한때 동반작가였던 채만식이 철저한 사회주의 작가가 될 수 없었던 자신의 정치적인 태도를 밝힌 것으로 이해해도 좋을 듯하다. 비평가 현인(玄人)은 채만식을 온전한 동반자(sympathizer)가 될 수 없다고 밝힌 바 있었듯이, 그는 낭인적 작가라고 할 수 있다. 그의 작품 속에 그려진 사회주의 운동가는 식민지 현실의 어두운 질곡을 극복하는 희망의 빛이 되기도 하지만, 무산 지식인을 해방하기 위한 사상적인 무장이나 신념이 되기에는 현실적인 역부족으로 간주된다.

채만식의 소설에 사회주의자가 등장하지만, 그 스스로 사회주의자라고 자임함 적은 없었다. 한때 사회주의였던 김팔봉 역시 금광 사업에 뛰어들었듯이 1930년대 황금광 시대에는 황금 앞에 민족주의자도 사회주의자도 구분 없고 의사도 기생간의 신분도 가릴 것 없었다. 채만식은 해방직후 좌우대립기에 좌파 문단과 오히려 거리를 두었다.

---

7) 김상선, 『채만식론』(약업신문사. 1989), p.31, 참고.

「황금광 시대」의 영화 작가 채플린 역시 자본주의 체제를 희극적으로 풍자했다는 점에서, 자유주의자로부터 코뮤니스트가 아닌가 하고 늘 의심을 받았다. 그는 매카시즘의 선풍이 불어닥쳤던 1950년대에 결국 국외로 추방되는 비운을 맞이한다.

채플린은 기자들에게 공산주의자가 아니냐면서 집요하게 추궁당했었다. 그럴 때마다 그는 자신이 공산주의자가 아니라고 단호히 말했다. 실망과 고난의 세계가 엄습했을 때, 절망하지 않으려고 사람들이 철학이나 유머에 의존하듯이, 자신도 철학과 유머의 깊은 세계에 빠졌으리라. 그의 자서전에 한 기자와의 짤막한 대화가 기록되어 있다.

"당신은 한스 아이슬러를 아십니까?"
"네, 그는 저의 절친한 친구이자, 위대한 음악가입니다."
"당신은 그가 공산주의자라는 것을 아십니까?"
"나는 그가 무엇인가에 대해 관계하지 않습니다. 나의 우정은 정치적인데 기반을 둔 것이 아닙니다."[8]

4. 시대의 맹목과 작가의 착목

채만식의 작가적 기량은 「태평천하」(1938)에서 탁월하게 드러나고 있다. 난세를 성세로 잘못 믿고 있는 한 부정적인 인물을 통해 시대의 맹목성을 풍자하고 있는 것이 이 소설의 주안점이라고 할 수 있다.

---

8) 채플린 자서전, 앞의 책, p.317.

이 소설은 내용과 형식이 서로 어긋나 있다고 보여진다. 내용에 있어서 풍자, 비판정신 등의 근대 지향성을 어느 정도 제시하고 있으나, 형식적인 측면에 있어서는 전근대적인 요소가 뚜렷이 나타나고 있다고 하겠다. 작가 개입의 화법이 그렇고, 장회(章回)라는 전래의 구성법이 그렇다.

작가 채만식은 설화자의 입담을 빌어 인물 형상의 탁월한 성과를 보여준다. 판소리 한 대목을 읽는 느낌을 주는 전통적인 발화 형식은 정신적 가치를 모르고 물질적 가치만을 좇는 부호(富豪)의 속물근성에 대한 딴지 걸기에 매우 적합하게 이용되고 있다.

채만식은 시대의 맹목성 앞에 풍자와 비판정신으로써 현실에 대한 눈을 떴다. 그의 날카로운 시선은 시대정신의 정확한 반영에 값하는 것. 여기에 얘기꾼의 한바탕 요설은 미학적인 완성도와 완결성을 더해 주고 있다. 소설가 이문구는 채만식론에서 그를 매우 높게 평가하고 있다. 소설가에 대한 소설가의 평가는 때로 전문 비평가의 그것보다 한결 정확하거나 사물의 핵심을 파고드는 경향이 있다.

「태평천하」는 자작농의 농부가 소작농으로 전락한 계기가 되었다는 '토지조사사업(1912~1918)을 전후해서 지주로 상승한 평민들이 식민지 지주의 전형으로 자리잡는 한편, 양반과 일반 농민은 급속한 추락의 길을 걸었던'(최원식) 일제 어간에, 망조가 든 윤직원 일가의 막가는 모습을 통해 천민자본주의와 시대적 사생아들의 갈지자 걸음을 활동사진처럼 그려낸 문학적 향기보다도, 고리 백정이 수양버들 앞에서 근본을 못 속이듯, 툭하면 함께 늙어가는 며느리를 '짝 찢을 년'이라느니, 자식을 둔 아들을 두고 '잡아뽑을 놈'이라느니, 일본 유학을 간 손자를 '착착 깎아죽일 놈'이라느니 하는 데서 집구석의 내력은 어쩔 수가 없어서 육두문자로 어른 노릇을 하며 사는 윤직원의 '사복시 개천'처럼 더러운 구습이 무엇보다도 재미있고 매력적이라는 것을 다시금 확인할 수가 있다. 사복시는 궁중에서 쓰는 말과 가마를 다루던 관아인데 60년대까지도 청진동의 옛터에서 기마경찰대가 개천을 더럽히고 있었다.[9]

윤직원은 당대의 극단적인 이기주의자이다. 그가 젊었을 때 그의 아버지 윤용구가 화적의 손에 비참하게 살해될 때 볏가리가 타오르는 충천한 불빛 아래서 "우리만 빼고 이 세상 어서 망해라."라고 격분된 저주의 절규를 토로한 적이 있었다. 그는 이러한 왜곡된 대사회관과 함께 평생에 걸쳐 소유의 욕망을 실현해 왔다. 이러한 유의 반사회적, 반민족적인 인물은 자기만의 안녕과 환락만을 위해 존재한다. 그는 늙어도 황금에의 욕망은 사그라들지 않고 증손녀 뻘의 어린 기생과 연애홍정·주색잡기를 일삼는다. 그 뿐만이 아니라 그의 식솔도 마찬가지이다. 이문구의 말마따나, 입만 열면 육두문자요 자식들 또한 돈타령이니 윤직원가의 개칠된 초상화에 재미와 매력을 느끼기에 여간 어렵지 않다.

"화적패가 있너냐아? 부랑당 같은 수령(守令)들이 있더냐……? 재산이 있대야 도적놈의 것이요, 목숨은 파리 목숨 같던 말세는 다 지내가고오…… 자 부아라, 거리거리 순사요, 골골마다 공명헌 정사(政事), 오죽이나 좋은 세상이여…… 남은 수십만 명 동병(動兵)을 히여서, 우리 조선놈 보호히여 주니, 오죽이나 고마운 세상이여? 으응……? 제 것 지니고 앉아서 편안허게 살 태평세상, 이걸 태평천하라구 허는 것이여, 태평천하……! 그런디 이런 태평천하에 태어난 부자놈의 자식이, 더군다나 왜 지가 떵떵거리구 편안허게 살 것이지, 어찌서 지가 세상을 망쳐 놀 부랑

---

9) 이문구, 「훈수꾼의 육두문자, 채만식의 태평천하」(동서문학관소식, 1998, 7), p.4.

당패에 참섭헌단 말이여, 으응?"

〔… 중략… 〕

"……그놈이, 만석꾼의 집 자식이, 세상 망쳐 놀 사회주의 부랑당패에
참섭을 히여, 으응, 죽일 놈! 죽일 놈!"

연해 부르짖는 죽일 놈 소리가 차차로 사랑께로 멀리 사라집니다. 그
러나 몹시 사나운 그 포효가 뒤에 처져있는 가권들의 귀에는 어쩐지 암담
한 여운이 스며들어, 가뜩이나 어둔 얼굴들을 면면상고, 말할 바를 잊고,
몸둘 곳을 둘러보게 합니다. 마치 장수의 죽음을 만난 군졸들처럼…….[10]

윤직원가의 몰락은 뜻밖에도 윤직원이 믿어 마지않았던 손자 종학
이 사회주의 운동에 가담하여 동경에서 구속되었다는 청천벽력의 소
식에 접하는 소설의 마지막 장면 가운데 예견되어 있다. 인용문에서
보듯이 말이다. 그는 진시황처럼 창업에 성공했지만 사회주의 운동
가 손자에 의해 만리장성이 붕괴된다는 암시가 이 소설의 긴 여운을
남기고 있다. 많은 논자들의 지적이 있었거니와, 채만식이 허무주의
적인 정치관을 지닌 것으로 생각되었다. 그렇다고 부정적인 현실을
타개하는 비전을 제시하지 못했다고 딱히 볼 수는 없을 것 같다.

물론 「태평천하」에 일본 제국주의에 대한 대타의식이 분명히 있는
것도 아니며, 그것이 억압하는 사회현실에 대한 대결의식에 있어서
도 지식인으로서의 무력감을 드러내고 있는 것도 사실이다.

그러나 채만식은 혼탁한 흐름의 시대를 정확히 꿰뚫어 보고 있다.
중국사에서 가장 태평한 성대(盛代)의 하나로 청나라 건륭제 연간
을 손꼽는 사람들이 적지 않다. 이 시대에 청나라는 전대미문의 부귀
영화를 누렸지만, 만주족과 한족의 갈등, 관료제의 폐단, 부익부 빈

---

10) 한국소설문학대계, 앞의 책 pp.219~20.

익빈 문제가 심화된 시대이기도 했다. 윤직원이 말한 태평천하, 즉 1930년대의 황금광 시대는 일제 시대 중에서도 민족내부의 사상적인 갈등, 친일과 반일의 심화 등의 문제가 서서히 싹트고 있었다. 이런 점에서 30년대 후반은 난세 중의 난세라고 할 수 있다.

5. 땅 문제로 비롯된 극단적 좌절과 불신

소설의 주인공이 도덕적으로 완전무결한 성인군자일 수 없다는 것은 상식이다. 18~19세기에 이른바 '근대'라는 역사적 형성 배경 속에서 성장한 소설은 중세기적 도덕률로부터 결코 벗어날 수 없었던 선남선녀를 필요치 않게 되었다. 어느 사이, 근대소설은 성격적으로 결함이 있고 기존의 제도권에 방자한 언행을 일삼는 문제적 개인으로서의 필부필부(匹夫匹婦)들이 시민혁명 이래 보통사람 개념의 정립과 더불어 대거 등장하기에 이르렀던 것이다.

「논 이야기」에 등장하는 한생원(한덕문)도 성격적인 결함을 갖고 있는 이른바 하자(瑕疵) 있는 유형의 인물이다. 그는 아전인수의 비합리성(자기합리화)을 드러내는 무지랭이 노인으로, 또한 갑자기 찾아온 해방과 그 직후의 사회 환란의 와중에서 자신의 권리만을 찾겠다고 우겨대는 한심한 이기주의자로 그려져 있다. 그 역시 소설 이론에서 흔히 얘기되는 '문제적 개인'이다. 그러나 사회구조의 현실적 모순을 해결하기 위한 문제성을 스스로 내포하고 있는 인물이라기보다는 오히려 이의 역방향에서 문제성을 심각하게 야기시키며 물의를 일으키는 인물에 해당한다.

물론 한생원이 한국근대사의 한 이름없는 희생자임에는 틀림없다. 경술년(1910년) 조선이 일본에 병합되기 직전에, 그의 아버지 한태수는 고을의 원에게 그동안 부지런히 장만해 둔 논 열 세 마지기를 빼앗긴다. 그의 아버지의 논 열 세 마지기를 탐한 고을의 원이 이를 강탈하기 위해 한생원이 동학당에 가담했다는 혐의를 뒤집어 씌웠던 것이다. 그 당시 스물 한 살의 청년이었던 한생원은 경각에 달려 있던 그의 아버지를 구하기 위해 논 열 세 마지기를 억울하게 바치지 않을 수 없었다. 이때부터 그는 소작인 신세로 전락하게 된다.

아버지가 죽은 후, 그는 빚에 쪼들린 나머지 그나마 남은 땅 일곱 마지기마저 좋은 값으로 일본인 길천(吉川)에게 팔아 넘긴다. 길천은 가난한 조선인에게 이른바 왜채(倭債)를 놓고 이를 갚지 않으면 채무자를 제 집으로 데려다 감금하는 등 사형(私刑)으로써 빚 채근을 하는 악덕 고리대금업자이다. 그런데 한생원은 일본이 미국에 항복을 하고 조선이 해방되자 일본인 길천에게 잃었던 논 일곱 마지기를 고스란히 되찾을 줄만 알고 희망에 들떠 있다. 그러나 미군정은 일본인 소유의 땅을 적산(敵産)으로 규정, 몰수함으로써, 일본인에게서 돈을 받고 팔았던 자기의 땅을 되찾겠다는 한생원의 비합리적인 기대는 결국 좌절되고 만다. 그것은 사유재산이 아니라 국가재산으로 이미 귀속되어 있었기 때문이다.

한생원의 좌절감은 나라의 존재와 당위성에 대한 극단적인 불신감 내지 배신감으로 표출된다. 그는 경술년에 조선이 일본에게 망할 때 많은 사람들이 이를 원통히 여겼음에도 "그깐 놈의 나라 시언히 잘 망했지." 하며 저주하던 것과 매한가지로, 이번에는 "독립됐다구 했을 제, 내 만세 안 부르기 잘했지." 하며 악담을 내뱉는다.

채만식의 「논 이야기」는 해방직후(1945~1943)라는 특수한 역사의 격변기 상황에서 발표된 것이므로 이 기간의 역동적인 시대적 정황과 긴밀하게 서로 맞물려 있다. 해방 전부터 탁월한 풍자작가로서 명성을 얻었던 채만식은 해방 직전 자신의 대일협력을 성찰한 중편

「민족의 죄인」을 발표하는 한편, 해방기의 현실적 모순과 사회의 불안정성을 신랄하게 냉소적으로 비판하고 있다.

이 작품에서의 풍자의 대상은 대체로 세 가지로 집약될 수 있다. 첫째는 자기에게 유리한 면을 고집하는 개인의 사사로운 이기심, 혹은 공동체 의식의 결여에 대한 풍자이다. 둘째는 개인과 권력의 관계에 있어서 개인의 의사에 반하여 사유재산을 쉽사리 침해하는 통치권, 예컨대 구한말의 봉건관료제, 일제의 식민주의, 해방기의 미군정으로 이어지는 허울좋은 근대성에 대한 풍자이다. 셋째는 해방 직후에 작가 자신을 포함한 친일파를 매도하며 시세에 영합하는 부화뇌동적인 사회 분위기가 빚어낸 어설픈 국가관에 대한 풍자이다. 물론 일반적으로 볼 때 비중 큰 쪽은 첫 번째의 경우이다. 성격상 결함이 있는 한생원을 풍자하면 할수록 당시의 뒤틀리고 혼돈스런 시대적 정황이 객관적으로 부각되기 때문이다.

6. 역사적 현재성, 2004

지금 우리 사회는 심각한 불황의 늪에 빠져있다. 얼마전 IMF 관리체제 시절보다 더 살기가 어려워졌다고 말하는 사람들이 많다. 특히, 채만식 시대를 방불케 하는 청년실업의 문제는 자못 심각하다. 그렇기 때문에 한탕주의와 일확천금을 꿈꾸는 사람들도 여느 시절보다 많아졌다. 국민적인 대박 증후군이 된 '로또' 열풍 이후 새로운 황금광 시대를 연 것은 소위 '보상금 러시'라고 이름되는 것이다. 한 경제신문의 기사를 보자.

지금 토지시장엔 황금광시대의 '골드 러시'처럼 '보상금 러시'가 몰아치고 있다. 2조4000억원의 보상금이 풀리고 있는 성남 판교신도시에는 보상금을 잡으려는 온갖 군상들이 몰려들고 있다. 떴다 방, 은행, 증권회사, 개발업자, 도박꾼, 투기꾼, 사기꾼 등등……땅값 상승을 예고하는 '보상금 러시'는 비단 판교 신도시만으로 끝나지 않는다는 게 문제다. 국민임대주택을 짓기 위해 조성 중인 그린벨트 내 택지지구에서도 수 조원이 풀리고 있기 때문이다. 토지공사와 주택공사 등에 따르면 올해에만 수도권에서 7조원 가까운 보상금이 풀린다. 이 돈이 인근 지역으로 유입되면 땅값은 그야말로 도미노식으로 뛸 가능성이 높다. 판교 돈으로 화성 논을 사고, 화성 돈으로 평택 논을 사고, 평택 돈으로 아산 논을 사고, 아산 돈으로 당진 논을 사는 식으로 일파만파로 번질 공산이 큰 것이다. 여기에 파주, 김포 신도시발(2조원), 신행정 수도발(4조6000억원) 보상금이 가세하면 '보상금 러시'는 가히 '골드 러시'를 방불케 할 것이다.[11]

대량 실업의 물결이 사회를 휩쓰는 IMF시대에 자본주의 경제공황의 잔혹성과 세계성을 확인해보고 싶은 이가 있다면 미국 작가 존 스타인벡이 쓴 「분노의 포도(鋪道)」를 읽으면 좋을 것이다[12], 라고 경제평론가 유시민은 한때 말한 바 있었다. 이와 마찬가지로, 채만식 소설을 통해, 청년 실업의 문제가 사회 현상이 되고 대박에의 헛된 꿈을 꾸고 있는 오늘날을 적절하게 성찰해볼 수 있다. 다시 말하면, 채만식 소설이 오늘날 우리에게 유효하게 읽힐 수 있다는 사실은, 모든 역사가 현재의 역사라는 가설을 정당화시키는 바, 역사 서술자의 주관적 가치 판단으로서의 역사적 현재성에 근거한다. 이런 점에서 볼 때, 채만식은 소설가이면서도 한편 문학적인 역사의 서술자이기도 하다.

---

11) 남창균기자 namck@moneytoday.co.kr
12) 유시민, 「역사와 문학」(문학과 교육, 1998, 여름), p.20.

밀실 속에서의 정념과 환멸
— 최인훈의 「광장」 다시 읽기

1

최인훈의 짧은 산문 가운데 「문학과 역사」라는 소품이 있다. 제목만으로는 무슨 거창한 내용의 에세이 같은 느낌을 주겠지만, 다소 잡담 같은 글이다. 잡담이래서 낮추어 보자는 것은 아니다. 일상사의 잡담 속에서도 심원하고도 고귀한 진실이 담겨있을 수도 있다는 점에서 말이다.

발자크는 자기 시대 역사를 쓴다면서 소설을 썼다지만, 말할 것 없이 비유일 따름이다. 그의 소설의 참된 재미는 당대 독자일수록 온전히 맛보았을 테고 후대일수록 몽롱해질 게 당연하다. 작가와 독자 사이에 약속되어 있는 '당대'라는 커다란 배경에 대한 이해력 탓이다.

— 최인훈 전집·12, 26면

이 인용문에서 우리는 작가 최인훈의 역사의식을 짐작할 수 있다. 소설이 동시대의 기록이란 점에서 역사성을 지니고 있다는 사실은 상식이다. 소설의 역사성이라면, 최인훈의 시대에 유주현의 「조선총독부」나 안수길의 「북간도」 같은 작품이 대표적인 실례라고 할 수 있다. 이 두 편의 소설은 대작주의를 지향하면서도 대작이 갖는 장중함의 거대담론을 반영하고 있다. 그런데 시대적으로 멀어질수록 독자는 이러한 유의 작품으로부터 살아있는 감동을 쉽게 경험하지 못한다. 오늘날의 젊은 독자는 소설 속의 6·25를 절실하게 받아들이지 못한다. 반면에, 「태극기를 휘날리며」와 같은 영화, 시청각적인 이미지들로 치장된 찬연한 가상현실의 오락거리 앞에서는 얘기가 달라진다. 그 만큼, 역사의 권위와 신성성이 사라져가고 있다는 증좌이다. 최인훈의 말대로, 당대라는 커다란 배경에 대한 이해력이 없으면 역사의 권위와 신성성은 탈색해버리는 경향이 있다. 이 말에는 역사가 절대적이라거나 객관적이라거나 하지 않다는 뜻이 강하게 내포되어 있다고 하겠다.

2

최인훈에게 있어서의 역사는 결코 절대의 순수 관념이 아니다. 그의 소설 「광장」에서는 그것이 개가죽 쓰고 호랑이 춤추는 격이라는 표현이 있다. 그리고, 이 작품에 엿보이는 것은 일종의 정념(情念)의 역사라고 할 수 있다.

「광장」은 역사성의 바탕 위에서 탄생했다. 4.19 혁명의 열기가 사회의 구석구석에 배여 있을 때, 그는 자신의 소설이 새 공화국에 공간(公刊)된다는 사실에 흥분과 벅찬 감회에 잠겼다. 소설 「광장」은 아이러니컬하게도 이성과 논리의 역사에 지지를 받았지만, 정작 작품의 내재적인 질감 속에 반영된 것은 일종의 정념의 역사였다.

이성과 논리의 힘이 미치지 않는, 삶의 파토스적인 것, 근대적 자아의 마성을 해부하는 것, 대중의 집단적인 기억문화와 관련되는 것에 대한 작가적인 성찰의 기록이라고 할 수 있다는 점에서……. 전환기일수록, 정념이 더 요구된다. 이것은 이성의 허구성을 밝히고자 할 때 논리성을 지니기도 한다. 이 소설의 주인공 이명준은 현저히 사변적인 인물이다. 이 소설에 접한 독자들은 지식인의 격렬한 고뇌, 온몸으로 거부하는 듯한 영혼의 동요, 남과 북의 체제에 대한 정치적인 환멸에로의 귀결 등의 과정을 통해 드러나는 한 인간의 삶에 대해 시퍼렇게 살아 오는 감동을, 독자들은 경험할 수도 있었으리라.

명준이 북녘에서 만난 것인 잿빛 공화국이었다. 이 만주의 저녁 노을처럼 핏빛으로 타면서, 나라의 팔자를 고치는 들뜸 속에 살고 있는 공화국이 아니었다. 더욱 그를 놀라게 한 것은, 코뮤니스트들이 들뜨거나 격하기를 바라지 않는다는 일이었다. 그가 처음 이 고장 됨됨이를 똑똑히 느끼기는, 넘어와서 바로 북조선 굵직한 도시를, 당이 시켜서 강연 걸음을 했을 때였다. 학교, 공장, 시민회관, 그 자리를 채운 맥빠진 얼굴들. 그저 앉아 있었다. 그들의 얼굴에는 아무 울림도 없었다. 혁명의 공화국에 사는 열기 띤 시민의 얼굴이 아니었다.

— 전집·1, 문학과지성사, 1994, 111면

프랑스 혁명은 부르주아 혁명이라구, 인민의 혁명이 아니라구요. 저도 압니다. 그러나 제가 말하고 싶었던 건 그게 아니었습니다. 그때 프랑스 인민들의 가슴에서 끓던 피 그 붉은 심장의 얘기를 하고 싶었던 것입니다. 시라구요? 오, 아닙니다. 아버지, 아닙니다. 그 붉은 심장의 설레임 그것이야말로, 모든 것입니다. 그것이야말로 우리와 자본주의자들을 가르는 단 하나의 것입니다. 퍼센티지가 문제인 게 아닙니다. 생산 지수가 문제인 게 아닙니다. 생산 지수가 문제인 게 아닙니다. 인민 경제 계획의 초과 달성이 문젠 게 아닙니다. 우리 가슴속에서 불타야 할 자랑스러운 정열, 그것만이 문젭니다. 이남에는 그런 정열이 없었습니다. 있는 것은, 비루한 욕망과, 탈을 쓴 권세욕과, 그리고 섹스뿐이었습니다.

—전집·1, 115면

최인훈의 「광장」에 등장하는 주인공인 이명준은 밀실을 버리고 광장으로 나왔다가, 결국에는 광장에서 패하고 밀실로 다시 물러났다. 최인훈은 광장과 밀실의 유기적인 관계성에 주목하면서 소설을 써 갔다. 그는 "광장은 대중의 밀실이며, 밀실은 개인의 광장이다."라고 말한 바 있었다. 좀 알쏭달쏭한 선문답 같은 말이지만, 그의 가치관이 집약적으로 배여 있는 탁견으로 들려지고 있다.

이명준이 광장에 들어섰다가 대중과 혁명의 광장으로부터 역사 현장에 참획하는 댓가로서의 이데올로기의 무장을 강요받는 것은 필연의 결과일 것이다. 강요의 구체적인 대목은 이렇게 서술되어 있다. "전체 인민이 새로운 역사를 창조하며, 빛나는 미래를 향하여 전진하고 있는 이 역사적인 마당에, 이명준 동무는 전혀 자신의 주관적 상상에 기인하는 판단으로 트집을 잡으려고 한 것입니다"(전집·1, 127면). 이러한 유의 표현을 두고 거대 지배 서사의 합의라는 전문적인 용어를 사용하는 이도 있거니와, 쉽게 말하면 그것은 역사의 진보에 대한 낙관적인 믿음의 정신을 의미한다.

이명준이 이 정신을 곧이곧대로 받아들이는 것을 거부한 것은 거대 지배 서사에 의한 합의의 균열을 반증하는 것이기도 하다. 흔히 합의가 깨어지면 사람들은 '역사의 이름으로……' 운운하며 역사의 권위와 신비성에 기대려고 한다. 역사를 재구성하면서 이상을 제시하고 사회구성원을 통제하려는 것은 정치권력의 속성이다. 문민정부 때 역사 바로 세우기를 표방했고, 지금의 참여정부가 과거사를 반성하겠다고 하는 것도 이러한 맥락에서 이해될 수 있는 성질의 것이다.

광장이 대중의 밀실이라면 밀실은 개인의 광장이다. 광장이 역사성을 가리키고 있다면 반면에 밀실은 탈역사성을 은밀하게 지향하게 된다. 역사성이란 다름아니라 논리적인 시간 질서로 근대성을 재구성하는 것. 집단의식과 공동체 정신으로 이해되거나 표현되는 개념이다. 즉, 그것은 인간을 사회적 존재로 보면서 거대의 담론을 일삼는 것이다. 이를테면 민족이니 해방이니 마르크스니 이데올로기니 하는 것이 여기에 해당된다.

반면에 탈역사성은 개별적으로 분절화되는 주관적 체험이 아닐까. 최인훈 스스로에 의하면 '애인의 침대에다 장갑이나 라이터를 둘 수 있는 세계' 즉 잣달은 밀실의 세계이다. 오늘날의 개념에 의하면 낱낱의 사람들이 향유할 수 있는 권리, 소망충족, 행복 등과 같은 것이 아닐까. 미시담론이니 미시사니 하는 것이 여기에 해당된다고 하겠다.

그제야 명준은 저쪽을 녹초로 만들려던 참에 나타난 그 헛것 생각이 났다. 왜 그 환각이 그런 다급한 참에 보였을까. 뻔히 환각인 줄 알면서도 막을 길이 없다. 그 환각은 밖에서 자기 힘으로 살아 움직이고, 그것이 나타날 때는 이명준의 속에는 그 환각을 틀림없는 진짜로 믿는 또 하나의 마음이 맞받아 움직인다. 그러면서 그것이 환각인 줄을 뻔히 안다는 것을 그 마음도 알고 있다. 이런 묘한 움직임이, 그 헛것이 보일 때마다 마음속에서 헷갈린다.

쑤시는 듯한 두통을 느끼며 하마터면 소리를 지를 뻔했다. 벌떡 일어

났다.

무엇을 할 것인가?

그는 흠칫 놀랐다. 그것은 그를 뒤따르고 있는 그 알 수 없는 그림자의 목소리라는 환각이 드는 것이다. 무엇을 할 것인가라구? 마주서야 할 일을 이 참까지 이리저리 비켜오다가, 더 물러설 수 없는 막다른 골목으로 몰린 느낌이다. 그 느낌은 아주 가까웠다. 그런 탓으로 풀이할 틈이 없다. 두통도 그 중세였다. 눈에 보이지 않는 그림자가, 여전히 숨은 채, 이번에는 목소리만 들려온 것이다. 어디선가 들어본 목소리 같기도 하다.

—전집·1, 104~5

이명준은 큰물진 여울처럼 도도한 역사의 흐름 속에서 희생의 제물이 된 지식인이다. 지식인의 역사 참획이 기억 공동체의 현장으로 복귀하는 것이라면, 이명준은 역사의 권위와 신비성으로부터 벗어나, 기억에 대한 강박적인 몰두가 아닌, 기억 공동체가 강요하는 문화에 대한 예리한 성찰을 통해 이데올로기가 거대한 환(幻)의 세계에 지나지 않다는 생각을 드러내고 있기 때문이다. 그의 정신 상태는 인용문에서 보는 바, 심각하다. 환영에 사로잡히거나, 헛것에 집히기도 한다. 그의 정념은 약간의 광기와 비이성의 착란을 수반하기에 이른다.

3

역사는 다름이 아니라 끊임없는 변화의 체험에 근거를 둔 근대적인 의미의 기억문화일 따름이다. 오늘날 후기 근대 사회에 와서는 이러한 생각에 대한 성찰과 대안이 제기되곤 한다. 말하자면 어렴풋한 기억만으로 존재하는 과거는 시간개념으로부터 탈각하고 있다는 생각이 그것이다.

물론 한편으로는 광장에 모여서 엇박자와 혼돈박의 "대~한민국!"을 외치며 축구 응원을 하는가 하며, 정치적인 사안의 실현을 위해 촛불시위를 벌이기도 한다. 이것은 역사성의 회귀를 의미하는 것이라고 하겠다. 사실 민족주의니 이데올로기니 하는 것도 특수한 기억을 매개로 결속된 것이라고 해도 과언이 아니다. 기억 공동체로부터의 벗어남을 시도하려는 시대적인 추세 속에서도, 다시 역사성의 복권을 시도하려는 결속력도 두드러지게 나타나고 있다는 점에서, 이 시대 역시 혼돈적이라고 할 수 있다.

정치는 경멸하고 있다. 그 경멸이 실은 강한 관심과 아버지 일 때문에 그런 모양으로 나타난 것인 줄은 알고 있다. 다음에 부채의 안쪽 좀더 좁은 너비에, 바다가 보이는 분지가 있다. 거기서 보면 갈매기가 날고 있다. 윤애에게 말하고 있다. 윤애 날 믿어줘. 알몸으로 날 믿어줘. 고기 썩는 냄새가 역한 배 안에서 물결에 흔들리다가 깜빡 잠든 사이에, 유토피아의 꿈을 꾸고 있는 그 자신이 있다.

〔…중략…〕

돌아서서 마스트를 올려다본다. 그들은 보이지 않는다. 바다를 본다. 큰 새와 꼬마 새는 바다를 향하여 미끄러지듯 내려오고 있다. 바다. 그녀들이 마음껏 날아다니는 광장을 명준은 처음 알아본다. 부채꼴 사북까지 뒷걸음질친 그는 지금 핑그르 뒤로 돌아선다. 제 정신이 든 눈에 비친 푸른 광장이 거기 있다.

—전집·1, 187~8면

최인훈의 「광장」은 일종의 정치적 허무주의를 담은 소설이라고 할 수 있다. 말할 것도 없이 작자의 지나친 관념을 노정한 한계 탓이라고 보여진다. 이 점은 이문열의 「영웅시대」에서도 다시 한 번 반복되는데 구체적인 현실로서의 역사성이 탈각된 관념 편향의 한계라고 할 수 있다.

현실성의 개념틀과 서로 경합하면서 정신적으로 좌충우돌하는 관념론자의 승리와 한계. 관념론자인 이명준에게 있어서의 세상은 '텅 비고 헛된 공허(vanitas, vanitatum vanitas)'에 지나지 않았다. 이데올로기도 거대한 헛것의 세계임에 상도되는 것이다. 절망의 끝간데에 '푸른 광장'이 헛보인다. 이 헛보임은 덧없는 정념의 낙원 의식인 것. 그 푸른 광장은 인간이 동행하는 기억 속의 과거, 하지만 결코 돌아갈 수 없는 과거로만 한정되는, 텅 비고 헛된 공허의 이미지이다. 일본의 비평가 고바야시 히데오가 역사를 '인류의 거대한 원한'이라고 말했다면, 최인훈에게 있어서의 그것은 환각의 눈부신 심연에 마주서는 것이라고 비유될 수 있는 것이다. 그에 의해 창작된 이명준은 관념의 미로에서 끊임없이 헤매다가 환각의 심해로 향해 자신의 몸을 던지게 이르렀다.

그런데, 이육사는 이른바 '겨울은 강철로 된 무지개'로 표상된 환각 상태로 역사의식의 높은 수준을 얻었다. 신념과 역사에의 통찰력 때문이었다. 최인훈의 경우는 정념과 환멸로 점철되었다. 그의 역사 의식은 결국 상대적이거나 주관적이었다. 당대라는 배경에 대한 이해력이 없다면 기억의 시간 질서는 한없이 해체되어갈 따름인 것이다.

「꽃 파는 처녀」와, 북한 소설의 서정적 경향

1

본디 「꽃 파는 처녀」는 연극이었다. 북한의 문학사는 이 작품을 다음과 같이 평가한 바 있었다. 즉, 한일혁명투쟁의 첫 시기에 극문학 창조와 발전의 중요한 자리를 차지한 「꽃 파는 처녀」는 오빠의 도움으로 각성하여 자기 운명을 개척해 나가는 꽃분이의 형상을 통해 나라 잃고 가난한 인민들이 불행과 고통에서 벗어나는 진정한 길이 투쟁의 길뿐이라는 것을 뚜렷이 보여주게 되고, 또 그럼으로써 그것은 계급 사회의 반동적 본질과 혁명 투쟁의 진리를 밝힌 것이며, 이것은 사회주의적 사실주의 문학예술의 고전적 본보기가 되었다는 것.[1] 그것은 또한 계급 투쟁의 필연성을 밝히는 심오한 예술적 형상을 창조함으로써 인민계급을 계급적으로 각성시키고 그들로 하여금 인간해

---

1) 박중원 · 류만, 앞의 책, pp.34~6, 참고.

방과 계급해방과 민족해방을 위한 혁명적 투쟁을 고취시켰다는 것이다.[2] 다만, 소설 「꽃 파는 처녀」에 대한 남측의 평가는 기본적으로 북한과 비슷한 논조이나 민족적 정서라는 문맥에 초점을 맞추고 있다.

1930년 김일성 원작(原作)의 대중계몽 연극 「꽃 파는 처녀」는 1972년 김정일에 의해 혁명가극으로 재창작되었다. 특히 김정일은 이 작품에 나오는 80여 곡의 노래를 만들기 위해 모두 2700여 곡의 노래를 들었다고 한다.[3] 1989년 남북적십자사 간에 제2차 고향 방문단과 예술단 교환의 문제를 논의하던 과정에서 북한측은 혁명가극 「꽃 파는 처녀」를 공연할 의사를 비추었고 남한측은 이를 거부함으로써 실무회담이 결렬되었던 바 있었다. 이 무렵에 임진택의 용기있는 발언은 지금의 우리에게 긴 여운을 남기고 있다.

북한의 혁명 가극을 남쪽 사람들이 보는 것을 두려워하거나 꺼려할 필요가 없어질 때, 또 남한의 대표적인 예술 작품들이 북한사람들에게 충분히 공감을 주고 더 높은 차원에서 설득해낼 때 비로소 남북 예술단 교환은 민족의 화해와 일치를 향한 대장정에서 한 걸음의 전진을 담보할 수 있을 것이다.[4]

김일성의 원작과 김정일의 개작에 이어 소설로 거듭 태어난 「꽃 파는 처녀」는 1978년, 4·15 합동창작단에 의해 재개작되었다(「한 자위단원의 운명」은 문예선전대에 의해 집필되었다). 소설 「꽃파는 처녀」가 적어도 내용을 정서적으로 더욱 돋우고 풍부화하는 데 기여한 것은 사

2)사회과학원 문학연구소, 『조선문학사, 1926~45』(열사랑: 1988), p.104, 참고.
3) 한국비평문학회, 앞의 책, p.75, 참고.
4) 임진택, 「보고 싶은 꽃파는 처녀」, 『민중연희의 창조』(창작과비평사 : 1990), p.371.

실인 듯하다. 그런데, 원작 희곡과 소설 사이에 혁명 가극이 있었으며, 그 대본은 다음과 같이 시작된다.

서장:
① 관현악이 흐르는 가운데 막이 오른다.
② 언덕과 들판 여기저기에 꽃들이 한창이다.
③ 자욱한 아침 안개를 헤치며 령길을 굽이 돌아내리는 꽃분이의 모습.

녀성방창:
해마다 봄이 오면 산과 들에는
아름다운 꽃들이 피여나건만
나라 잃고 봄도 없는 우리들에겐
언제 가면 가슴 속에 꽃이 피려나 (중략)

꽃분이:
산에도 들에도 꽃은 피건만
이내 가슴 속에는 설음 뿐이네
아름다운 꽃송이를 안고 가건만

— 마음 속엔 방울방울 이슬 맺혔네[5]

혁명 가극 「꽃 파는 처녀」는 이상과 같이 구현된다. 서장의 관현악과 여성 방창과 꽃분이의 노래가 이어짐으로써 음악성의 향연이 다채롭게 제시되고 있다. 이러한 음악성은 소설의 서정적 경향으로 이행되는 데 적잖이 영향을 끼쳤으리라고 여겨진다.

---

5) 한국비평문학회, 『북한 가극·연극 40년』(신원문화사, 1990), pp. 80~1.

영화 「꽃 파는 처녀」는 1972년 천연색 시네마스코프로 제작되었다. 이 영화는 북한에서 항일혁명 영화의 성과작으로 손꼽힌다. 이 영화가 제작된 1972년에는 체코에서 열린 사회주의 국가의 국제 영화제에 출품하여 특별상과 특별메달을 수여 받은 것으로 알려져 있다. 이 영화를 계기로 이 영화의 히로인으로 부상한 여배우 홍영희는 북한 인민대중의 사랑 받는 스타로 성장하게 된다. 이 영화를 적절하게 평가한 북한의 영화 잡지에 소개된 글을 인용하면 다음과 같다.

> 영화에 나오는 꽃분이와 그 일가가 겪는 뼈에 사무치는 불행은 당시 조선 인민이 겪지 않으면 안 되었던 참을 수 없는 민족적 재난이며 그녀가 혁명의 대로에로 나아가기까지의 체험 세계는 압박이 있는 곳에는 반항이 있다는 투쟁의 진리를 밝혀주는 생활의 론리어 대한 사실주의적 화폭이다. 영화에 나오는 꽃분이 일가와 마을 사람들은 착취 계급의 잔인성과 간악성을 전형적으로 체현하고 있는 배지주와 그의 처, 마름 덕만이와의 첨예한 극적 갈등 속에서 피눈물나는 생활을 겪게 된다. 영화는 꽃분이 일가의 이러한 고통과 불행의 근원을 밝히면서 꽃분이가 계급적으로 각성되는 과정을 보여준다. 자신에게 강요되는 모든 고통과 재난을 참으면서 낡은 사회 제도에 순종할 줄만 알던 꽃분이는 생활을 통하여 점차 계급적으로 각성되어 드디어 원쑤들에게 항거해 나선다. 눈물과 설움에 꽃이 아니라 혁명의 꽃을 팔게 된다.[6]

영화 「꽃 파는 처녀」의 형식적 장치나 스타일의 수준을 당시 국제

---

6) 최척호, 『북한예술영화』(신원출판사, 1989), p.134.

적인 수준에 미루어 볼 때, 수 십 년 떨어지는 것으로 판단된다. 오빠
의 죽음을 기정 사실로 받아들이는 꽃분이의 심정을 묘사한 것으로
서 바위에 파도 치는 형상의 몽타주는 에이젠슈타인 시대의 수준에
머물러 있으며, 이 무렵의 남한 영화에 스튜디오 세트 촬영이 거의
사라졌음을 감안할 때, 영화「꽃 파는 처녀」의 형식이 상대적으로 미
흡하다고 할 수 있다.

　이 뿐만이 아니라, 변사의 말투를 연상케 하는 내레이터의 신파조
내레이션은 슬픔의 정서를 과격하게 하고 극단화시킨다. 우리나라
식으로 보자면 60년대 멜로물 영화와 같은 느낌의 대사의 톤을 연상
시키기에 충분하다. 이를테면 최루성(催淚性) 항일혁명 영화라고나
할까? 구성에 있어서도 이야기의 작위적인 설정으로 인해 리얼리티
획득에 있어서도 결코 성취적이지 않음을 느끼게 한다.

　이 영화의 서사적인 흐름 가운데 노래가 적잖이 나온다. 이 가극의
장치는 영화「꽃 파는 처녀」로 하여금 뮤지컬 영화라는 인상은 한층
강화하게 한다. 이 부분에 있어서는 영화 속의 노래가 민족적 정서의
동질감을 느끼게 해준다. 전통 음악의 음조와 선율을 잘 반영하고 있
기 때문인 것이다.

　무엇보다도 이 영화의 장치는 주인공 꽃분이 학습화되기를 강요하
지 않는다는 사실에 있다. 즉, 항일 혁명 투쟁에 대한 노골적인 계몽
이나 이데올로기적인 선전선동이 없어서 좋다. 영화의 막바지에 '지
주와 자본가가 없는 새 세상을 만듭시다'라며 민중을 선동하는 부분
만이 선전물 영화에서 흔히 보는 이질적인 요소라고나 할까? 다만,
영화에서는 꽃분이가 민족적 형상의 혁명의 붉은 꽃을 판다는 암시
에 그치고 있음이 돋보이는 부분이라고 할 수 있다. 이데올로기에 의
해 예술성이 치명적으로 침해되는 결함의 여지가 보이지 않기 때문
이다.

146

이 영화는 우리나라 전통 문학에서 흔히 보이는 바 통과제의의 구조를 지니고 있다. 평탄하지 못한 전도를 예고하는 듯한, 꽃 파는 처녀의 수심에 가득 한 표정에서 시작되는 이 영화는 온갖 신산과 고초로 점철된 주인공 처녀의 삶을 묘파하고 있다. 어린 동생 순희의 실명, 병석에 누운 어머니의 죽음, 오빠의 수감 등으로 이어져 간다.

꽃분의 개인적 슬픔이 지닌 원천에는 악덕 지주인 배주사와 관련되어 있다. 그래서 그 슬픔은 사회적인 차원으로 환원된다. 그럼에도 불구하고 꽃분의 가족은 자존심으로써 견고한 슬픔의 현실을 버텨내고자 한다. 고용 농민인 꽃분의 어머니는 딸들에게는 대를 이어서 종살이를 계승시키지 않기 위해 안간힘을 쓴다. 꽃분은 동생 순희에게 "우리는 가난해도 거지가 아니야."라고 말한다.

아직 황량한 봄들녘의 진달래꽃들이 피어 있었다.

꽃분은 부지런히 꽃을 판다. 꽃 파는 행위는 원초적인 형태의 경제 행위인 동시에, 산화공덕(散花功德)처럼 꽃을 뿌리는 의식의 상징성을 지니고 있다. 그 꽃 뿌림의 행위는 한 시대의 비극적인 감정의 정화(淨化)인 것이다.

이 영화 속에서 민중적 삶의 습속을 재래적인 인정주의에 의거하고 있으며, 또한 삶의 낙관적 전망을 넉넉히 보여주고 있다. 다시 말해, 악덕 자본가와 제국주의에 의해 핍박을 당하는 억눌린 민족의 가련한 표상이기도 한 진달래꽃은 겨울의 혹독한 시련을 참고 견뎌내면서 비로소 조국 강토에 지천으로 피어난다. 이는 수난사 속에서의 민중적 승리의 낙관적 전망이기도 한 것이다.

오빠를 찾아 길떠나기를 싫어했던 꽃분이의 귀환. 그녀는 오빠의 죽음이란 비보와 함께 엄청만 절망감 속에 되돌아왔다. 그러나 오빠는 감옥을 탈출하여 혁명의 가시덤불을 걷다가 비로소 혁명 전사가 되어 때마침 귀향한다. 꽃분이가 배주사에 의해 묶여 창고에 갇혔을 때, 마을 사람들이 부왜(附倭) 지주인 배주사를 타도하기 위해 횃불로 봉기하는 긴박한 반전이 일어난다. 이때 삼남매 가족은 극적으로 상봉한다.

꽃분은 마을 사람에 의해 해방되고, 혁명 전사가 되어 귀향한 오빠를 극적으로 만나게 되는 것은 춘향전의 구성과 흡사하다고 하겠다. 다만 차이가 있다면 그것은 수난사 속의 꺾이지 않은 민중의 승리를 확인하고 있을 따름이다.

영화 「꽃 파는 처녀」는 혁명 가극처럼 종합예술이다. 영화는 본디 대중들에게 매력적으로 다가설 수 있기 때문에 혁명 가극보다 같은 시기에 만들어진 영화가 훨씬 대중적으로 폭넓게 수용되어졌으리라 여겨진다. 이 영화는 북한 영화에 대한 관심을 일으킨 최초의 작품으로 알려져 있다. 주인공 꽃분의 역으로 등장한 홍영희는 영화 배우로서 크게 성공했을 뿐만 아니라, 북한 미인의 상징으로도 떠오르게 되었다. 영화가 기본적으로 북한에서 교육과 선전의 수단으로 이용되었듯이 홍영희가 꽃바구니를 든 그림이 지폐의 그림으로도 새겨지게 되었다. 이 영화로 인해 북한 영화에서 여주인공이 가장 중심되는 인물로 등장하는 사례가 하나의 관습으로 형성되었던 것 같다.

북쪽 영화는 특히 여자를 주인공으로 내세우는 경우가 굉장히 많다. 제목만 힐끗 보더라도 '처녀', '어머니', '녀성'과 같이 여성을 직접 지칭하거나 '꽃', '마음'과 같이 여성을 상징하는 말이 들어가는 작품들이 많고, 문자 그대로 여성들이 이야기의 중심에 있다(남한의 비슷한 제목은 여성은 상품으로서의 주인공일 뿐이다.) 이러한 작품들에서 묘사되는 북한 여성들의 가족 내, 그리고 사회에서의 지위를 살펴보고, 남한의 경우와 비교할 수도 있을 것이다. 또한 여성이 전면에 나서지 않은 작품에서도 여성이 어떻게 취급되고 있는가, 가족은 어떻게 인식되고 있는가에 관심을

148

기울여 보는 것도 흥미로운 작업이 될 수 있다.[7]

　역사경험의 차이에 따라 남북한의 문화를 이질적으로 반응하는 것은 필지의 사실이다. 반성적 성찰과 함께 심정적 공유를 토대로 하는 것, 즉 민족적인 정서와 삶의 기초에 근거한 상호 교류가 무엇보다도 중요한데, 남한측 마음의 개방만을 요구하는 것은 다소간 형평성의 차이를 느끼게 한다. 말하자면, 북한이 어느 정도 열린 마음을 갖고 있느냐가 문제이다. 예를 들면 반공 이데올로기의 색깔이 드러난 영화적인 가치를 남한에서도 인정하지 않으려고 하는데 과연 북한에서 이를 인정하겠는가?
　여러 가지 영화 중에서 남북한의 문화적 이질감을 극복할 수 있는 영화를 서로 공유하는 것은 매우 중요한 일이라고 여겨진다. 특히 안중근이나 임꺽정을 주인공으로 내세운 사극 영화는 그 적례에 해당한다. 남북한의 심정적 공감대를 잘 확인시켜 줄 수 있는 영화가 있다면 북한 영화 가운데서 「꽃 파는 처녀」가 대표적인 것이 아닌가 한다.
　80년대 이후 북한에서는 숨은 영웅 선양 운동이 있었다. 사적인 생활감정이 문학과 영화 속에 투영되는 것도 여기에서부터 시작되었다. 특히 남녀간의 애정 문제는 무척이나 관심이 가는 부분이 아닐 수 없다. 인민성은 본디 비판적 사실주의의 중요한 지표였는데 사회주의 혁명의 건설기에 상대적으로 소홀시되었었다. 이 인민성의 개념이, 인간의 자주성, 사람 중심의 관념론을 강조한 주체사상의 시기에 이르러 재인식되었던 것이다. 인민성은 인민 대중의 생활감정, 민중적 삶의 세목과 기본 욕구를 반영하는 것. 따라서 당성이니 노동계

---

7) 이우영, 「북한영화 어떻게 볼 것인가」(2001년도 국제언어문학회 외, 학술대회 자료집, 2001), p. 15.

급성이니 하는 것에 비해 우리에게 덜 이질적으로 받아들여진다.

　남한 역시 70년대 이후 민중적 정서에 남한의 문학 독자들이 익숙해져 왔고 동화적인 친밀감을 갖게 되었다. 북한의 소설이나 영화 속의 인민성이 남한 소설이나 영화의 민중적 정서와 상당히 상호 이해의 감정을 공유하고 있으리라는 희망을 가질 수 있을 것 같다. 예컨대, 영화에서 소설로 이행한 「꽃 파는 처녀」와, 소설에서 영화로 이행한 「토지」는 상호 이해의 감정을 공유할 수 있는 대표적인 작품일 것이다. 독립 투쟁이란 주제 의식의 잠재적 실현, 식민지 백성의 운명적 고난의 극복 과정, 꽃분이와 서희로 상징화된 한국적 여인의 수난사 등에 있어서 말이다.

3

　원래 「꽃 파는 처녀」는 1930년 김일성의 지도 아래 혁명의 땅 오가자에서 첫 공연의 막을 올린 혁명극이었다. 이 작품은 주지하듯이 1972년 영화와 가극의 형태로 제작되어 공연되었으며, 1978년에 이르러 4·15 창작단에 의해 장편소설로 재창작되었다. 이 소설은 꽃분이와 그 가족의 이야기이다.

　꽃분이는 곱고 마음씨가 착하며 일솜씨 또한 뛰어난 처녀이다. 꽃을 팔며 어머니와 동생 순희를 보살피나 악덕 지주 배씨의 횡포로 가족 모두를 잃는 수난을 겪으면서 사회 현실에 눈을 떠간다. 꽃분이와 그 일가의 참혹한 생활 정경에 대한 예술적 형상화를 통해 일제 하 조선 인민의 전형적인 삶을 형상화한 이 작품은, 엄혹하고도 비극적인 상황을 벗어나게 하는 방법은 오직 혁명의 길뿐이라고 가르치고 있다. 이 작품이 갖는 미덕 — 즉, 당대 사회현실을 생동감 있게 재현한 인민의 생활감정과 세상살이의 모습, 민족 수난사의 사실적인 진실성, 민족적 정서의 고양 등으로 인해, 북한에서는 이 작품을 가리켜 사회주의적 사실주의의 전범이요 항일혁명 문학의 불후의 성전(聖典)으로 평가되고 있다.

최근에, 이 작품에 대한 남한 법원의 법적 판단이 내려져 눈길을 끌게 한다. 문화일보 1999년 6월 14일 자에 의하면, "한 젊은 부부가 독일 유학 시절에 구입한 비디오 테이프「꽃 파는 처녀」로 인해 이적 표현물을 소지했다는 이유로 실형을 선고받았다. 이에 대해 재판부는 이 작품이 주된 줄거리를 볼 때 일제 치하에서 어렵게 살던 한 가족의 슬픈 역사와 가족애를 그린 영화이며, 영화의 내용이 공개될 경우 헌법의 기본질서에 반한다거나 국민 감정에 어긋나는 부분이 일부 있더라도 전체적인 내용으로 보아 국가의 기본질서를 위협하는 적극적인 표현물이 아니라며 국가 보안법상의 이적 표현물로 볼 수 없다."라고 밝힌 바 있었다.

아니 그럴 수 없어! 우리 어머니는 꼭 살아나신다! 인제 종살이 그만두고 약도 잡수시면 우리 어머니는 그전처럼 든든해지실거야. 이렇게 마음속으로 부르짖은 꽃분이는 다리에 힘을 주어 내디디며 지나가는 사람들에게 소리쳤다.

『꽃 사세요.』

왼편에 대고 오른편에 대고 그리고 마주 오는 사람을 향하여 꽃분이는 서슴없이 큰 소리로 외치었다.

『꽃 사세요, 꽃들 사세요.』

그러나 장마당을 한 바퀴 다 돌았지만 아무도 벼랑에서 뒹굴며 꺾어온 꽃분이의 바구니에 꽂혀 있는 소담하고 청초하고 아름다운 새빨간 들장미와 흰 나리꽃과 보라빛 도라지꽃을 거들떠보지 않았다.[8]

소설 「꽃 파는 처녀」는 북한의 대표적인 서정소설이라고 할 수 있는 작품이다. 한마디로 말해 시작부터 끝까지 민족적 정조와 서정적 정감으로 점철해 있는 작품이라고 할 수 있다. 남한의 독자들로 하여금 눈시울을 적시게 하고 가슴 뭉클하게 하는 유일한 북한 소설이 아닌가 한다. 흔히 북한 소설을 가리켜 이데올로기적인 효과를 성취하기 위해 선명하고 긴장된 정치적 경향성을 띤다든가, 공감 획득의 결정적 한계를 보인다든가 하는 평가를 내리곤 한다. 적어도 「꽃 파는 처녀」의 경우에도 이러한 평가가 적용 받는다면 그것은 얼마나 피상적인 판단에 머물고 있는가 하는 바를 여실히 보여주는 것에 지나지 않을 것이다.

「꽃 파는 처녀」가 작품성의 가치를 띠면서 문학적으로 성공을 거둔 요인을 들라면, 나는 서정적 필치, 사건의 순조로운 흐름을 하고 있는 탄탄한 구성력, 외적 풍광이나 내적 심리 상태를 묘사하는 데 있어서의 섬세한 고려와 배려는 「피바다」와 「한 자위단원의 운명」보다도 훨씬 가치를 발하고 있는 혁명적 낭만주의 내지 사회주의적 사실주의의 기념비가 아닌가 한다.

꽃분이와 그 일가의 피눈물나는 생활정경에 대한 예술적 형상화를 통하여 일제 식민지 통치 밑에서의 조선인민의 비참한 생활처지를 진실하게 보여주었다. 나아가 이러한 비극적 처지에서 벗어나는 길은 오직 혁명의 길뿐이라고 밝혀주고 있다. 꽃분이와 그 일가의 형상은, 나라 없고 돈 없는 탓으로 조선인민이 당하는 민족적 수난과 고통을 집중적으로 체현한다. 또한 꽃분 일가의 생활과의 연관 속에서 당대의 사회현실과 인민의 생활세태를 행동하게 재현함으로써 사실주의적 진실성을 강화하였으며

---

8) 『꽃파는 처녀 (上)』(열사람 : 1989), p.226.

작품 전반에 민족적 정서가 흘러 넘치게 하였다.[9]

북한에서는 민중의 힘에 의한 승리가 기약된 낙관적 세계관으로 인해 이 소설을 또 하나의 고전적 반열 위에 올려놓았다. 남한에서도, 북한 문학에 평소 관심을 기울이고는 했던 임헌영의 코멘트의 경우처럼 이 소설을 다행스럽게 긍정적으로 평가하는 경향이 있었다.

　꽃은 그들이 걸어가는 길섶에도 피었다. 냉이꽃, 길짱구꽃, 철 늦은 할미꽃, 이름 모를 온갖 풀들이 일시에 싹을 내밀고 잎을 자래우며 노랗고 빨갛고 알락달락한 크고작은 꽃을 피우고 푸르른 봄하늘을 향하여 춤추며 웃는다.
　그처럼 꽃을 사랑하는 꽃분이였다. 양지산의 꽃을 찾아 종일 돌아다니고 곱게 핀 꽃 한 송이를 해지도록 들여다보아도 싫증이 안 나고 물리지 않으며 길가에 핀 꽃 한 송이도 무심히 지나치지 못하는 꽃분이였다. 얼핏 지나쳐보면 보잘 것 없이 초라한 것 같은 꽃이라도 꼬부리고 앉아 찬찬히 들여다보면 제각각 제나름의 빛깔과 생김새와 향기의 미묘한 조화를 이룬 아름다움을 가지고 있다는 것을 아는 꽃분이였다. 꽃분이는 활짝 핀 살구꽃이나 복숭아꽃, 소담한 해바라기, 접중화 같은 화려한 꽃도 좋지만 이렇게 길섶이나 그늘진 곳에 외롭게 태없이 피어 있는 꽃에 더 마음이 쓰여졌다. 바람결에 오돌오돌 떨고 있는 외로운 꽃을 바라 보느라면 불시에 꽃분이의 가슴속에 설움이 밀물처럼 밀려들고 눈굽에 이슬이 맺히는 것이었다. 그렇게 불쌍한 꽃을 한 송이 한 송이 꺾어 모으면서 실컷 울고 나면 꽃분이의 작은 가슴속에 언제나 얼음산처럼 꽉 들어앉아 있던 설움이 눈물에 실려 후련히 흘러나가는 것 같았다.

---

9) 임헌영 · 김재용 편, 『한국문학명작사전』(한길사 : 1991년), p.564.

그러나 요즈음은 길가의 그 애처로운 꽃들과 마음을 나눌 경황도 없었
다. 어서 꽃이 시들기 전에 거리에 닿아 꽃을 팔아서 하루 빨리 어머니의
약을 져야 한다.[10]

소설의 본문 중에서 가장 아름답게 묘사되고 있는 부분이 아닌가
한다. 이러한 유의 문체 같으면 남한의 독자들의 심정적 공감 역시
자극할 것으로 보여진다. 이를 두고 남북한 사람들이 동시에 '핏줄
쓰이는' 공유 감정이 아닐까 생각해본다. 요컨대, 소설 「꽃 파는 처
녀」는 연극·혁명 가극·영화에 이어 가장 늦게 만들어진 텍스트이
다. 가장 늦게 만들어졌지만, 어쩌면 가장 완성도가 높은 텍스트가
아닌가 한다. 영화에서 소설로 이행했다는 점에서 이것은 시네로망
중에서 '스튜디오 소설'이라고 말할 수 있다. 더욱이 집체작이란 점
에서 더욱 그렇다.

4

원론비평의 입장에서 볼 때, 서정성의 이론은 독일의 문예학자들
에 의해 개진되었다. 이들이 밝힌, 서정성의 장르적 성격과 세계관적
반응의 양상은 정교한 이론적 체계로 정평이 나 있다. W. 카이저, E.
슈타이거, D. 헤르나디 등에서부터 비롯해 최근의 디터 람핑에 이르
기까지 이론의 체계를 갖추어온 서정시의 장르적 성격은 서정성의
개념과 이론에 암시를 던져 주었다.
소설에서의 서정성은 자유주의 문학 진영에서 서정성의 개념이 유

달리 강조된 소설들을 일컬어 서정소설이란 잠정적인 용어를 사용하기 시작했던 데서부터 시작되었다. 소설의 서정성은 필경 서정소설(Lyrical Novel)이란 장르를 파생시키게 된다. 그러나, 노발리스의 「푸른 꽃」과 릴케의 「말테의 수기」, 그밖에 H. 헤세와 A. 지드와 V. 울프의 소설들까지 그 개념은 소급될 수 있다. 서정소설에 관한 원론적 탐색은 랠프 프리드먼에 의해 시도된 바 있다. 우선, 그는 서정소설이 소설의 틀 속에 서사의 인과적이고 시간적인 움직임을 초월하는 독특한 형식을 취할 수 있다고 전제하고 있다.[11]

서정소설이란 용어는 모순적인 개념으로 이루어져 있다. 엄격한 의미에서 볼 때 서정소설이란 용어는 성립되지 않는다. 그럼에도 불구하고, 서사적인 장르적 특성으로부터 벗어난 소설이 하나의 표현 형식의 관례로서 존재해 왔던 것이 사실이다.

프랑스의 소설에서 서정소설은 널리 파급되지는 않았지만, 샤토브리앙과 네르발에서부터 20세기에 이르는 동안 서정소설은 당시 실행될 수 있는 대안이 되어 왔다. 우리는 19세기 초 이래로 산문시가 발아기의 서정소설로 발전해온 것을 상기할 수 있는데 그것은 처음 환각과 무의식적인 생각뿐만이 아니라 시인과 혹은 그의 퍼소나에 관련된 이미지들의 정확한 배열에 강조를 둔 것이다. 사실, 주저하는 대중들이 이 혼성적 형식을 어떻게 생각했을지라도 산문시는 독특하게 프랑스의 공헌이었다.[12]

최근에는 포스트모던한 경향의 하나로서 시와 소설의 장르적 경계를 넘나드는 소위 시·소설의 혼성 장르가 국내외적으로 자리를 넓혀가고 있다. 어쨌든, 랠프 프리드먼이 『서정소설론』이란 특이한 연구 결과물을 통해, H. 헤세가 낭만적 알레고리에 의거해, A. 지드가

---

11) 랠프 프리드먼, 신동욱 옮김, 『서정소설론』(현대문학사 : 1989), p.10.
12) 같은 책, p.300.

상징주의 산문시가 암시하는 방법에 의거해, V. 울프가 시적 전망 속에서 의식의 구성 요소를 그리려고 함으로써 서정소설의 장르적 가능성의 여지를 남겨 놓았음을 논증하였던 것은 소설의 서정성에 관한 논의의 단초를 제시한 것으로 높이 평가될 수가 있겠다.

요컨대, 서정소설은 소설이 소설적인 장르의 특성으로부터 벗어나거나 시와 소설이 장르간의 경계를 해체하면서 혼성의 특성을 보이거나 할 때 이름될 수 있는 용어이다. 자유 진영에서의 소설의 서정적 경향을 자아와 세계의 분리를 요구하는 양식 속에서 자아와 세계의 분열을 없애려고 노력하는 것이라고 규정할 수 있다. 문예 이론, 특히 장르비평에 관심을 보였던 E. 슈타이거와 W. 카이저 등도 그렇게 이해하여 왔었다.

물론 자유 진영에서의 서정성 이론은 북한에선 비판의 대상이 된다. 북한이 요즈음 자랑으로 삼고 있는 소위 '주체문예 이론'에서는 W. 카이저의 서정성 이론을 열람하지 못했다고 해도 이러한 유의 이론을 비판의 과녁으로 삼고 있음이 분명하다. 장용남의 『서정과 시 창작』(1990)이란 저서에 다음과 같은 표현이 나타나 있다.

서정의 본질에 대하여서는 오랜 옛적부터 연구되여왔다. 그러나 주체적 문예리론이 제시되기 이전 시기에는 서정의 본질이 무엇인가 하는 문제가 명확히 밝혀지지 못하였다. 지난 시기 관념론적인 문예리론에서는 서정을 종교적이며 신비적인 것으로 귀착시키거나 순수한 감정, 정서에 귀결시켰다. 이러한 비과학적이며 관념론적인 리론은 시문학분야에서 형식주의, 자연주의의 기초로 되었다. 부르죠아 문예리론에서는 서정의 본질을 순수한 주관의 '자체 표현'으로 보았다. 여기에서는 서정의 세계관적, 심리적 기초를 종교적이며 신비적인 '자아'의 세계가 아니면 '자의식' 세계에 두거나 순수 감각적인 것에 둠으로써 시문학의 인식교양적 역

할을 말살하였으며 형식주의적이며 자연주의적인 시문학을 합리화하였
다.[13]

보다시피, 북한의 문예이론의 입장에 의하면, 개인적인 신비적 영
감이나 상상력은 거부된다. 북한에서의 서정성의 본질이 순수하고
감각적이라기보다 집단적·과학적·인식교양적인 성격과 역할을 지
향하고 있다는 사실을 우리로 하여금 알게 한다. 물론, 북한의 문학
이론 중에서 이제까지 서정성의 의미와 특징이 시 부분에 집중되고
있다고 해도 과언이 아니었다. 지금도 마찬가지이다. 그런데, 우리가
여기에 주목해야 할 사실은 다소 최근의 이론인 장용남의 저서에 의
하면 서정성이 반드시 시에만 국한된다고 보지 않는다는 것이다.

서정성은 시문학의 독점물이 아니다. 문학예술의 모든 형태들은 다 서
정성을 가지고있다. 서정성은 문학예술 작품에 혈액과 같이 흐르는 중요
한 속성이다. 문학예술은 생활을 구체적이며 감성적인 형상을 통하여 반
영하는 특성으로 하여 필연적으로 정서적 색깔을 가지게 되며 그것은 작
품의 정서성을 특징짓는다. 또한 문학예술의 묘사방식은 서로 작용하고
의존하기 때문에 모든 작품에 서정적 묘사방식이 침투하게 된다. 가령 극
적 묘사방식의 경우에 거기에는 순전히 극적인 것만 있는 것이 아니라 극
적인 것에서 우러나오는 정서적인 것도 있다. 정서적인 것, 서정적인 것
은 문예예술의 모든 형태들에 깃들어 있다. 서정성은 소설문학에도 있고
극문학에도 있다. 서정성이 없는 작품이란 존재하지 않는다.[14]

일반론적인 시각에 따르면, 서정소설은 자아와 세계의 분리―대

---

13) 장용남, 『서정과 시창작』(문예출판사 : 1990), pp.10~11.
14) 같은 책, p.8.

립, 갈등, 반목, 불화, 적대관계—를 요구하는 양식 속에서 자아와 세계간의 분열을 없애려고 노력하는 데서 개념의 정립이 이루어지겠지만, 북한의 경우는 '생활을 구체적이며 감성적인 형상을 통하여 반영하는 특성'으로서의 서정성이란 자기 특성에 근거함으로써 서정 소설의 개념적 가능성을 확인해볼 수 있을 것이다. 북한 소설의 서정성 문제를 제기하기 위해서 우리는 먼저 다음 세 가지 조건에서 논의의 실마리를 찾아볼 수 있겠다.

첫째, 60년대 중반의 북한 평단에서는 '서정시의 전투성' 개념이 논의된 바 있었다. 그것은 사회주의 국가의 건설 과정에서 현실을 어떻게 진실되게 반영하는가, 혁명의 시대에 기교 이전의 사상이 어떻게 정서의 세계와 부합해야 하는가 하는 문제에 대한 정확한 대답으로 성격화된다. 이 시기의 몇몇 논자들은 이 개념을 이해하고 인식하고자 했다.

① 서정시 본래의 특성[15]

② 개념을 분식하는 감정도 아니며 감정 형태 그 자체만을 보존하기 위해서만 존재하는 그러한 감각적 표상도 아닌 것.[16]

③ 사람들의 심장을 미래에로의 지향과 미래를 앞당기려는 정열.[17]

이러한 생각들은 90년대에 이르러 사회미학적 이상을 실현하기 위해 사상과 정서의 뜨거운 결합을 지향하는 이른바 주체적 서정시론

---

15) 리광근, 「서정시의 전투성」(문학신문 : 1966. 1. 7)
16) 정문향, 「시대적 내용과 서정시의 성격」(문학신문 : 1966. 2. 25).
17) 엄호석, 「현실주제의 서정시에서 전투성을 높이자」(문학신문 : 1967. 8. 29).

에까지 연결되고 있다. 사실상, 항일혁명 문학의 전통을 계승하여 개작한 70년대 소설들에도 이상과 같은 성격의 전투적, 혁명적 서정성이 충분히 나타나고 있다.

둘째, 서정성이란 일원론적 동화(同化)의 상태, 세계에 대한 동일시의 관계를 정립하고자 하는 것이 일반론적인 원칙이다. 자아와 세계의 관계를 조화와 합일의 관계로 파악하는 것은 서정 양식과 서사 양식으로 대별된다면, 전자는 세계의 자아화이며, 후자는 자아의 세계화이다. 이때 자아화가 주관과 내성(內省)의 세계라면, 세계화는 객관과 사물의 세계이다. 북한 문학에서 말하는 서정성은 온전한 의미의 서정성이라기보다는 교술성에 매우 가까운 서정성이라고 보여진다. 그만큼 주관성보다는 객관성을 중시한다는 얘기이다. 그리고 자유 진영에서의 서정소설에, 모방의 행위를 이미저리의 형태로 바꾸어 놓는다거나 자아의 영혼을 고양시킨다거나 하는 것이 강조되어 있다면, 하나의 가능적 조건으로 인정된다면 북한에서의 서정소설은 이보다는 순간적인 격정이나 고열을 반영하는 경향에 치중한다. 따라서 북한의 소설에 서정성이 드러나 있다면, 그것은 체제 내적으로 순응주의를 강화하는 측면과, 체제 외적으로 인도주의적 격분을 표출하는 측면을 동시에 함유하고 있다.

셋째, 80년대 이래의 북한 소설이 민중적 삶의 세목(細目)과 그 기본 정서를 반영하는 '인민성'이 강조되고 있다는 사실도 간과될 수 없는 요인이다. 본디, 인민성은 비판적 사실주의의 중요한 지표가 되었던 것이 사실이다. 그러나, 노동계급성의 한계로부터 주체사상이 배태되었듯이, 한동안 사회주의 혁명의 건설기에 상대적으로 소홀시했던 인민성은 인민대중의 생활감정에 대한 재인식을 불가피하게 제기하게 되었다. 인간의 자주성과 자발성이 무엇보다 강조되는 이른바 '사람 중심 관념성'으로서의 주체사상의 시기에 북한 인민들의 문화적 욕구가 80년대 이후의 소설에 적잖이 반영되면서 자연스레 소설의 서정성이 점증되어 갔다고 볼 수 있다.

5

80년대로 들어서면서 북한사회는 더욱 공고하게 공산주의 인간학을 주창하여 나갔다. 김재용은 현실 주제의 '80년대 북한소설이 지닌 새로운 특징'을 두고 ① 숨은 영웅의 형상화, ② 절실하고 의의 있는 사회적 문제의 제기, ③ 예술적 기량의 성숙으로 열거하면서 의견을 소상하게 개진한 바 있었다. 그는 북한의 80년대 소설이 인물 설정에 있어서의 도식성과, 심각성의 정도를 보여주다가 항상 피상적인 해결로 끝나는 사회 문제에서 비롯된 한계와 문제점을 안고 있다고 적절히 지적하기도 했다.[18]

①의 경우는, 세상의 주목을 받지 않는 후미진 곳에서 자기의 소임을 다하고 있는 '숨은 영웅'을 형상화한 백남룡의 「벗」(1988) 등이 있다.

②의 경우는, 80년대 북한 사회에 표면화된 다양한 갈등, 예컨대 도농(都農)의 격차로 인해 빚어진 갈등, 세대간의 갈등, 여성의 문제, 남녀간 애정 윤리의 문제 등등을 다룬 조의철의 「정든 고향」(1984), 백남룡의 「60년 후」(1985), 김교섭의 「생활의 언덕」(1984), 남대현의 「청춘송가」(1986) 등을 들고 있다.

③의 경우는, 심리묘사의 기량과 시점의 대담한 활용을 보여준 이희남의 「여덟 시간」(1986)과 김삼복의 「향토」(1988)를 제시하고 있다.

---

18) 김재용, 앞의 책, pp.260~75, 참고.

양옥순은 이른바 '김일성주의 시기'(1981~95)의 소설을 두고 ① 우리식 사회주의 생활상 부각, ② 민족 및 통일 문제 부각, ③ 수령의 형상화로 성격화하고 있다. 이 중에서 각별히 주목을 요하는 것은 ① 이라고 할 수 있는데, 이것은 사회주의 현실 주제의 소설이라고 규정되기 때문이다. 사회주의 현실 주제란, 사회의 개인화가 어느 정도 이루어졌음을 의미한다. 양옥순은 그 유형을 다음의 세 가지로 나누고 있다.

첫째는 도시와 농촌, 육체노동자와 사무직 노동의 차이 문제로 이전의 작품에서는 보기 힘들었던 주제이다. 이러한 주제가 나타남은 현실을 일방적으로 미화하는 경향에서 벗어나기 시작했다는 점을 보여주는 것이다.

둘째는 세대간의 갈등 문제인데, 전후 세대와 나이든 세대 사이의 갈등이 작품에서 중요한 대목을 차지한다.

셋째는 남녀간의 문제인데 남녀간의 차별 문제와 이혼과 같은 매우 민감한 문제를 비롯하여 다양하게 취급되고 있다.[19]

주체사상의 공고화와 함께 북한소설이 일부 변화하고 있는 것도 80년대의 특기할만한 일이다. 80년대 중반 이래 마르크스―레닌주의니 항일혁명 투쟁이니 하는 정치적인 이념의 제도권을 한때 장악했던 제도와 형성물(形成物)은 사라져 버렸다. 우리는 여기에서 개인적인 것이 강력한 주도적 문화 양식인 사회적인 적으로부터 분리되는 현상을 감촉하게 되거나 목도하게 된다. 이러한 현상에 관해서 한때 영국의 중도좌파를 대표했던 문학비평가이자 문화이론가인 레이몬드 윌리엄즈의 '정서의 구조' 이론을 생각해볼 수 있다.

예술에는 다른 정형적 체계들―신념, 세계관, 이데올로기라고 말

---

19) 양옥순, 「북한 문예정책의 변천에 관한 연구」(한국교원대 대학원 : 1996), pp.44~5.

해지는 바—에 의해 수용될 수 없는 어떤 요소들이 틀림없이 현존한 다는 사실이야말로, 심미적인 것, 예술적인 것, 그리고 창조적 문학 등의 특수화한 범주가 생겨나는 진정한 근거이다. 여기에서 레이몬 드 윌리엄즈의 견해를 한번 들어보자.

정서의 구조는, 촉진되어 보다 뚜렷하고 직접적으로 나타나는 다른 사 회적인 의미적 형성물들과는 구분되는 것으로서, 사회적 경험이 용해된 것이라고 정의 내릴 수 있다. 예술이라고 해서 당대의 정서적 구조와 모 두 관계를 지는 것은 결코 아니다. 대부분의 실제 예술의 유력한 형성물 은 이미 뚜렷하게 드러나 있는 지배적인 또는 잔여적인 사회적 형성물들 과 관계를 지닌다. 그리고 정서의 구조가 용해물로서 관계를 맺는 우선적 인 대상은 부산적 형성물이다. 그러니 이 특정한 용해물이 단순한 유동액 에 지나지 않는 것은 결코 아니다. 그것은 구조를 지닌 하나의 형성물로 서 의미적 가용성에 바짝 접근해 있는 탓에 특정한 표현법들이 물질적 실 제 속에서 발견되기까지 하나의 앞선 형성물로서의 특징을 많이 지닌다. 그런데 실제로 이러한 표현법들이 발견되는 것은 비교적 고립된 방식 등 을 통해서인데, 이 방식들이 하나의 중요한 세대를 구성한다는 사실을 흔 히 후대에 가서야 이해된다.[20]

강력하게 주장되고 또 역설되는 바의 이데올로기, 이를테면 역사 의 과정에서 힘을 발하는 현존과 실체의 우위는, 객관적인 것과 구분 되는 주관적인 것, 신념과 구분되는 체험, 사고와 구분되는 정서, 사 회적인 것과 구분되는 개인적인 것 등이 지닌 부인할 수 없는 힘을 아이러니컬하게 도출한다. 마르크스주의자들의 근본적인 오류는 사

<hr>

20)레이몬드 윌리엄즈, 이일환 역, 『이념과 문학』(문학과지성사 : 1982), p.168.

회적인 것을 경직된 형태로 환원시키는 데 있으며 일반적인 통념에 의해 배제된 행위를 통해 형성된 추상적인 개념들—인간의 상상력, 인간의 영혼, 심지어 부르주아 문화가 신화화해 놓은 무의식 등까지 환원적인 논리로서 거부하며, 나아가 사회적인 분석 그 자체도 거부하게 되는 데 있다.

신념 체계나 제도가 사회적인 체험으로 규정짓지 못한 것을 정서적인 경향과 요소라고 할 수 있다면 이것은 사회적인 성격으로 인식되지 못하고 사적인 것, 개인 특유의 것, 또는 심지어 고립적인 것으로 간주되곤 한다. 사회적인 체험에 뚜렷한 압력과 유력한 제약을 가함으로써 일으키는 변화를 두고 우리는 레이몬드 윌리엄즈의 표현을 빌리면 정서의 구조들의 변화라고 말할 수 있다.

80년대에는 북한의 장·단편 소설에 '애정 모티프'가 많이 등장하고 있는 점 등은 새롭게 주목되고 있는 극히 개인적인 차원의 문제들이다.

첫째, 한때 남한에서도 즐겨 읽혀진 「청춘송가」는 개인의 사회화보다 사회의 개인화를 우선하고 있음이 나타나고 있다. 당의 노선과 진호(개인)의 자아 실현욕이 첨예하게 갈등을 빚고 있는 점이 중시된다. 진호는 비현실적인 새 연료안 연구를 하지 못하게 하는 주변의 만류에도 불구하고 용해공들의 협조를 얻어 새로운 연료첨가방식을 실험하게 된다. 이 실험은 상부의 허가도, 로장(盧長)의 승낙도 없이 비밀리 진행한 것이었다. 그러나 처음에는 실패하였지만 결과적으로 성공한다. 북한과 같이 엄혹한 조직 사회에서 비밀리 실험을 시도한다는 것은 개인의 사회적 욕망 실현, 즉 사회의 개인화가 가능해질 수 있음을 시사한 것이라고 하겠다. 이 대목에서 우리의 입장에서 볼 때 사회 심리학적인 콘텍스트와 관련된 텍스트 읽기가 요구된다.

둘째, 한 개인의 각오와 열정과 집념이 사회의 개인화를 지향하는
것이라면 그것은 세계의 자아화, 즉 서정성 회귀의 가능성을 시사하
고 있다. 80년대 후반기 이러한 소설의 유형은 희열과, 행복과, 생활
과 청춘의 아름다움을 찬양하고 있다. 이 대목에서 북한 평론가 박용
학이, 「청춘송가」가 장편소설(서사문학)의 형식에 상응하지 못한 생
활감정에 대해 왜 흔쾌한 반응을 보였는지를, 우리는 음미해 보아야
할 것이다.

셋째, 이러한 소설은 주체적 인간학에 근거한 공리적 애정관을 반
영한 문학의 전범으로 기억될 수 있다. 이 소설은 개인적으로 자유로
운 연애감정을, 집단의 운명에 관련하는 공동선과 실사구시를 추구
하는 것을 지향점으로 삼고 있다. 이 소설이 이광수의 작품들을 연상
시키는 것도 이 때문이다.

이런 유형의 서정적 소설들은 '수령형상 창조'와는 거리가 멀다.
주체적 인간학의 공리적, 이상주의적 애정관이 80년대 후반 새로운
'개인적 인텔리 형상창조' 형태로 나타나기도 한다. 백남룡의 대표
작인 「60년 후」「생명」「벗」 등에도 이러한 개인적 문제들이 돌출되
어 있다. 「벗」은 북한 사회 내의 부부간이 '이혼문제'를 다루고 있다.
예술단의 성악 배우이자 중음가수인 채순희가 기계공장 선반공인 남
편 이석춘과의 이혼을 준비하는 데서 이야기는 시작한다. 담당 판사
정진우는 이들이 갈라서려고 하는 까닭을 두고 "무슨 사연일까? 부
부간의 어떤 생리적, 육체적 부족점 때문인가? 남편이 다른 여자를
좋아해서가 아닐까? 그는 치정문제가 아니기를 바랬다. 성격상 차이
나 시부모와의 관계문제일지도 모른다."라며 오히려 판사가 고민을
한다.

개인적인 문제가 아닌 공리적인 문제로 몰고가려 한다. 이러한 개
인적 문제가 사회적으로 부각되는 것을 국가를 대변하는 판사로서

164

부담스럽기 때문이다. 그러나 사회 전반에 걸친 변화와 개방의 분위기는 어쩔 수 없이 점진적으로 확산되고 있다.

인간 구원의 수행적 삶

1. 불교소설의 한계와 가능성

불교소설은 과연 가능한가. 불교소설이 한국 소설사에 어떻게 위치해 있으며 또 독립된 계열의 연속선 위에 놓일 수 있는가. 이러한 질문에 앞서 불교소설이란 명칭조차 꽤 어색한 느낌을 주며 그 존립의 가능성마저 회의적인 것으로 여겨질 수도 있다. 불교소설은 편의하게 붙여진 상대적인 명칭이지 문학 내적 기준에 의해 절대적으로 변별되는 장르가 아니기 때문이다.

딴은 불교와 소설은 서로 상충하고 이반하는 모순적 개념이다. 불교의 본질적 조건은 성사적(聖事的)인 차원이다. 어딘가 모르게 심오하며 장엄하며 또 초월적인 분위기를 환기한다. 반면에 소설이란 극히 세속적인 차원에 머무는 것 특히 속화된 시대의 서사양식이다. 말하자면 소설은 지상의 아름다움을 마성적으로 모독하는 행위이다.

이처럼 불교는 초월주의로 승화되며, 소설은 세속주의로 환원한다. 자아와 세계의 관계에서도 불교는 조화와 통일을 추구하지만, 소설은 대립과 모순을 발견한다. 따라서 불교적 인간상은 원만 구족한 성자의 위용이 번득이는 이미지로 떠오르며 소설적 인간상은 타락된 사회에서 타락된 방식으로 살아가는 부도덕한 '문제적 개인'으로 드러난다. 여기에 불교소설의 장르적 한계가 있다.

동양에서 처음으로 소설의 형식을 갖추기 시작한 것은 당나라 말기 불교 사원에까지 거슬러 오른다. 재담에 능한 승려가 일반 대중에게 흥미롭게 부처의 전생담을 이야기했는데 이것은 물론 신도들을 끌어들이려는 불순한 의도에서였다. 또 달콤한 사탕발림에 불과했고 설화적 수준을 벗어나지도 못했다. 본격적인 승강과 구별된다 하여 속강으로 일컬어진 이것은 불교소설의 기원, 정확히 말해서 동양에서의 소설의 기원인 셈이 된다. 따라서 소설의 싹이 황폐화되고 속화된 사원에서 트기 시작했다는 사실은, 불교와 소설이 본질적으로 친연할 수 없음을 반증하는 것이기도 하다.

그러나 불교와 소설은, 더 넓게 말해 종교와 문학은 궁극적으로 인간의 양질의 삶을 제고하며, 누적된 세계경험의 총화를 반영한다. 이 같은 공통점은 불교소설로 하여금 종교적인 문예의 한 범례로서 꽤 괄목할 만한 의의를 내포하게 한다.

아닌게 아니라 고전소설에 불교적인 인생관 내지 세계관이 적잖게 함축되어 있고, 그 정신 체계에 의탁해 독자들에게 윤리적 향방을 가르쳤고, 혹은 그들의 가슴을 울리게 했다. 오늘날의 우리조차 「왕랑반혼전」에서 신앙심의 약동을, 「구운몽」에서 꿈꾸는 자가 인식한 세계의 무상함을, 「심청전」에서 인과응보의 도덕률을 보게 된다. 한마디로 과거의 불교소설이 우리 소설사의 발전에 끼친 영향은 다대하다.

그런데 고전적인 불교소설이 공유하고 있는, 이를테면 환생 모티

프·선악 이분법·결정론적 인과율 등으로는 인간 소외의 문제와 인
간성 상실의 위기에 심각하게 맞선 오늘날의 상황에 문학적 대응력
이 약하다. 정신적으로 황폐화된 오늘날의 병리 현상에 정면으로 대
응하고, 새로운 인간학을 정립하기 위한 한 방편으로서 종교적인 문
학의 범례로 존재해 온 현대 불교소설에서 그런 대로 가치와 의의가
발견되는 까닭은 현대라고 이름하는 불확실한 시대 앞에 인간 구원
의 명제를 구현해야 할 문학이 스스로 감당해야 하는 최소한의 효용
적 가치를 인정하더라도 인간 구원의 가능성을 여기에서 찾아볼 수
가 있다는 점이다. 물론 그것은 현실의 혼탁함에 대응하는 청청한 목
탁소리가 되어야 한다.

　이 글은 그 가능성을 엿보는데 비평적 기술의 초점으로 삼을 것이
며 제재의 범위는 근대적 양식의 소설 문학에 국한한다. 불교소설이
란 제한된 테두리에 이끌리는 구체적 대상으로 불교적 제재를 취택
한 소설, 불교적 인생관을 구현한 소설, 불교적 인물을 주인공으로
등장시킨 소설 등이 될 것이다.

2. 이광수의 불교소설

　현대의 유난히도 낙토(樂土)가 그리운 시대이다. 현실을 부정하고
거부하는 반응도가 높을수록 사람들은 종교적 유토피아를 동경한다.
정신적으로나 물질적으로 오염된 땅에서 사는 현대인들은 순결한 세
상의 재현을 꿈꾸며 종교적 귀의처로서 낙토를 갈망한다.

　우리 나라 20세기 역사를 돌이켜볼 때 우리 나라는 억압과 가난,
전쟁과 분단의 비극, 경제적 불균등, 산업화의 병폐 등의 피해가 이
루 말할 수 없이 많았다. 우리나라 근·현대의 역사는 그야말로 사회

의 구조적 · 외적 모순으로 말미암은 파행의 역사였다. 이러한 파행의 역사 속에서 그 낙토에의 그리움은 일제 식민지에서는 종교적 민족주의의 결집력을 보여주기에 이르렀고, 결국 3.1운동이란 대규모 민중운동은 전민족 동원의 가능성을 보여주기도 했다. 여하튼 한국소설의 불교적 친연성을 규명하기 위해서는, 우리나라 근대사의 파행성에 어떻게 한국소설의 그것이 대응하고 있었는가 하는 기본적인 전제 조건을 염두에 두지 않으면 안된다.

근대적 양식의 한국소설사에서 가장 먼저 불교적 친연성을 획득한 작가는 춘원 이광수이다. 춘원은 초기에 계몽주의적 도덕률로 일관했지만 시혜적이고 선각자적인 시선을 차츰 제어하면서, 후기 문학의 단계에 이르러 불교적 인생관에 바탕을 둔 종교적 인도주의와 절대적 범애(汎愛)의 세계를 탐닉하게 된다.

「사랑」과 「유정」 등에서 보여준 절대적인 정신애의 파란과 개인적인 고뇌와 번민에 시달려온 그가 쉽게 매료될 수밖에 없었던 이상주의의 세계이다. 그는 정신적으로 휴식하고 싶은 귀의처를 끝내 불교에서 찾았다.

춘원의 소설 중에서 직접적으로 불교에 관한 소재주의적 취향을 드러낸 작품은 「이차돈의 사」 「원효대사」 「꿈」 등을 들 수가 있다. 이 세 작품의 유사성은 현재로부터 훨씬 벗어난 특정적 과거로 귀속한 시대, 즉 신라를 소설의 시간적 무대로 삼고 있다는 점과 인간적 사랑과 종교적 사랑간의 심각한 갈등을 묘파하고 있다는 점이다.

이 세 작품이 아름다운 여인들과의 세속적인 사랑과 불교적 신심으로부터 고조되는 종교적인 상승애가 첨예하게 대립될 때 작가는 어김없이 후자를 선택함으로써 일관된 주제의 틀을 제시한다. 즉 세속적인 사랑을 파계로 간주하면서 속세의 아름다운 연인과의 사랑을 함으로써 종교적인 사랑, 불법에의 사랑을 완성하고자 한다. 따라서 이차돈의 죽음은 순교자적 영웅으로 부각시키는 계기로 마련되고, 원효의 도덕적 자기완성은 자비행의 성자로 받들게 되며, 「꿈」에서 는 끊임없이 유전하는 생사의 윤회에 묶인 세속사가 얼마나 허망한 가 하는 교의적 차원으로 환원되고 있다.

두 가지 사랑의 형태가 어느 하나만으로 일방 선택이 강요될 때 성 속의 일치가 아니라 그것은 분리되며, 따라서 과거 지향적 복고주의 로 귀착됨은 당연한 결과로 받아들여질 수 있다. 왜냐하면 성의 차원 은 불교적 이상주의가 깃든 신라형 유토피아이며 속의 차원은 작가 가 살고 있던 당대의 현실이기 때문이다. 속의 차원인 식민지 치하에 서 굶주리고 억압받는 민중(중생)을 외면하고 세속사와 무연의 관계 를 설정할 때 작가가 갖고 있던 그 낙토의 실체는 지극히 개인적인 정신적 귀의처에 불과한 과거의 현장이며 현실도피의 불교이다. 굶 주리고 억압받는 당대의 중생들에게 베푼 불교적 자선(慈善)으로서 이러한 과거 지향적인 낙토의 건설은 달콤한 환상에 불과하며 피곤 한 중생들의 일시적 위안일 수는 있으나 확실한 결과에 근거한 종교 적 신념이 되지 못한다.

작가 스스로가 매료된 이상주의에는 지나치게 현세를 부정하는 허 점도 엿보인다. 가령 원효가 요석공주와 더불어 사흘 동안의 밀월관 계를 맺은 후 요석공주가 행복에 겨워 이대로 무량아승지겁이라도 함께 살고 싶다는 말에 퉁명스럽게 "그러나 이것이 다 실상 없는 몽 환인 것을."이라고 대꾸한 내용이 그렇고, 파계한 후 현세를 부정하 면서 자기의 행위를 크게 후회하고 고뇌했다는 내용도 그렇다. 이는 적어도 소설상에서 원효가 성속의 경계를 확실히 인정한 대목이다.

그렇다면 실제 역사상의 인물인 원효가 어찌 승속의 경계가 있을 수 없는 무애의 경지에 이르렀을까 하는 의문이 남는다.

스님이 일찍이 하루는 미친 듯이 거리에서 외치기를 "누가 자루 빠진 도끼를 빌려주겠는가. 내가 하늘을 괴는 기둥을 깎겠다." 하니 사람은 모두 그 뜻을 알지 못했다. ……원효는 이미 파계하여 설총을 낳은 이후에 스스로 속복을 갈아입고는 소성거사라 했다. ……초동목부 누구나 불타의 이름을 알고 '나무'의 칭호를 부르게 된 것은 원효의 공이 컸다.

『삼국유사』제 4권인 일차적인 사료에 의존한다면 의도적으로 계획된 그의 파계는 결과적으로 불교의 대중화를 실천할 계기를 마련했다. 그는 성과 속의 차원을 분리함으로써 현세를 몽환으로 부정한 사람이 아니라 수많은 민중(중생)의 영혼을 구원한 보살행의 실천자가 되었다. 말하자면 그는 성과 속의 차원을 분리하지 않음으로써 일체를 둘이 아니라 하나로 보는 진속내융(眞俗內融)의 화쟁을 획득하였던 것이다. 출가인이 현세의 행복을 부정한 것은 당연한 귀결일지 모르지만 진정한 의미에서의 그의 파계는 파계가 아닌 것이다.

이처럼 작가가 역사상의 원효를 임의로 해석한 근저에는 '원효는 나와 같다'는 심리적 동일화가 함축해 있으며, 어쨌든 그는 이 소설을 통해 개인적인 정신의 귀의처를 종교적 이상주의에서 찾고, 나아가 도덕적 자기완성을 꾀함으로써 자신의 인격적 교양을 고무하고자 했던 것 같다.

춘원의 불교적 소재주의가 개인적 자족의 차원에 머물면서 이차원의 세계를 드러내는 데 있고, 결국 도의적 천마주의에 경시되어 있음이 그 나름의 한계로 지적될수 있지만 「무명」과 같은 작품은 좀 다른 각도에서 평가됨직도 하다. 「무명」은 가장 그답지 않은 소설이면서도 가장 탁월한 소설이다. 작가도 이 작품을 '가장 자신있는 작품'이라고 했거니와 여기에 작가의 불교적 인생관이 은밀하고 내밀하게 반영되어 있다. 이 소설이 가장 그답지 않은 소설이라고 한 것은 상황설정의 리얼리티에 기인하고 있다는 점에서, 또 그의 작품 중 가장 탁월한 소설이라고 말할 수 있는 것은 종래 작가의 웅변가적 변설이 완벽하게 제거되면서 절박한 한계 상황 속에서 순수한 인간 존재의 탐구를 꾀하려고 했던 점에서 작가의 정신적 성숙도를 엿볼 수 있기 때문이다. 특히 기독교에서 그러하듯이 종교상에 있어서 인간의 본질은 숙명적으로 '타락된(fallen)' 존재이다. 서구의 유신론적 실존주의에서는 이러한 타락으로부터 인간의 궁극적인 구원을, 종교심의 비약으로써 자기의 실존을 드러냄에 있다, 라고 주장하였다.

　불교에서의 인간의 타락, 즉 현세에 받는 고통은 생사유전의 끝없는 윤회의 부침 속에서 받은 죄업의 결과이다. 불교에 의하면, 자신의 무명을 파사현정하여 진여의 경지에 이름으로써 종교적 자기 구원을 보상받는다고 한다. 작품 「무명」의 공간적 세팅은 감옥 중에서도 병감(病監)이다. 여기에서 병은 인간 고통을 대표하며, 현실적 감옥은 삼악도의 상징이다. 지옥과 아귀와 축생의 응보를 받고 있는 몽매한 인간의 발가벗은 모습과 이기적 욕망에서 헤어나오지 못하고 서로 다투고 있는 작중 인물들, 즉 병든 죄수들의 생활상을 통해 인간 고통이 무엇인가 하는 바가 리얼하게 그려져 간다. 이는 몽매한 인간이 무명에서 허덕이고 있음을 상징적으로 암시하면서 이러한 무명의 소치를 업인으로 하여 구속과 배고픔과 옥살이의 응보를 받고 있다는 삶의 양상들을 보여주고 있다. 이기적 욕구로 가득한 몽매한 인간의 그릇된 모습. 즉 아상(我相)으로부터 해방하여 참다운 자아의 모습인 진아(眞我)를 발견할 때 인간의 고통으로부터 구원 받을 수 있으리라고 묵시적으로 보여주고 있음이 이 소설의 특징이자 뛰어난 점이다.

3. 김동리의 「등신불」

「무명」이전의 세 작품이 당대의 현장감이나 동시대의 차원으로부터 멀리 떨어져 신라라는 이차원의 세계로 빠져 들 때 소설미학이 주는 독특한 현장감, 치밀한 구성의 긴장감이 다소 약화되면서 종교적 이상주의, 도의적 찬미주의의 경향으로 나아간다고 앞서 지적하였다. 결과적으로 볼 때 춘원의 상기 세 작품은 지극히 개인적인 정신적 휴식처에 불과한 자기완성의 도에 다름 아님을 짐작할 수 있다. 이는 앞서 말했듯이 성속의 분리에 기인한다. 이러한 성속의 분리를 극복하는 방식을 다소간 엿보이는 작품이 김동리의 「등신불」이다.

이 소설은 주인공 '나'를 중심으로 전개되는 이야기 속에 '만적선사'에 관한 또 다른 에피소드가 삽입되어 이중적 구조로 전개되는 이른바 격자소설의 일종이다. 성가와 속사의 대립적 패턴을 드러내기 위한 이러한 기술적 방식은 1·3인칭의 복합적 시점을 통해 소설미학과 소설 구성의 내재적 일치감을 조성한다. 이 격자소설의 복합적 시점을 통해 관한 속사와 만적선사에 관한 성사가 분명하게 콘트라스트되어 있다.

'나'는 일본의 타이쇼오대학에 재학중인 조선인 유학생으로서 1943년 여름에 강제로 학병에 끌려 중국 남경에 도착하였다. 목숨을 그냥 바치는 것과 다름없는 동남아 전장으로 끌려가기 직전 나는 극적으로 탈출하여 '진기수'라는 사람의 소개로 양자강 북쪽에 자리한 정원사에 몸을 숨긴다. 진기수라는 사람은 타국의 청년인 나에게 몸을 숨겨주는 위험한 협조를 주저하다가 내가 나의 손가락을 스스로 깨물어 '원면살생 귀의불은'이라는 내용의 혈서를 씀으로써 나는 안전하게 정원사에 은신하여 생명을 부진할 수 있었다. 이 소설은 내가 정원사에 와서 궁금하게 여겼던 금불각에 안치된 등신불에 관해, 그리고 그 내력을 호기심 있게 쫓아가는데 스토리가 급진되어 간다. 나에 관한 사건 전개가 이 소설의 중심을 이루는 이야기임에는 틀림없으나 또 다른 이야기, 즉 만적선사의 일대기가 질적인 면에서 이 소설의 의미 요체를 형성하는 부문이다. 이 소설이 갖는 심층적 의미는 참회를 통한 자기 멸각의 경지이며 자기 희생의 종교적 극치인 '소신공양'에 있다. 스스로 자기 몸을 태워서 자기의 그 열렬한 신심을 뭇사람에게 현시하는 이 불교적 의식은 중생 구제의 대승적 신념이 아니면 불가능하다. 그런데 만적선사의 소신공양과 대비되는 '나의 식지(혈서를 쓰기 위해 다친 손가락)'는 자기희생을 통해 성취될 인간 구원의 보살행에 비하면 지극히 보잘것없는 소승적 징표에 불과하다. 중생구제의 대원혁을 위해 스스로 자기의 한목숨을 불태운 만적선사의 행위가 빛나는 성사의 일종일진대, 나의 목숨을 보존하기 위해 손가락을 물어뜯어 '나를 살려주려는 사람에게 무조건 나를 맡길 수밖에' 없었던 행위는 지극히 속사의 그것이기 때문이다.

그러나 이야기를 다 마치고 난 원혜대사는 이제 다시 나에게 그런 것을 묻지는 않았다.

"자네 바른손 식지를 들어보게." 했다.

이것은 지금까지 그가 이야기해 오던 금불각이나 만적의 소신공양과는 아무런 상관도 없는 엉뚱한 이야기가 아닐 수 없다. 나는 달포 전에 남경 교외에서 진기수에게 혈서를 바치느라고 내 입으로 살을 물어 뗀 나의 식지를 쳐들었다.

그러나 원혜대사는 가만히 그것을 바라보고 있을 뿐 더 말이 없었다. 왜 그 손가락을 들어 보이라고 했는지, 이 손가락과 만적의 소신 공양과는 무슨 관계가 있다는 겐지, 이제 그만 손을 내리어도 좋다는 겐지 일체 말이 없었다.

  "……."

  "……."

  태허루에서 정오를 아뢰는 큰 북소리가 목어와 함께 으르렁거리며 들어온다.

  인용한 윗글은 소설 「등신불」의 끝맺음에 해당하는 부분이다. "자네 바른 손 식지를 들어보게."라는 원혜대사의 말 이후에는 침묵뿐이다. 원혜대사는 요구에도 불구하고 나는 상처입은 식지와 소신공양이 '아무런 상관도 없는 엉뚱한 이야기'로 들릴 뿐 원혜대사의 의중을 깨닫지 못한다. 원혜대사의 침묵은 곧 선의 경지이다. 즉 성사와 속사의 대립 관계에 관한 어떠한 편집자적 논평도 주석도 없다. 그러나 분명한 것은 주인공인 내가 끝내 선의 본질인 개오(開悟)를 얻지 못하고 만다는 것이다. 적극적인 목표로서의 선의 윤리적 목표는 정신분석학에 의하면 완전한 안녕과 두려움이 없는 것을 성취하며 속박으로부터 완벽한 자유를 추구하는 것이다.

  나의 식지는 불안과 공포 그리고 생명을 부지해야겠다는 속박 때문에 훼손된 것이지만 만적선사의 소신종양은 불안과 공포와 속박으로부터 해방되어 기꺼이 한 목숨을 버리는 숙명적 희생 그 엄숙주의의 소산인 것이다. 나의 어리둥절함은 선의 경계에 들어서지 못한 범부의 어두운 정신적 단면이다. 따라서 이 소설이 제시하고 있는 정신적 중층 구조는 삶과 죽음, 속사와 성사, 나아가 욕계와 무색계의 앰비밸런스이다. 이 두 가지 세계의 병존은 불교조 관념론과 도의적 찬미주의에 빠져들 여지가 없고, 또한 바람직한 소설적 구성의 미학을 드러내는 문학적 장치를 보여주기도 한다.

  춘원의 세 작품이 성속의 분리를 지향하면서 속사보다는 성사에 우위를 두는 이상주의의 세계를 역사소설의 형식을 빌려 그의 불교적 세계관을 개진했다면 「등신불」의 작가 김동리는 두 세계의 병존을 복합적 시선의 격자소설을 통해 형상화했다고 볼 수 있다는 점에서 다소 진일보한 느낌을 주고 있다.

이 소설이 작가가 불교에서 취재한 여러 소설 중에서도 특히 성공을 거둘 수 있었던 요인은 성과 속의 앰비밸런스를 드러낸 소설 구성상의 기술적 동원에 있음을 관계에서 이룩된 주제 의식의 설정이다. 전쟁이라는 물리적 폭력을 거부하면서 자기 목숨을 연명하려는 범부 '나'에게 부과된 속사의 몫과 인간구원의 종교적 열정, 즉 찬연한 희생의 광휘가 번득이는 만적선사의 성사의 몫이 시대를 넘어서서 서로 만나고 있음을 드러낸 유의미한 관계의 탁발한 설정이다.

현대는 폭력이 난무하는 비극적 상황이다. 두 차례의 세계 전면전이 있었고 그 이후 국지적인 전쟁이 도처에 끊이지 않고 있다. 이러한 비극적 상황 속에서 초비극적 영웅의 표상으로 떠오르게 된 만적선사의 행위는 이 소설에서 단순히 소재주의적 호사취미가 아닌 현대인에게 절실히 간구되고 있는 인간 구원의 상징적 교의를 현저히 드러냄과 거의 등질의 차원에서 운위될 수 있다. 이는 단순한 도덕적 찬미를 넘어서 이념적 혼돈 속에 깊이 뿌리내려 전쟁이란 이름의 무자비함으로 나타나고 있다.

현대의 급증된 폭력의 양태 속에서 불교적 자비의 실천이 꽤 중요한 인간 구원의 문제가 되는 것은 당연한 논리적 귀결이다. 불교의 적정(寂靜)은 폭력의 종식을 목표로 삼고 있으며 자비는 폭력을 극복하는 방편이자 결과로서 찬양된다. 그런데도 현대만큼 폭력이 조직화되고 합리화되고 찬양된 적도 없었다.

그러므로 현대에 있어서는 자비의 실천은 지나간 시대의 교훈만이 아니라 오늘날에도 여실히 변하지 않는 절대적 가치인 것이다.

비극적 상황 속에서 초비극적 영웅으로 부각된 만적선사의 등신불

은 속사의 반전주의와 그래서 만나게 되는 것이다. 전쟁을 거부하려
는 이국 청년의 '아힘사(Ahims, 비폭력 혹은 불사생계)' 정신은 국적을
초월하여 감동 받게 되고 절박한 상황에 서로 목숨도 부지한다. 나
의 '아힘사'는 지극히 소승적인 자기애에 불과하지만 사람의 몸과
다름없는 부처 즉 '등신불'의 박애주의와 국적으로 조우한다. 속사
와 성사간에 놓인 화정의 침묵 그것이 바로 선의 경지일 터이다. 인
간은 탐욕의 사슬에 매인 고통의 존재이지만 그 고통으로부터 해방
될 수 있는 능력을 가진 존재라는 점에서, 사람과 다름없는 만적선사
의 등신불은 어두운 밤에 홀연히 빛나는 위대한 '호모 부디스티쿠
스'의 초상이다

4. 김정한의 「수라도」

춘원의 불교적 역사소설이 속과 성에 대해 이차원의 관계를 김동
리의 「등신불」은 그것을 병존적 대립의 관계로 보여주면서 하나의
문제를 향해 삶의 방법적 이해를 모색했다면, 이제 다루어질 김정한
의 소설 「수라도」는 완전히 속과 성을 동차원의 관계로 호응하는 데
성공을 거두었다는 점에서 사뭇 탁발한 데가 없지 않다. 그는 줄곧
현실적인 문제에 시선을 두면서 소설의 제재를 그쪽에서 선택하였을
뿐만 아니라 소설 작법으로서는 정석이랄 수 있는 리얼리즘적 방법
을 통해 이야기를 꾸며가곤 하였다. 「수라도」 역시 예외가 아니다.
김정한은 일제 말기에 신인으로 갓 데뷔하여 문단활동을 하던 중
일제의 횡포가 극심해지자 절필을 하게 되었고 향후 16년간 작가적
휴지 기간을 보내면서 교육계에 몸담았다. 이러한 공백을 극복하면
서 재기에 성공한 그의 연륜은 이미 이순이었음에도 불구하고 비록

양적으로는 과작이지만, 세속사를 이야기하면서도 이면의 주제는 형이상적인 깊이와 치열함을 동시에 드러낸 늙바탕의 문제 작가였다. 그의 소설 「수라도」는 그의 작품 중에서 이러한 점을 대변하는 가장 대표적인 작품인 동시에 우리 민족의 수난과 고통을 대변한 증언의 기록이다. 형이상학적인 깊이와 치열함을 동시에 드러낸 이 작품에는 지극히 현실적인 세속사와 불교적 세계라는 정신 문맥이 접합한다. 그의 소설이 가지는 고유한 세계관도 여기에 있다. 불교는 세계를 고난과 고통을 실체로 인정하는 고(苦)의 관념론이다. 이것을 현실적으로 민족의 고난과 고통으로 간주하면서 우리 나라 근대사에 박해를 가한 불순한 역사적 기운을 삼악도로 비유한다. 삼악도는 지옥도·수라도·축생도를 뜻하는데 「수라도」「축생도」「지옥변」이라는 그의 소설 표제의 설정은 이런 점에서 결코 우연이 아닐 터이다.

　민족의 수난사와 삼악도, 이 두 개념의 상관성은 다시는 역사의 죄를 짓지 말아야한다는 치열한 작가정신의 결과로서 단지 불교는 맹신과 찬미의 대상이 아니라 이 땅의 만족과 더불어 그 수난과 고통을 함께 하며 다른 성격의 역사적 원동력으로 적응되야 한다는 신념의 반증이기도 하다. 이에 관한 작가의 숨은 의도는 세속주의에 물든 사찰, 즉 식민지 세력과 유착해 소작농을 착취하는 사찰을 통렬히 고발하는 처녀작 「사하촌」에서도 찾아볼 수 있는데, 이는 식민주의와 물질지상주의(materialism)가 얄팍하게 혼재된 타락한 세속주의에 대한 저항이다.

　「수라도」는 주인공인 '가야부인'의 파란 많은 생애의 이야기이며 그녀의 시댁인 허씨 가문의 가족사이자 민족의 수난사이다. 이 소설의 첫머리 부분과 마지막 부분은 가야부인의 '장엄한' 임종이 원점 회귀식으로 전개된다. 그녀의 최후는 그녀의 손녀 분이에게 "할머니의 얼굴에 미륵불의 얼굴이 자꾸만 겹쳐져 보이고, 할머니가 미륵불로도 보이고 미륵불이 할머니로도 보이는" 그러한 최후였다. 외손녀의 눈에 그녀의 열반이 장엄하게 보였을까. 이 소설의 포인트가 여기에 있다.

　멀리서 적을 가상한 훈련포성이 쿵,쿵, 일정한 간격을 두고 울려왔다. 아주 정나미 떨어지는 포성이다. 그 포성이 갑자기 커질 때마다 가야부인은 눈을 힘없이 떠보이기도 한다. 그러나 시선은 내처 방향을 못 잡는다.
　그러나 이상한 것은, 눈이라든가 이마에는 그렇게 열반의 고통의 뚜렷한데도 굳게 다물린 입 언저리만은 여느 때와 조금도 다름이 없다. 금방 미소라도 떠오를 듯한 부드러운 모습 그대로다.

불교적 신앙의 대상인 부처는 신이 아니다. 부처는 민족을 구원하고 인류를 구원할 직접적인 힘이 없다. 다만 부처는 인류의 위대한 스승이며 개인이 따라야 할 가치를 생성한 법의 상징일 따름이다. 이 점은 오히려 다른 종교와 구별되는 불교적인 특징이다. 불교는 밖으로부터의 도움을 요청하는 그런 의타적인 종교가 아니라 내적인 수행적 명상을 통해 안으로부터의 깨달음에 이르는 멸정주의적 종교이다. 따라서 가야부인의 장엄한 열반은 그녀가 살아 왔던 현실적인 삶에 다름이 없는 것이다. 자신의 양심을 판단하고 보호하는 인격적인 경건에 있어 극한을 요구하는 불교가 주는 최상의 보상이 이러한 가야부인의 장엄한 열반, 즉 내적 평화의 상태이다.
　이 소설에는 유교와 불교라는 두 개의 문화적 정통이 한데 묶여 있으면서도 서로 상충하는 관계로 놓여 있음도 지나칠 수 없게 된다. 유교는 지배층인 양반·선비들이 향유하는 문화형이며 강력한 부의식(父意識)의 정신적 산물이다. 이에 비해 피지배층이나 반가의 부녀자들이 주로 향유했던 불교는 자비와 모성애의 감정이 집단 무의식 속에 자리함으로써 기층화된 문화형이다. 가야부인의 친정이나 시가

는 모두 유교 내림의 뼈대있는 집안이다. 그녀는 유교적 전통의 부덕
(婦德)을 완벽히 갖춘 전형적인 한국여성이며 또한 유교 집안의 대를
이어가는 한 가문의 중심적 내조자로서 유교적 윤리의 전형적인 상
속자이기도하다. 그런 그녀가 그의 시어머니와 더불어 독실한 불교
신자였다는 사실은 당시 풍속으로는 하등 이상한 일이 아니다.

그런데 이 소설에서 유불의 전통이 서로 상충하는 국면을 맞이하
게 된 것은 우연한 기회에 땅속에 묻혔던 미륵불을 발견한 후 이를
위해 조그만 사당을 세우겠다는 종교적 사명감에 사로잡힐 때부터였
다. 가야부인은 이를 완고하게 반대하는 시아버지의 명령에 순응하
지 않고 머리를 깎고 중이 될 결심까지 한다. 가야부인의 출가의 결
단은 엄한 유교 가문의 전통에 대한 도전이며 가부장적인 권위보다
는 종교적 자애로움을 선택하려는 신념의 발로이다. 그만큼 그녀는
매사에 순종적이면서도 적극적이었다. 이 상충하는 문화형의 대립은
그녀의 시아버지 오봉선생이 자신의 죽음에 임박하자 유·불 조화의
가능성을 인정함으로써-공자의 인이나 석가의 자비심이 근본에 있
어서는 서로 같다는-당시 성숙한 사회의 일면을 작가는 보여주고 있
음에 인색하지 않았다. 어쩌면 이는 유교적 사회의 전통이 붕괴되어
가는 풍속의 단면을 보여주고 있는지 도 모른다.

가세가 기울자 가야부인은 스스로 집안의 노동을 했고, 상처한 사
위에게 종의 딸 옥이를 배필로 맞도록 허락함으로써 수양딸과 진배
없는 옥이로 하여금 일본군 정신대원에 징발되지 않게 하는 슬기를
보여준다. 가야부인은 피동적이 아니라 능동적이었으며, 또 미래지
향적인 여인상으로 비춰지고 있다.

이 소설의 이면에 깊게 함축하고 있는 바는, 불교와 민족주의를 하
나의 실체로 파악하여 식민종주국에 저항하려는 시대사적 관점이다.
아시아에서 불교적 민족주의는 공통적으로 식민지 저항 세력으로 부

상했다. 20세기 전반기의 불교는 물론 야합과 타협의 양상도 적지 않았지만 실론은 영국 식민주의와, 한국은 일본 식민주의와, 인도지나 제국은 프랑스 식민주의와 싸우는 데 지도적인 역할을 했다. 이 소설에서의 불교적 민족주의는 가야부인의 인격적 경건주의로서 잘 반영되고 있다.

죄악을 범한 결과로 다시 태어나서 고통을 받는 장소가 삼악도인데 그 중에서도 폭력의 업보를 받는 장소는 '수라도'이다. 폭력으로 역사의 죄악을 범한 식민 세력은 그것을 업인으로 하여 수라라고 하는 '악처'의 나락에 떨어지는 응분의 대가를 받게 된다는 준열한 역사적 경고와 더불어, 작가는 민족을 하나의 살아있는 유기체로 보면서 민족이라는 '선처'로 나아가 불교적 인간 구원을 성취할 수 있음을 암시하고 있다.

이때 선처라 함은 가야부인의 미륵신앙에서 찾지 않을 수 없다. 미륵신앙은 미래지향적 희망의 종교이다. 억압으로부터 해방되어 자유를 얻으려는 가상적 유토피아를 미륵 신앙에서는 용화의 세계라고 한다. 물론 작품에서는 구체적으로 제시되지 않았지만 미래불인 미륵보살은 현실 참여와 미래 희망의 성격이 가장 강렬하게 표현된 신앙적 대상이어서 불교적 민족주의를 드러내는 데 효과적으로 이용되고 있다.

이 소설에 나타난 민족사에 있어서 무자비한 폭력의 양태―침략, 삼일운동의 탄압 시아버지 오봉선생의 검거, 대동아 전쟁, 인력 징발, 육이오의 포성 등―는 수라의 도로 말미암아 엄청난 역사의 업보를 받게 되리라는 작가의 엄중한 경고의 대상이다. 또한 그 정의의 업보는 단순한 교훈적 차원에 머무는 것일 뿐만 아니라, 현대 국제사회에서 난무하는 폭력주의에의 맹신을 거부하는 전 인류의 소망으로 받아들여도 좋다. 그러므로 불교적 민족 구원의 문제가 바로 인간 구원의 문제가 되는 것이다.

5. 최근의 불교소설

김정한의 「수라도」 이후 한국 소설이 불교적 친연성을 획득한 작품은 그다지 많지 않다. 다만 김원일의 「파라암」 김성동의 「만다라」 한승원에 「포구의 달」 등 몇 편의 작품만이 우리들의 가슴속에 남아 있을 뿐이다. 이 세 작품은 발표한지 10년도 넘지 않은 근래의 작품임에도 불구하고 근래 우리 사회에서 제기되는 문제와는 가깝게 밀착하지도 못했고 크게 소설적 성공을 거두었던 바도 아니었지만, 한국 소설사에서 탐구되어 왔던 일련의 불교적 주제와 연결하여 하나의 맥을 형성시켜 주고 있다.

그런데 이 세 작품은 종래 선배작가들이 다루었던 개인과 민족과 중생, 즉 포괄적인 의미에서 인간구원의 문제를 탐구하는데 있어 다소 외견상의 차이를 드러내고 있다. 우선 「무명」 「등신불」 「수라도」의 주인공이 재가 신도임에 비해 근래의 세 작품 속에 나타난 주인공은 재가와 출가의 경계를 마음대로 넘나드는 고뇌하는 인간들이다. 속세의 애증을 완벽하게 초탈하지 못하고 번민하고 좌절하고 방황하는 수행적 삶이 그려져 있다. 이들의 고뇌하는 문제가 소설 내에 구체적이고 확연하게 드러나 있지 못하다는 점이 선배작가의 세 작품과 비교하면 질적으로 상승하지 못하고 있다는 점을 반증해 주는데, 확실한 자기 세계에의 안주가 작가 자신부터 회의적이다.

「파라암」은 주인공 지수가 다시 승의 경계에 되돌아오지 못하고 아주 환속해 버린 이유가 불투명하다는 점에서 다소 역사적 감상주의에 빠지고 있으며, 「만다라」는 인간 구원의 문제가 모호한 불립문자의 경계에 진입하여 독자들로 하여금 법운의 개인적 관념 세계가 지극히 소승적인 의존감에 놓여 있음을 알려주는 것에 불과하며, 「포구의 달」은 구성의 산만함과 함께 주인공 성진의 귀향과 현실도 피의 반복이 필연적인 구도로 짜여 있지 못하고 또 설득력을 결하고 있다는 약점을 안고 있다.

「만다라」는 젊은 구도자가 겪는 종교적 방황과 인간적 고뇌를 그린 작품이다. 이 작품은 80년을 전후로 하여 일시 유행했던 김동리의 「을화」, 이문열의 「사람의 아들」, 한승원의 「불……」 연작소설과 같이, 종교의 구원과 정신 세계를 주로 테마로 삼은 관념소설의 일종이다. 그래서 동시대 작가 이문열의 「사람의 아들」과 곧잘 비교되기도 한다. C.I.글릭크스버그는 20세기 소설의 인간을 프로메테우스적 반항과 시지프스적 좌절을 공유한 인간형이라고 했다. 신의 아들인 예수라는 종교적 천재에 반항하는 기인 아하트 페르츠와 하나의 짝이 될 수 있는 「만다라」의 젊은 파계승 지산은 현대의 반항하는 비극적 인간으로서, 전형적인 현대소설의 인물에 상응하는 '문제적 개인'으로서의 충분한 자격을 갖추고 있다.

여기서 작가는 완벽한 평정과 조화의 경지로 상징되는 만다라의 시계에 도달하지 못한 젊은 구도자 지산과 법운을 통해 이상적 삶과 무의미함에 매몰되어 가는 현대인이 인간 조건의 한계성과, 그 결과로의 파국의 세계에 처해져 있음을 암시해 준다. 이때 현실로부터 멀어진 만다라는 상징적인 세계상의 분열로 파악되면서도 때로는 파계의 윤리로 미화되어 있다.

김원일은 분단 현실의 문제를 주된 제재로 삼은 작가이다. 그가 「파라암」을 통해 불교적 인간 구원의 문제를 탐구하고자 했던 것도 지금의 분단 현실을 이야기한 근대주의의 극점인 6·25를 이야기의 원류로 삼으려는 뜻에 다름 아니다. 백인 혼혈아인 청년 승려 지수의 비극적 탄생은 단지 개인적 차원이 아니라 민족 비극의 근원적 환부와 일치하고 있다. 그것을 치유하기에는 역사의 상흔이 남긴 현세의 업고가 너무 무겁다는 사실 때문에 '낙엽이 가지를 떠나듯 어디로 훌훌 떠나고 싶은' 마음뿐이다. 결국 사바 세계로 만행을 떠난 지수는 자기 어머니 점례처럼 영영 이 귀래천으로 돌아오지 않는다. 성주산 파라암과 속세를 잇는 귀래천은 문자의 직접적인 의미와는 달리 영원히 '돌아오지 않는 강'으로서 독자들에게 비감한 감회를 자아내게 한다. 2대에 걸친 불륜의 상간은 업의 상속이며 현세에 받고 있는 윤회의 사슬이다. 비극의 씨앗은 결국 성진의 파계와 함께 장사공의 딸 봉녀에게까지 미친다. 돌아오지 못할 아기를 파라암에 맡기고 그녀는 후살이하러 떠난다. 따라서 한 개인이 상속받은 현세의 업고는 관념적인 숙명론이 아니라 구체적인 삶의 현실 속에서 싹튼다는 점을 깨닫고 있었는지도 모른다.

　　떠나거라. 선에 이름이 속세를 멀리함에만 있는 것이 아니고 속세의 거함으로써 크게 깨달음이 있을진대, 떠나 그 속에서 이루어 돌아오거라

　　한승원의 「포구의 달」은 오늘날 우리 주변에 맴도는 문제에 비교적 접근해 있다. 인간 소외의 문제, 산업화의 문제에 시달려 정신적 방향 감각을 잡지 못하는 주인공 성진의 귀향과 이향의 반복을 통해, 세계의 물신화로부터 인간의 자유를 추구하려는 바를 주제의 동기로 상정하면서 3부작으로 전개해 간다.

　　「포구의 달」은 「포구」 3부작 중에서 두 번째에 해당한다. 그는 여기에서 현대인이 처한 상황을 백수광부라는 고대적 신화의 원형을 통해 조명하는데, 출가와 재가 그리고 이향과 귀향의 만족을 통해 불교적 정신 세계를 지향하되 불교의 정통적인 교회적 성격을 거부하

면서 재가 신도로서의 자기 멸각의 경지인 사심 없는 자유의 완성인 '아뇩다라삼먁삼보리'를 인간 구원의 완성으로 보는 듯하다.

현대를 '형이상학적 실향의 시대'라고 말한 루카치가 이원론으로 분열된 산문적 세계를 희랍 고전의 시적인 일원론으로 회귀하여야 한다고 했듯이, 이 소설 역시 부성과 모성, 구심력과 원심력, 신화와 문화, 포구와 달 등 두 개의 이질적 요소를 화합하여 현대인의 고향 상실을 극복하려고 했던 점에서, 다소 시적인 발상이라 아니할 수 없다.

그러나 근래 세 작가의 작품은 그들이 창조한 문제적 인간을 통해 만행과 행고로써 깨달음을 추구하려고 시도하였으나 결과적으로 출가한 주인공이 환속해 버림으로써 일차적으론 구도자로서의 현실적 포기, 산업화와 물질적 세속주의, 역사의 중압감에 대한 종교적 패배주의를 드러내고 말았다. 확실한 자기 세계에의 안주가 작가 자신부터 회의적이기 때문이다. 물론 이에 대한 평가는 종교적 역설의 승리로서 간주할 수 있다. 예수 크리스트의 죽음이 폭력 앞에서의 패배가 아니라 위대한 정신의 승리이듯이. 이차돈의 참형이 신라정신의 화려한 개화를 의미하는 탄생의 고통이듯이. 그들 구도자로서의 현실적 포기(환속)가 교회적 성격을 넘어선 새로운 종교상에의 창조적 도전이라고 몇 걸음 양보한다고 해도, 그러나 이 점은 너무나 순진한 논리일 터이다. 뿐만 아니라 이 소설들은 현대 한국사회에서 나타나는 절실한 문제의 핵을 꿰뚫지 못했고, 구원의 문제에 있어서도 소승적 차원으로 기우는 약점을 보이고 있음도 지적의 대상이 아니될 수 없다.

6. 요약과 전망

이상으로 우리 소설사에서 제기된 불교적 인간 구원의 문제를 중심으로 한국 소설의 불교적 친연관계를 개략적으로 살펴보았다. 근대사의 파행성에 어떻게 한국 소설이 대응했는가 하는 질문에 춘원의 불교적 역사소설은 자족적 차원에 머문 이차원의 세계를 제시함으로써 종교적 인도주의와 도의적 찬미주의로 기울어져 갔으며 「수라도」에 이르러서는 동차원의 세계에서 그것이 훌륭하게 극복되었음을 살펴보았다. 이것은 다시는 역사의 죄업을 짓지 말아야 한다는 치열한 작가 정신의 결과로서 단지 불교는 맹신과 찬미의 대상이 아니라 이 땅의 민족과 더불어 그 수난과 고통을 함께 하는 것이라는 사실을, 나아가 민족의 수난과 종교적 민족주의의 상관 관계를 제시하고 민족 구원의 문제와 인간 구원의 문제를 동등한 차원에 올려 놓았다.

「무명」에서는 몽매한 중생의 무명을 구체적인 현장, 절박한 한계 상황 속에서 인간 구원의 필요성을 제기하였으며, 「등신불」에서는 폭력에의 맹신에 자비실천과 자기희생의 멸각의 경지를 제시함으로써 민족 구원과 인간 구원을 동등한 차원에서 논의할 수 있게 된 것이다.

「파라암」 「만다라」 「포구의 달」의 주인공은 결과적으로 환속해 버림으로써 일차적으로 구도자로서의 현실적 포기, 그리고 산업화, 세속주의 역사의 중압감에 대한 종교적 패배주의를 드러낸다. 이 세 작품은 훌륭한 문제 제기에도 불구하고 현대 한국 사회에서 나타나는 절실한 문제의 핵을 정확하게 꿰뚫어 보지 못하고 다소 감상과 관념 쪽으로 후퇴해 버린 감을 주고 있다. 향후 불교소설의 전망과 가능성은 한국 사회에서 일고 있는 문제의 핵을 얼마만큼 다잡아 소설 미학으로 형상화시키느냐에 달려있다.

　물론 본고에서 다룬「무명」「등신불」「수라도」등은 예외일터지만, 대체로 한국 불교소설은 내성적이고 관념적이고 소승적이었다. 불교는 우선 세계를 고난과 고통의 실태로 인정하는 고(苦)의 관념론이다. 바로 고의 관념론으로부터 해방되는 것이 인간 구원이다. 동시대의 사회적인 관심으로부터 멀어진 구도자적 수행적 삶이 평면적인 사색의 결과에 불과한 것이라면, 고의 관념론을 구체적으로 해결하여 현실적인 문제에 다가서는 것이야말로 불교소설의 성패 여부를 판가름할 과제인 것이다.

　결국 앞으로의 불교소설이 다루어야 할 문제는 고의 원인적 문제를 진단하고 제거하는, 보다 절실히 간구되는 현실적 내용이 아니면 안될 것이다. 예컨대 빈곤의 문제, 피압박의 문제, 복지적 소외의 문제, 계층 갈등의 문제, 분단 현실의 문제, 그리고 전 인류가 공통적으로 고민하고 있는 문제이어야 한다. 불교소설은 이에 맞서 중생에게 각성되어진 지혜와 삶의 능력을 요구하는 내용이어야 한다. 왜냐하면 고의 원인적 문제를 제거하는 것이 바로 불교소설이 감당해야 할 인간 구원의 내용이기 때문이다.

이문구 소설의 문학사적 의미

1. 이문구, 이제 문학사에 귀속되다

이문구는 저 세상으로 되돌아갔다. 그가 되돌아 간 저 세상은 무의미의 수렁, 그 단순한 죽음의 세계가 아니다. 그의 벗 박상륭의 표현을 잠시 빌리자면 자유로움을 누리게 될 역사 속의 공간일지도 모른다. 그는 한 시대를 풍미한 작가였다. 독자적인 작가 의식, 독창적인 작품 세계, 독특한 언어 구사력 등이 한데 어울리어 조화롭고 웅성깊게 혼융(混融)의 경지에 도달했다는 점에서, 그는 한마디로 말해 예사의 작가가 아닌 큰 작가였다. 이를테면, 그는 큰 작가의 이름을 새겨 놓고 저 세상으로 되돌아갔던 것이다.

큰 작가의 죽음은 별자리를 남기는 법이다. 서로 빛을 다투는 듯한 수많은 성좌(星座)의 공간, 저 세상이야말로 문학사로 이름되는 것은 아닌가. 이런 의미에서 볼 때 이문구는 이제 새로운 모습으로 문학사의 공간 속에 안식의 몸을 눕기에 이르게 된 것이다.

주지하는 사실이듯이, 이문구는 문학사적인 의미가 크다는 점에서도 '큰 작가'임에 틀림없다. 작품의 심미적인 완결성만으로써 문학사적으로 의미가 있는 작가가 되는 것이 아니요, 동시대의 평판이나 독자의 적극적인 반응이 있다고 해서 그러한 작가로 기억되는 것은 더구나 아닐 터이다.

문학사적인 의미의 작가는 자기 시대를 정확히 꿰뚫어 보면서 문제 의식을 날카롭게 제기할 수 있는 작가, 앞 시대의 문학적 유산을 발전적인 맥락으로 계승할 수 있는 감각을 지닌 작가, 또 그러면서도 기성의 언어 형식틀에 안주하지 않고 개성적인 표현의 욕구를 발휘할 줄 아는 작가가 아니어선 안될 것이다. 오늘날의 우리가 이문구를 떠나보내면서 그를 문학사적으로 의미가 있는 작가라고 간주하고 있는 이유도 이러저러한 관점에 근거를 두고 있는 것이다.

사실상 이문구는 살아 생전 당대의 세평으로부터 크거나 화려하게 주목된 작가가 아니었다. 비평적인 평가에 있어서는 오히려 쟁점의 대상이 되었던 작가였고, 독자층의 평판이 남긴 결과에 있어선 결코 베스트셀러 작가의 현저한 반열에 들어선 작가로도 볼 수 없었다. 최근에 이르러서야 '농촌 최후의 시인', 어떤 경의를 표하더라도 충분치 않을 변증법적 원융의 세계 등등의 찬사를 듣게 된 것이다.

한 작가의 죽음이 갖는 의미는 무엇일까? 우리는 문학사의 경험을 미루어 볼 때 동시대로부터 매우 인색하게 평가된 작가가 사후에 이르러서야 시쳇말로 비로소 뜨게 된 경우를 보고는 한다. 이처럼 살아 생전과 사후의 평가가 극단적으로 어긋한 경우라고 이문구의 경우는 볼 수 없겠지만, 아무튼 한 작가의 죽음에는 의미의 재조정이나 가치의 재조명이 이루어지는 기회가 주어졌다는 사실을 가리키고 있다고 간주해도 좋을 것이다.

요컨대, 이문구는 예상사(例常事)의 여느 글쟁이가 가질 수 있는 수준을 넘어서고 있음을 가늠해주고 있기에 충분하다는 점에서, 문학사의 한 주역 내지, 결코 작지 않은 의미를 지니고 있는 큰 작가임에 틀림없다.

2. 글말을 끌어안은 입말의 승리

특정의 작가를 논의의 대상으로 삼을 때 대체로 두 가지 관점에서 비평적인 담론의 단서를 풀어 가는 것이 보통이다. 한 경우는 사회 현실의 조건에서 작가나 작가의 작품을 이해하는 경우라면 다른 한 경우는 언어 형식의 조건에서 작가나 작가의 작품을 이해하는 경우라고 할 수 있다. 이문구의 경우는 이 두 가지 조건에서 충분히 논의를 개진할 수 있는 독특한 성격의 작가라고 할 수 있다. 앞으로 이문구를 연구하는 연구자들이 문학사회학의 관점이거나 형식주의 비평 이론의 관점에서이거나, 혹은 양자를 동시에 이해하는 총체적인 관점에서 논의의 단서를 풀어 갈 수 있고 의미와 담론의 생산성을 추구해갈 수 있을 것이다.

언어 형식의 조건에서 본다면 이문구의 소설이 토속적인 언어를 구사하고 요설체 문틀을 자유롭게 조성해 갔다는 사실에 많은 사람들이 대체로 동의하고 있다. 김윤식·정호웅의 『한국소설사』(예하, 1994)에서도 다음과 같이 기술하고 있다.

이문구의 문체는 독특하다. 그 독특함은 지금의 언중(言衆)들이 잃어버린 어휘나 속담 또는 격언이 무수히 많이 쓰이고 있다는 점, 충청도 보령

지방의 사투리가 풍부하게 재현되고 있다는 점, 만연체라는 점 등에서 말미암은 것이다. 이 중 잃어버린 어휘와 속담, 격언의 풍부한 살려쓰기가 갖는 의미는 특히 크다. 근대화로 인한 농촌 해체와 인구의 도시 집중화는 그 전후 세대의 언어 현실을 날카롭게 갈라 놓았다.(386면)

이문구 소설에 반영된 언어는 지금의 40대의 세대도 쉽게 이해하지 못한다. 그의 언어는 잃어버린 것, 사라져 버린 것에 대한 복원의 성격이 강하다. 언어에 관한 한 단절적인 세대 의식을 보완하는 역할을 그가 훌륭하게 수행했다는 셈이 될 것이다. 그의 언어는 한 마디로 질깃하고 요설적이고 직정적이며 논리를 한 단계 뛰어넘기도 한다. 생동감이 넘치는 방언의 파노라마, 입말의 물결이 도도한 말결이 되어 하나의 감흥의 바다를 이룬다. 그의 질펀한 입담과 입심은 근대성의 격랑 속으로 휩쓸려 가면서도 휩쓸리지 않으려고 안간힘을 쓰는 전근대적인, 혹은 반근대적인 작가 의식의 소산으로 이해되어진다. 나는 그의 언어를 질박성(質朴性)의 미학이라고 부르고 싶다. 나는 10여 년 전에 이문구에 관한 비평적 연대기를 쓴 적이 있었는데 그때 "운치 있는 토착어를 자유롭게 구사했다는 서술상의 독특성으로 인해 조선 후기 평민문학과의 문학사적 지속성을 획득하고 있다."(작가세계, 1992, 겨울)라고 표현한 바 있었다. 그의 언어가 문학사적인 맥락에서 볼 때 상당한 의미와 의의를 내포하고 있는 것은 이루 말할 나위가 없다고 하겠다.

하루는 경로당에서 보자는 전갈이 와 웬일인가 하고 가보니, 동네 늙은이란 늙은이는 있는 대로 나와서 차포마상(車包馬象)으로 벌려 앉아 장히 우국충정에 침통한 화상으로 설왕설래를 하는데, 가만히 뒷전에 앉아서 듣자하니 비장한 공기가 자못 볼 만하였다.

이 인용문은 비교적 최근의 작품에 해당하는 「장천리 소태나무」에서 따온 것이다. 그는 글투보다 말투의 조성에 관심을 기울이고 있으며 판소리계 소설의 아니리 형식에 멀찍이 연결되어 있음을 알 수 있다. 조선 후기의 평민 문학에서 일제하의 채만식과 김유정을 거쳐서 이문구의 고유한 언어 질감에 이르기까지에는 하나의 맥을 형성하고 있다. 그런데 그의 소설에 소위 구어체로 존재하는 것에 글말을 끌어안고 있다는 사실이 매우 중요한 것으로 여기지 않으면 안 될 것이다. 그는 한자 어휘 중심의 글투를 적지 않게 반영했다. 한학적 교양의 뿌리로부터 글투의 전통을 계승한 측면도 그의 소설 미학을 구성하는 중요한 요인이 된다. 우선 『관촌수필』 중의 「관산추정」에 다음과 같은 표현이 있다.

유천만은 가끔 가는 기둥에 서까래 굵은 소리를 입에 올렸으니 예를 들면 이런 거였다.

"내 비록 둔근(鈍根)일망정 소갈머리 하나는 막천석지(幕天席地)라네. 사람 야리게(값싸게) 보지 마소."

"쉰네 소인이 따루 있다나? 나모냥 기거무시(起居無時)허면 가로사대 군자요 가로왈 양반이지."

"나 같은 수민(手民) 따위야 민주주의 공산주의, 푸렝이 뿔갱이 源을 것 있겄나, 그저 멎자주의가 당세관(當世冠)이지…… 허기는 천하조민(天下兆民) 많구두 많은 중에 나 같은 먹선(食仙)은 드물기두 드물겄지만……"

글투와 말투의 긴장관계, 보편적인 문법과 개성적인 화법의 대립, 속내와 말이 표리부동한 상황 속에서 그의 언어는 현실을 넘어선 소설적 미학의 힘을 얻어내고 있다. 서영채의 말마따나 해학과 풍자가 난무하는 대화적 상황 속에서 그의 언어는 가장 빛이 난다. 그는 우리 소설사에서 입말 및 입말체의 승리를 확인해 준 장인적 역량의 작가임에 틀림없을 것이다.

3. 근대화/산업화에의 비판적 성찰

이문구가 가장 활발하게 활동한 시기는 1970년대이다. 우리 현대사의 과정에서 이 연대가 지닌 의미는 쉽사리 간과할 수 없다. 주지하듯이, 70년대는 경제적 근대화가 국책으로 강화되는 시기라고 할 수 있다. 일정(日政) 시대에 추진된 식민지 공업화 정책 이후 두 번째로 추진된 공업화 정책의 시대라고 할 수 있다. 이 시대는 소위 박정희 시대의 수출 지향 공업화 정책으로 불리어질 수 있는 바, 근대화는 바로 공업화 내지 도시화를 의미하는 것이었다. 사람들은 이때 약간의 풍요를 향유할 수 있었는데 이 풍요는 사실상 한국인이 최초로 경험한 물질적 만족감이라고 할 수 있다.

근대화란 개방 체제를 구축하는 것을 의미한다. 박정희 시대의 개방 체제는 우리의 부족한 자본과 기술을 외국에서 도입하여 조립과 가공의 과정을 거쳐 생산물을 해외 시장에 수출함으로써 후발성의 이익을 흡수하여 압축 성장을 달성하려는 체제를 말한다. 그 결과 우리나라는 30년 사이에 극빈의 저개발 국가에서 선진국의 문턱에 도달하였다.

그러나 이러한 개방 체제의 과정에서 희생양이 된 것은 농민이었고 농촌 현실이었다. 개방 체제가 UR 라운드니 블루 라운드니 하며 90년대 초 우리를 압박해 오는 세계 경제의 새로운 질서에 마땅한 대응 전략이 없었다는 것도 그러한 사실을 잘 말해주고 있다고 하겠다.

　이문구 소설 중에서 가장 근대화 비판의 강도가 높은 것은 1972년에 발표된 중편소설 「해벽」이라고 할 수 있다. 이 작품 속에서 개방 체제에 대한 불신은 (당시로서는 불온하기 짝이 없는) 반미 감정으로까지 확대되어 있다.

　「해벽」은 작가 이문구의 고향에서 그다지 멀지 않는 충청도 해안 '살포곶'을 공간적 배경으로 삼고 있다. 이 살포곶은 근대화의 음지로 내버려졌다는 점에서 당시 여느 농어촌과 마찬가지의 의미를 갖는다. 또, 자본주의적 근대의 물신에 의해 훼손된 땅의 총체적 상징으로서도 결코 적지 않은 의미를 가진다.

　주인공 조등만은 선주·어협조합장·육영사업자로서 살포곶의 몰락을 지켜보면서 세계(제도)의 압력에 의해 참담하게 패배되어 가는 인물이다. 어민을 보호하고 고향을 지킨다는 것은 마을 유지로 그에게 부과된 책임이자 양심의 명령인 셈이다. 그는 이를 성실히 실천하려고 했으나 철저하게도 실패를 거듭한다. 이 과정을 통해 함축적 화자의 직설적인 비판과 논평이 표면 위로 불쑥 떠오르기도 한다. 그만큼, 걸쭉하고 질깃한 느낌의 말투는 엷어지고 상당히 표준화된 세련된 문체도 수용된다. 해안의 풍광을 묘사하는 몇 차례의 대목에 있어서 특히 그랬다. 현실을 풍자하는 은근한 맛 대신에 현실을 비판하는 직접적인 서술도 그대로 드러내기도 한다. 개념화의 유혹을 떨쳐 버리지 못한 경우라 하겠다.

　농촌 근대화란 거국적인 명제를 내세우고 추진하는 일에 어민 구실도 제대로 못해본 채 갯물만 허거물쓰듯 켜온 몇몇 어민들의 절규란 결국 자신들의 무능과 소외감을 재확인시켜줄 뿐, 아무런 보람도 구경하지 못하리라고 일깨워주지 않을 수 없던 거였다. 이날 입때껏 정부 덕을 입어 산적이 한번이나 있었던가를 되묻지 않을 수 없었고 어느 기관이 무슨 일을 하든 모른 척해야 한다.

사포곶의 몰락은 숭산 마루에 미군부대가 올라 앉고부터 시작되었다. 사포곶은 미군부대와 그 주변에 새로 나타난 이질적 풍속과 마주치면서 급속도로 제 모습을 잃어갔다. 조등만에겐 숭산 마루의 불빛이 문명의 불빛이라기보다 야만스런 광채였다. 늘 유사시라는 느낌, 상서롭지 못한, 불길하고도 패악스런 기운이 노상 살포곶 일대를 에워싸고 있는 듯한 느낌, 불안해 견딜 수 없는 불빛이었다. 자아와 세계의 불화를 상징하는 그런 불빛이기도 했다. 여기에서 함축적 화자의 잠복된 반미 성향이 노정되고 있다. 가장 울림의 진폭이 큰 부문을 따오면 다음과 같다.

황영감이 호밀밭 가운데 현장에 이르른 무렵, 그의 며느리는 벌써 세 번째 병사의 욕을 당하던 중이었다. 황영감 눈엔, 의식없이 누운 채 윤간 당하는 며느리 꼴만 보였지 그 이외엔 아무것도 뵌 게 없었을 터였다. "이 짐생같은 악당늠들……" 그는 그말만 수없이 되풀이하며 낫을 휘두르기 시작했다. 가로 세로 날뛰며 휘두른 거였다. 그러나 그 낫날에 상한 흑인 병사는 한 사람도 없었다. 도리어 영감 자신이 치명적인 상처를 입었을 따름이었다. 영감이 흑인들의 역습으로 몰매를 맞게 됐던 것이다. 흑인들의 구두발길에 짓이겨진 영감은 며느리와 나란히 누운 채 일어날 줄을 모르고 있었다. 흑인들이 영내로 줄행랑을 놓은 뒤에야 마을 사람들은 슬금슬금 모여들어 들여다 보았는데, 그럴 즈음의 영감은 이미 완전히 실신해 있었더라고 했다. 영감은 그날밤으로 운명해 버렸다. 나중 경찰관 입회하에 검시해본 결과는, 신장이 완전히 파열됐을 뿐 아니라 십이지장도 무려 서너군데나 찢겨져 있었고, 그 내출혈로 영감의 숨은 끊겼던 거였다. 영

감의 장례가 치러진 다음날 새벽인가, 재식이 처도 헛간 서까래에 목을
매달고 말았다.

이문구는 우리의 실존적 삶의 조건에 위압을 가하는 어떠한 형태
의 근대주의, 이를테면 제도·권력·문명 등속의 불편한 상황들에 관
해 독자들로 하여금 보다 심각한 성찰을 요청하게 한다. 그는 「해벽」
을 통해 삼십 달러짜리 암캐가 되기를 나선 젊은 위안부, 폐교 위기
에 몰린 수산고등학교, 정부 시책에 따라 폐항이 선고될 고향의 해변
등과 관련된 작은 애깃거리를 통해 근대주의가 빚은 물신의 우월성
에 대해 끊임없이 불화를 표명하고 있다.

이문구의 필생의 대표작은 「관촌수필」이다. 형식적인 측면에서 볼
때 이것은 「일락서산」, 「화무십일」, 「행운유수」 등 여덟 편의 작품을
묶은 연작 소설이다. 이것은 1972년에서부터 1977년에까지 5년의
기간을 걸쳐 발표되었다. 소설의 표제가 수필이라고 한 것은 그가 서
구적인 심미적 기준에 의거한 소설관으로부터 벗어나 동아시아적 전
통의 글쓰기 양식을 중시한 것이라고 판단된다. 서구적인 의미의 근
대 소설은 부르주아의 계급적 성장 시민 사회의 풍속 개량에 상응하
는 의미를 지닌 것이라고 할 수 있다. 때문에 서구형 근대 소설은 매
우 논리적인 성격을 띠고 있다. 반면에 동아시아적 서사 문학의 발생
적 기원은 비논리적인 방담(放談)의 서술 구조에서 비롯되었다.

이문구가 소설을 소설이라 하지 않고 굳이 수필이라고 말한 것은
이 작품의 장르적인 성격을 잘 암시하고 있다. 비교적 형식이 엄격한
소설보다는 명상적인 사유와 자유로운 형식을 추구하는 수필 쪽에
기울어졌다는 것은 내용도 그만큼 시적인 상태를 지향한다는 얘기가
된다. 그것은 잃어버린 세계에 대한 애틋한 그리움의 정조를 나타낸

것이며, 점차 사라져 가는 것의 잔영만이 남아 있는 애잔한 목가풍의
분위기를 돋우고 있는 것이다. 이 소설의 줄거리를 요약적으로 제시
한 것을 인용하면 다음과 같다.

제1편《일락서산》은 오랜만에 성묘를 하기 위해 고향을 찾은 주인공이
예전 모습을 찾아볼 수 없는 고향을 둘러보면서, 자신의 인격형성에 가장
큰 영향을 끼친 조부와 좌익사상으로 희생된 아버지, 그리고 이제는 오랜
타향살이로 인해 고향을 영영 잃어버린 '나'에 이르는 3대에 걸친 가족사
를 어린 시절의 고향 풍경에 담아 담담하게 회상하는 내용이다. 제2편
《화무십일(花無十日)》(1972)은 6·25전쟁으로 인한 윤영감 일가의 몰락
을 통해 인생의 허무감을 이야기하는 한편, 그들을 따뜻이 대하는 주인공
(나) 어머니의 순박한 인정을 다룸으로써, 우리 사회에 뿌리박고 있는 전
통적 삶의 인간미를 감동적으로 느끼게 한다. 제3편《행운유수(行雲流
水)》(1972)는 유년 시절의 고향을 배경으로 주인공과 함께 성장기를 보
냈던 소녀 옹점이의 가슴 아픈 인생유전을 담아내고 있다. 제4편《녹수청
산(綠水青山)》(1973)은 대복이와 그 가족에 얽힌 이웃의 순박한 삶과 그
삶이 퇴색되어 가는 과정을 그리고 있다. 제5편《공산토월(空山吐月)》
(1973)은 성실하게 살다 37세의 나이로 요절함으로써 주인공에게 강한
인상을 남긴 석공(石工) 신씨(申氏)의 이야기를 통해 감동적인 인간상을
그려낸다. 이 단편은 연작 가운데 가장 감동이 큰 작품으로 평가된다. 제6
편《관산추정(關山芻丁)》(1976)은 유년 시절의 고향 친구를 만난 이야기
를 중심으로 마을 안을 흐르던 한내[大川]가 도시에서 밀려 들어온 퇴폐
적 소비 문화의 하수구로 전락한 실상을 그리고 있다. 제7편《여요주서
(與謠註序)》(1976)는 중학 동창인 친구가 아버지의 약값을 마련하려고
꿩을 잡아 팔려다가 발각되어 자연보호를 위배했다는 이유로 공권력의
횡포에 시달린다는 내용을 담고 있다. 제8편《월곡후야》는 성년이 된 주

인공이 고향을 둘러보며 경험한 이야기로, 벽촌에서 소녀를 겁탈한 사건을 둘러싸고 마을 청년들이 범인에게 사적인 제재를 가하는 내용을 담고 있다.

이 소설의 평판은 발표될 당시에 찬반으로 양분되었다. 이 소설이 쟁점이 된 것은 재래적이고도 토착적인 인정주의의 세계를 지향하고 있다는 점이다. 소설 중에 등장하는 주인공들은 신분도 다르고 빈부의 차도 뚜렷하지만 한결같이 순박하고 인정스럽다. 인정주의의 세계는 전통사회에 뿌리깊게 내려져 있는 정서의 세계이다. 인심으로 표현되는 내적 결속감, 서로가 어려울 때 돕고 아픔을 쓰다듬으며 함께 어울려 살아간다는 공동체의 운명 의식, 가족과 부락의 단위로 존재하는 자기 헌신과 상호 유대의 정신 등이 내포되어 있다. 여기에 유교의 제도적인 유습(遺習)이 가부장주의와 한학적 교양의 인문주의 등이 알게 모르게 결부되어 있다.

이러한 세계를 현실적 자기 성찰에 근거를 둔 작가 정신의 소산으로 보기도 했으며 전근대적인 퇴영의 단면으로 비판하기도 했다. 후자의 관점에 따른다면 이 소설의 세계에는 계층적 차별과 반상적 질서마저 미화의 대상이 될 수 있다는 것, 또한 소설적인 비판 정신의 명백한 후퇴로도 간주될 수 있다는 것 등으로 요약될 것이다. 따라서 이 소설은 반근대성을 지양한다기보다는 전근대성을 추수하는 수준에 머물고 만 것이다. 아닌게 아니라 김윤식·정호웅 공저의 『한국소설사』(예하, 1993)에도 「관촌수필」은 전근대적 농촌사회에 엄존했던 신분질서의 억압적·수탈적 측면 등 부정적인 면에 대해서는 눈감고 그 시대를 절대적인 것으로 미화하고 있으니 그 비판이 충분한 설득력을 확보했다고 할 수는 없다.(385면)" 라고 기술되어 있다.

그러나 이러한 유의 인정주의 세계가 반드시 전근대성만으로 볼 수 없다는 게 경제학의 새로운 이론에서 제기되기도 했다. 특히 동아시아 사회에서 그랬듯이 소농(小農) 경영 사회의 형성은 서구와 유다른 근대 체제의 맹아를 의미하기도 한다. 우리나라의 경우에 가족제도와 촌락 구조의 변화는 이러한 소농 경영 사회의 성립과 더불어 형성되었다고 한다. 오늘날 동아시아의 민중적 균질성이나 주민의 교육열도 소농 사회의 특성에서 기인하는 것이라고 보는 견해가 있다. 적당히 신분을 유지하고 적당히 유업(儒業)을 지키고 적당히 교육을 보급하고 적당히 이웃과 공동체 감정을 유지하는 것이 자본주의 체제의 머나먼 길로 향한 첫 걸음마일 수 있다는 것은 전근대성이 아니라 근대성을 위한 기초적 자질일 수 있다. 물론 그것이 자본의 본원적 축적으로 이해되는 것은 아니지만 말이다.

「관촌수필」에 암시되어 있는 이문구의 경세관은 일종의 반개방체제론, 혹은 내재적 발전론에 가깝게 해당된다. 내재적 발전이란 외세적 의존에 근거한 개발·성장이 아니어도 우리식의 자족적인 발전을 도모할 수 있다는 것. 이 경우는 민족주의 경제론과도 연결된다. 이 경제이론에 긍정적으로 찬의를 표명하는 사람들은 필경 후발 자본주의 국가가 자본주의 선진국에 종속될 수밖에 없다는, 소위 수탈론과 제국주의론에 경도되기도 한다. 「관촌수필」과 「해벽」이 근대성을 성찰하는 강도가 현저히 차별화되어 있으면서도 서로 연결되는 사실도 이와 같은 순환 논리에 그 원인이 있다고 할 것이다.

이문구 소설의 다음 단계는 연작 소설 「우리 동네」이다. 「우리 동네」의 시대적 배경은 박정희 정권 말기에서 전두환 정권 초기에까지 걸쳐 있다. 이 작품은 1977년에 시작하여 1981년에 완성하였다. 이문구는 이 소설을 써 가는 과정에서 근대성에 관한 약화된 비판 의식을 한층 강화시켜 나아갔다. 이 소설을 쓸 무렵의 시대는 공업화의 진행 과정이 정점에 달했다. 이 때문에 농촌 현장은 분해되고 황폐화 되었다. 뿐만 아니라, 뿌리 뽑힌 자의 소외된 삶의 흔적들이 현재화 (顯在化)되고 환경 오염의 문제가 심각한 수준에 이르게 되고, 사회 변동 속의 구조적 모순이 자명하게 나타나게 된다.

「우리 동네」는 농촌 사회를 축으로 한 근대성의 불신을 생동감 있 게 묘파한 작품이다. 농민의 상대 빈곤과 무력감을 잘 표현하고 있으 며 공동체 심성과 의식이 변질되어 가고 있는 현상을 실감 있게 증언 하기도 했다. 이 소설에 이르면 「관촌수필」에 나타나는 인정주의는 희석되어 있다. 농촌이 공동사회가 아니라 이익사회로 변해버렸기 때문이다. 「우리 동네」의 작품들에는 적잖은 부분이 쟁투적인 의식 과 적대적인 냉소로 채워져 있다. 그만큼 세계 체제의 주류 논리 속 에 포섭된 근대화의 논리가 무지렁이 농민들에 의해서 비판되고 있 다는 것은 이문구 자신이 무언가 근대화의 대안을 인식하고 있었을 것이다.

4. 부정적 인물에 대한 부정적인 시선

이문구의 소설에 등장하는 인물 중에서는 약삭빠른 세태의 잇속에 의해 이용을 당하거나 경제적인 손실을 입은, 말하자면 세상 물정 모 르는 순박한 사람들이 많다. 이들의 주변에는 한 시대의, 보이지 않 는 교묘한 세력이나, 정책의 시류에 편승해 이득을 챙기려 드는 수탈 형 인간상이 엄존해 있다. 이문구의 시선은 대체로 일방적으로 당하 기만 하는 약자의 편에 쏠려있기도 하지만, 때로 그러한 부정적인 강 자의 편에 초점을 맞추어 관찰하고 문제성을 들추어내고 풍자하는 입장을 취하고 있기도 하다.

「암소」(1970)는 비교적 그의 초기작에 해당한다. 1960년대 초, 권력의 중심부에 새로 등장한 군사정권에 의해 입안된 정책인 '농어촌 고리채 정리'를 배경으로 한 소설이다. 관주도형의 근대화가 빚어낸 제도적 모순을 지적하려는 의도에서 출발하고 있는 작품인 셈이다.

이 작품에서의 주인공은 사실상 황구만이다. 그는 박선출을 머슴으로 부린다. 박선출은 때가 되어 군에 입대한다. 그가 군에 입대하기 전에 4년 간 노동의 댓가로 모아놓은 새경을 주인인 황구만에게 맡겨 둔다. 그에게는 그 맡겨 놓은 8만원의 월급과 3부 이자가 전재산이었다.

박선출이 군에 복무하는 동안에 황구만은 그가 맡긴 돈으로 영세한 직조공장을 세웠다. 그는 시세에 편승하여 축재의 꿈을 실현하려고 하는 점에서 자본주의적인 유형의 인물에 해당된다. 그러나 "카시미론의 물결이 쥐구멍 같은 벽촌에도 회오리쳐대기 시작하"게 될 무렵에 그의 꿈은 현실적으로 녹록치 않다는 사실을 깨닫게 된다. 황구만은 공장 문을 닫지 않으려고 안간힘을 써보고 발버둥을 쳐 보았지만 역부족임을 알게 된다. 더 이상 냉혹한 세상의 물정에 당하지 않아야겠다고 생각한 끝에 그는 혁명정부(군사정권)에 의해 적극적으로 장려된 정책 '농어촌 고리채 정리'를 교묘히 이용한다. 이 정책의 본래의 취지는 악덕 고리채 업자로부터 영세한 농민들의 부채를 탕감하고 이들의 생존과 생활을 보호하기 위해 입안된 것. 그러나 매우 아이러니컬하게도 머슴살이 끝에 영세한 농민으로 자립하게 된 박선출만이 피해를 입게 된 것이다. 돈을 갚으라는 박선출과 '관공서에나 가서 알아보라는 투'로 뻣대는 황구만의 대립은 날이 선 상태로 지속된다. 박선출은 이때부터 "쥑일 놈은 황가뿐인닷" 하는 입버릇이 생겨나게 되었다.

소도 막걸리에 맛들여 곧잘 넙죽거리며 받아마시곤 했다. 일을 아주 세게 부린 날은 막걸리도 한 되쯤은 먹어야 알맞다고들 했다. 어쨌든 선출이는 암소를, 말 못하는 짐승으로 여겨본 적이 한번도 없었다. 돈, 그것은 소이기보다 현금이었다. 사 년 동안의 사경(私耕)과 삼 년 못 받은 이자를 합친 누런 돈뭉치였던 것이다. 한 마디로도 할 수 있는 말이라면 길게 늘어놓을 필요가 없다. 누가 뭐라건 황씨와 선출이 두 사람에게 있어서의 암소의 존재는, 가난에서의 구제와 다가오는 날들의 밑천으로 걸어볼 수 있던 유일한 희망이었으며 가족과 마을 사람들에게, 아니 자기 자신에게 충고를 해주는 명예와 양심의 상징이었던 것이다. 그러니까 서로 양보를 하자면 동네 아이들 말마따나 '황씨네 선출이 암소'라면 되는 것이다.

황구만과 박선출 사이에 그런 대로의 화해를 이끌어낸 것은 암소였다. 소전의 시세가 헐해 사들인 암소를 기르는 것이 현안의 문제를 해결하는 것이라고 두 사람은 함께 생각했다. 황구만의 입장에서 보면 새로운 형태의 수탈을 통해 이재(理才)의 기회를 삼으려고 했다는 점에서 두 사람이 갖고 있는 물질적 가치관의 상반성은 여전하다. 이 기막힌 모순의 현실을 이문구는 희화적으로 극화하고 있다. 이 경우의 이문구는 현실을 예각적으로 분석하거나 해부하고 있다기보다 물끄러미 바라보며 인간적으로 관조하고 있다는 점에서 풍자 정신의 낮은 단계를 보이고 있다.

인간적인 관조를 다소간 배제하면서 현실에 대한 예각적인 분석과 해부를 강화한 것은 「우리 동네 황씨」에 등장하는 부정적인 인물 황씨의 경우에서이다. 황씨는 '억대를 웃도는 농토'를 보유한 대지주이며, 젓갈과 소금의 사재기를 통해 떼돈을 벌어들이는 거상에다, '5부 이자'로 가난한 이웃들을 착취하는 부도덕한 고리대금업자이다. 그는 경영형 부농에다 상업자본가이다. 경제적인 측면에서 착취와

수탈을 일삼는 부정적인 인물로서는 입체적이다. 「암소」 황구만이
관의 정책을 역이용하고, 『우리 동네』 연작의 황씨가 관료적인 조직
과 유착하여 사익을 챙긴다는 점에서 두 인물은 연결선상에 놓여 있
다. 하지만 황구만이 단순하고 평면적이라면 황씨는 복잡하고 입체
적이다.

　문학사적인 경험의 측면의 볼 때, 황씨는 조선 후기의 소설에서 염
상섭의 「삼대」와 채만식의 「태평천하」에 이르는 경영형 부농(富農)의
속물근성을 고스란히 계승하고 있다. 이문구의 황씨는 특히 채만식
에 의해 창조된 인간상 '윤직원'에 맞먹을 만한 무게를 지닌 축재적
인물로 그려져 있다. 하정일은 이 황씨를 '부르주아의 전형'이라고
성격화했다.

　　황씨는 관을 이용해 손쉽게 새우젓과 소금을 비싼 값으로 농민들에게
　팔아먹으려 하고, 관은 농민을 이용해 황씨에게서 더 많은 대가를 챙기려
　는 것이다. 따라서 대립의 이면에는 추악한 유착의 주고받음이 오가고 있
　을 뿐이다. 황씨를 농촌 부르주아의 전형이라고 한 것은 이런 연유에서
　며, 「우리 동네」는 황씨라는 농촌 부르주아를 통해 농촌의 자본주의화가
　낳은 계급 분화의 핵심을 찌르고 있는 셈이다.

하정일은 이문구의 「우리 동네」가 지향하는 주제적 의미를 자본주
의 비판의 문맥에서 이해하고 있는 것이 이채롭다. 서구 근대 소설의
발전적인 전개 양상에 있어서 간과할 수 없는 문맥은 부르주아 계급
의 속물근성(snobism)과 관련되는 측면이 있다. 이문구의 소설에 있
어서는 그것이 졸부근성으로 상응해 나타나는 특징을 보이고 있다.
오늘날 로또를 중심으로 일어나고 있는 전국민적인 대박 증후군도
자본주의적인 속물근성, 졸부근성과도 무관하지 않다는 점에서 볼

때, 이문구의 소설이 갖는 반자본주의적인 작가정신은 아직까지도 유효한 듯 싶다.

이문구가 마지막으로 간행한 소설·소설집은 『내 몸은 너무 오래 서 있거나 걸어왔다』이다. 이것은 2000년에 출판되었으며 같은 해에 동인문학상 수상작으로 선정되었다. 이 책에는 여덟 편의 중단편이 실려 있다. 각각의 표제를 얼핏 보기에는 연작 소설일 것 같으나 내용이 독립된 개별적인 작품들로 이루어져 있다. 책의 큰 표제가 이색적이며 마치 작가 자신의 죽음을 암시하고 있다는 느낌을 준다는 점에서 독자로 하여금 무언가 숙연하게 하거나 뭉클하게 한다.

여기에 실려 있는 「장천리 소태나무」는 부정적인 인물을 물끄러미 바라보는 작가 특유의 시선이 개입되어 있어 「암소」의 「우리 동네 황씨」의 연장선상에 놓여 있다고 할 수 있다. 이 소설에서 우선 주목해야 할 것은 '부동산 실명제 법'과 '아이 엠 에프'를 배경으로 삼고 있다는 사실이다.

이장을 세 번이나 연임하고 물러난 이송학은 법을 이용해 횡재를 꿈꾸고 있는 인물이다. 부동산 실소유자 명의의 등기에 관한 법률이 생겼을 무렵에, 주말이면 저수지로 낚시를 다녀 오는 김아무개라는 사람이, "노는 돈이 은행에서 자고 있는데 그보다는 논마지기라도 사두는 쪽이 낫지 않겠느냐면서 씨(이송학—인용자)의 이름을 빌렸으면" 하고 제의를 해온다. 즉, 명의신탁을 하자는 투였다. 이송학은 땅값이 몇 배로 뛰어서 땅을 내놓을 때까지 무엇을 지어먹을 수 있게 해주겠다는 말에 얼씨구나 하며 응하였다. 횡재를 바라는 이송학의 심보는 "탈도 많고 탓도 많은 세상인지라 갑자기 이승을 하직했거나, 풍을 맞고 쓰러져서 정신이 오락가락하는 바람에 그럭저럭 자기의 것으로 굳어간다는 심증을 전제로" 한껏 기대감에 부풀어 있다. 이 소설의 마지막 부분에 횡재를 바라는 이송학의 기대 심리가 해학적으로 묘파되어 있어 입가에 웃음을 머금게 한다.

　씨는 오늘도 안도의 한숨을 내쉬었다. 이렇게 끝내 자기를 찾는 김아무개의 전화만 없으면, 장차 먼논이 텃논으로 바뀌게 될 것이 정해진 이치나 다름이 없기 때문이었다. 그래서 씨는 늘 혼자서 염불하듯 해온 혼잣말을 웃어가면서 다시금 중얼거리는 것이었다.

　그렇게만 되면 그 김아무개야 개 길러서 개장수 좋은 일 시키는 심이지만, 나는 지금 먹구 이따가 뱉더래두 밑져야 본전인겨. 꼭 넘의 것을 거저배기루 먹어서가 아니라, 차를 얻어마시면 술두 얻어마시구 싶은 게 사램의 마음 아닌감. 먼논…… 이런 아엠에푸 시대에 그게 워디여.

근대화는 전통 사회를 유지해온 인정주의와 상호 신뢰감을 와해시킨다. 이것의 물결을 이기주의와 풍속의 변동을 야기시킨다. 사람들로 하여금 반목과 불화를 일으키게 하는 것은 돈이요 목전의 잇속이다.

「암소」에서 황구만과 박선출의 관계는 봉건적 성격의 주종(신분) 관계에서, 금전적 이해가 얽힌 채권·채무의 꼴사나운 관계를 지나, 암소를 매개로 한 새로운 성격의 사(使)와 노(勞)의 관계로 전개되어 간다. 이 두 사람의 관계가 어느 정도의 화해로운 관계로 재조정되지만, 적어도 작가는 군사정권이 내 놓은 고리채 탕감 정책이 이전의 봉건적인 성격의 주종적 수탈관계보다 못하다는 사실을 넌지시 암시하고 있다고 해도 과언이 아니다. 이 말은 자본주의로의 근대화가 소농(小農) 경영의 중세적 경제 질서보다 더 나은 것이 없다는 논리로 환원될 수 있다. 박선출은 중세적 유습의 경영 체제에 놓여 있는, 김유정의 「봄봄」에 등장하는 데릴사위보다 좀더 똑똑한 편이다. 박선출과 데릴사위는 어수룩하긴 매한가지이지만 자본주의적 체제에 길

들어진 인물이다. 그는 공업화 과정에서 농촌의 분해 현상에서 생존하기 위해 아등바등 몸부림칠 줄을 안다.

「우리 동네 황씨」에 이르면 목가형 인정주의의 세계관은 철저히 와해되어간다. 황씨는 새로운 수탈형 인간상이다. 수탈은 본질적으로 자본주의적 속성을 띠게 된다. 자본가와 관이 때로 충돌을 일으키기도 하지만 관이 쉽사리 민(民)의 편에 서주지 않는다는 점에서 이러한 문제점은 오늘날에도 지속적인 현재성을 드러내고 있다고 할 것이다. 성숙한 자본주의로 향해 가는 길목에서 지금 우리 모두가 한 번쯤 되짚어 보아야 할 문제이기도 한 것이다.

「장천리 소태나무」에 이르면 선량할 수 있는 농민마저도 자본주의의 노예로 만들기도 한다. 도회지인 투기꾼 못지 않게 횡재를 하려는 욕망이 시퍼렇게 살아 생생하게 약동하고 있음을 볼 수 있다.『내 몸은 너무 오래……』에 묘사되어 있는 나무들의 상징성—문학평론가 서영채가 서술한 바, 자본주의 세계를 움직여 가는 주류 논리로서의 유용성이나 황금성의 원리와 정반대편에 있는 것—오히려 이 반대편에 놓여 있는 것이「장천리의 소태나무」라고 할 수 있다. 이송학이카 섹스하는 서울 사람을 점잖게 나무랐다가 본전도 못 건지고 혼만 잔뜩 나고 만 것을 두고 "소태나무 껍질을 핥았을 때처럼 입맛이 썼다."라고 표현하고 있다. 즉, 소태나무는 본전 생각나지 않을 정도로 농민이 도시인에게 뒤지지 않겠다는 심보의 상징성을 띤 것이라고 하겠다.

5. 농민의 실천성과 농촌의 서정성

우리 근대 문학의 과정 속에 농민과 농촌이 중요한 소재로 취급된 사례가 적지 않았다. 그만큼 삶의 현장과 밀접한 관계를 맺고 있기 때문이었다. 일제하에 농민 문학은 농민의 계급적 속성이나 혁명적인 이데올로기를 내용으로 하는 범주 내에서 이해되었거나, 농촌의 환경을 개선하고 농민의 삶을 계몽하는 개량주의적인 입장에서 성격화되었거나 한 것이 일반적이었다. 전자는 카프 계열의 작가들이 소재주의를 넘어서 이념적인 밀착이나 편향성을 드러낸 경우를 말한다면, 후자는 이광수·심훈·박영준 등의 작가들이 보여준 시혜적인 귀농의식을 드러낸 작품들의 경우를 가리키는 것이다.

70년대에 이르러서 농민이나 농촌을 바라보는 시각이 많이 바뀌었다. 일제 하의 농민 내지 농촌을 소재로 삼은 문학이 어떤 경우이든 이념적인 경직성을 벗어나지 못한 게 사실이었다. 70년대의 많은 작가들이 농민과 농촌을 문학적 소재의 주요한 대상으로 삼았거니와 보편적인 생활 감정으로 승화하거나 삶의 절실한 현장으로 여기거나 인간다운 삶의 회복이라는 문맥에서 이해하려고 하는 경향이 농후했다. 이러한 현상 속에서 이문구의 소설도 독자적인 성격과 미학을 추구하는 작가로 남게 되었다. 그는 일제하 카프의 작가들처럼 농민을 절대 빈곤의 이념적인 표상으로 여기지 않았고, 다만 농민들의 상대적인 박탈감 속에서 인간적인 삶의 진상이 실천적으로 구현되는 문학적 형상의 진실 추구의 정신을 이룩하는 데에 노력을 경주하였다.

70년대의, 농민과 농촌의 문제를 다루는 일부 작가들이 그랬듯이, 그 역시 언어 형식의 측면을 세심하게 배려하려 하였고, 민족 문학의 기틀 속에서 농민과 농촌의 문학적 형상화를 추구하려고 했다. 그의 소설은 소설이라기보다는 수필체에 가까운 성격을 지향하였으며 삶의 절실한 현장으로서의 농촌 속에서 참다운 서정의 가능성을 획득했다. 이런 점에서 볼 때 그는 시에 있어서의 신경림의 경우와 유사

한 작가 의식을 보여주었다고 할 수 있다. 현실의 절박한 문제를 묘
사하되 농촌 속에 깃들어 있는, 절실한 삶의 틀, 인간다운 정서의 결
을 결코 포기하지 않았다는 점에서도 말이다.

소설과 역사적 상상력
― 김원일의 「불의 제전」(1부)를 중심으로

1

　물론 사견일 수도 있지만, 나는 현금의 우리 문학이 획득해야 할 가치는 겉으로 보이는 화려한 상태도 깊숙히 내재되고 있는 잡스러운 상태도 아닌, 얄팍한 절충도 엄격한 분리도 아닌 '창조적 다양성'에 있어야 함을 생각해 보고 싶다. 이 시대가 지향해야 할 '창조적 다양성'은 우상화될 사고와 물리적 억압과 기존의 굴레로부터 벗어난 문학적 성감대를 건강하게 회복하며, 문학적 자유 의지를 실현하려는 모든 노력임을 전제로 한다.

　그런데 전통적으로 우리 문학이 작품의 내실적인 질량 문제보다는 세인의 주목을 끌기 쉽고 호사취미에 맞는 신기한 작품에 비평적 찬의와 이목을 집중시킴으로써 뚝심있는 작가와 작품을 양산해내지 못했다는 점은 다소간 반성해야 한다. 이러한 점은 편향적인 사고의 틀이나 고정관념, 혹은 형식적인 면과 기술적인 면에서 '가치의 무정부’ 상태를 드러내어 그 동안 독자들로 하여금 올바른 비판 능력을 일깨워주지 못하게도 하였던 것이다. 이에 수반되는 반성적 교훈은 현금의 우리 문학에도 적용될 수도 있다고 생각되어지는 바, 현금의 우리 문학의 ‘가치의 무정부’ 상태는 내용과 형식, 이념적 측면과 기술적 측면 사이에 엿보일 수 있는 극단화 경향의 조짐에서 비롯될 수 있는 것이다.

현금의 우리 문학이 이러한 극단화 경향을 띨 때, 이념적 측면에서의 민중문학은 삶의 전체주의적 재무장이라는 함정으로 근접되기 쉬워지며, 기술적 측면에서 문학적 형식의 문제는 역사적 단절주의로 빠져들기 쉬워지게 된다. 그래서 이 글에서 한껏 다루어 보고자 하는 나의 주제는, (1)이념적 측면으로서의 민중문학이 공소한 이론적 허구성에 빠질 경우를 생각해 보고, (2)기존 양식, 기존 형태. 기존 질서와 보수적 세계관으로부터 반란성 내지 전위성의 문제가 역사적 상대주의와 어떠한 관계에 놓여 있는지 생각해 보고, (3)이러한 양자의 극단화 경향을 극복하는 소설적 혹은 문학적 전범을 아직껏 미완결된 김원일의 「불의 제전」을 통해 생각하여 볼 것에 있다. 내용과 형식, 이념적 측면과 기술적 측면 사이의 부조화스러움을 극복하고, 진정한 ‘창조적 다양성’을 획득하려는 것이 우리 문학의 바람직한 가치개념이라면, 나는 내용-형식의 변증법적 총체성의 획득이 이 시대의 과제라고 생각한다.

2

70년대의 문학적 이념을 답습하려는 민중문학의 교조성과 새로운 형식을 추구하려는 80년대의 기술적 독특성은, 보수적 세계관과

210

진보적 세계관의 불일치를 목적지향적인 내용과 맹목적인 형식의 불일치를, 마침 내는 민중문학이 최선의 문학이라는 환상과 그리고 기존의 형식상의 굴레를 불러일으킨다. 이 점은 80년대 문학의 이념적 측면과 기술적 측면의 부조화가 빚어낸 전반적인 '가치 무정부 상태'이며, 내용과 형식의 변증법적 총체성을 획득하려는 기대에 도달하지 못하게 하는 조건이다. 이러한 브조화가 더욱 심대할수록 틀에 박힌 경직된 사고를 낳고 자유분방한 역사적 상대주의를 불러일으킨다.

현금의 우리 문학이 안고 있는 최대의 고민—즉 민중문학이 가능하다고 믿는 생각은 하나의 환상이며, 기존의 굴레를 벗어나야만이 좋다는 생각은 새로운 정신적인 굴레이다, 라는 분명한 생각이 커질수록 삶의 형식과 문학적 형식의 일치감을 보여줄 작품이 기대되고 있다. 삶의 형식(세계상)과 문학적 형식의 일치감을 보여준 전례는 사설시조를 한 가지 예로 들 수 있다. 기존 형식의 파괴는 기존 문학정신의 파괴, 기존의 가치관의 파괴와의 등가물이다. 그리고 제도의 변혁이다.

유교적 이념으로 정제된 시형으로 존재하였던 사대부 계층의 평시조에 대한 가치의 반란으로 산문화, 정형화, 형태 파괴를 모색했던 사설시조는 확실히 유교적 기존 질서, 제도적 세계관에 대한 반란의 형태이다. 형태 파괴는 반드시 세계상을 반영해야 한다. 요즈음의 신인들은 그들의 이념적 측면과 그들의 기술적 측면에서 보여준 괴리감에서도 짐작할 수 있듯이, 세계상을 반영하지 못하는 역사적 상대주의에 빠져들지 않나 하는 의혹을 자아내게 한다. 역사적 상대주의를 극복하는 유일한 생각은, 이른바 투시주의(Perspectivism)로서, 『문학의 이론』의 두 저자(R·월렉, A·웨렌)는 〈모든 시대를 통해 비교할 수 있고, 발달되고 변화되고 가능성에 찬 하나의 시가, 하나의 문학이 있다〉는 것을 인식케 할 것이라고 설명하고 있다.

평시조에서 사설시조에로의 발전은 하나의 투시주의에 관련된 것으로서 반드시 형식의 실험이 형태의 파괴가 역사적 상대주의에 빠져들지 않는다는 사실을 보여준 문학사적 전범이라 아니 할 수 없다. 문제의 요체는, 전위적 형식이 반드시 폄훼의 대상이 되는 것이 아니라 세계상을 반영하는 형식 실험이 중요하다는 것에 있다. 나아가 우리는 양식 분화의 벽이 허물어지면서 서정적 서사적 극적 양식이 종합화되고 연희적 상태를 지향하게 됨에 따라 세계상을 반영할 새로운 의사 양식도 기대할 수 있다. 『민족과 문학』 제 1권에 수록된 각설이 모노드라마 김시라의 「품바」는 그러한 점과 유관한 양식의 일종이다. 이것은 극 속에 서사적 요소를 구현한 일종의 서사극(epic-drama)으로서 단순한 양식 분화의 벽이 허물어지고 있다는 차원을 넘어서 20세기 민중이 인식하는 세계상의 반영으로 형식을 실험한 의사 양식이다. 김태현이 지적한 세 가지 '열린 연극' 중에서 마당극을 현대적으로 수용한 것으로 생각되어지는 「품바」는 관객과 함께 즐기는 연희적 요소를 주된 표어로 삼는 브레히트의 서사극 이론에 의하면, 무대상의 시간적 공간적 차원을 이중으로 분리하는 소위 〈소외효과〉로써 극적 요소를 구성하는 방법으로 대두된 전위극이다. 소위 〈소외효과〉로써 관객의 심리를 무대 위에 끌어올리려는 이러한 양식은 강렬한 비판 정신과 인간 해방, 현실 개혁의 의지 등과 함께 당대의 세계상을 반영하는 데 상당히 효과적이다. 따라서 이러한 양식은 강렬한 비판정신과 인간해방, 현실개혁의 의지가 담겨 있어서 당대의 세계상을 반영하는 데 상당히 효과적이다. 따라서 이러한 양식은 투시주의의 가치 개념에 접근하는 발전된 양식, 가능성에 찬 양식, 70년대와 비교될 수 있는 양식이다.

민중적 환상에 빠져 있거나 형식에다 세계상을 반영하는데 확신을 세우지 못하는 신인들에게 투시주의에 접근하는 양식과 가능성에 찬양식을 기대할 수 없는 바에야 이러한 민중적 환상과 굴레로부터의 탈출을 시도한 문학적 전범으로 기억될 탁월한 대안이 없겠는가. 이 막다른 질문에 이르러 나는 서슴지 않고 김원일의 「불의 제전」을 제시하고자 한다. 물론 도상의 작품이긴 하나 가장 그러한 기대에 부응하면서 역사적 스케일이 큰 소설의 형식 속에 담으려는 의도는 상당히 고무적인 것으로 바라보아야 할 것이다. 이러한 점은 당대 소설의 업적을 이제는 결코 당대 신인에게만 기대할 수 없다는 것을 한 중견 작가에 의해 탁월하게 구현되고 있다는, 동시에 장중한 규모, 문체로써 특정적인 과거의 총체적 분위기를 소설 내에 형성하면서 우리들로 하여금 새삼스러운 감응력을 불러 일으키게끔 우리 역사의 근원적 비극을 끊임없이 탐구하고 현재적으로 재생하고자 시도하고 있다는 두 가지 사실로서도 충분히 뒷받침해주고 있다. 신인들이 새로운 형식 미학에만 매달리고 있는 차제에 그 동안 스년간 누적되어 온 소설계의 침체의 늪을 벗어나 「불의 제전」 1부가 풍만한 안도감과 신선한 파문을 일으키면서 3,400매의 원고량으로 발표됨에 따라 나는 신인들 일각의 들뜬 현상에 대하여 소설 정석의 확실한 승리로 규정하기에 생각되었다. 민중의 아픔을 그리되 민중적 환상에 사로잡히지 않고, 오히려 그것으로부터 엄격한 중립성을 유지하며, 철저히 보수적 형식에 바탕으로 하여 자신의 재능을 현시하기에 급급하지 않는 이 겸허함야말로, 이 시대에 있어 가장 탁월하고도 중요한 덕목이 아닌가 한다.

김원일의 「불의 제전」 제 1부는 1950년 1월어서부터 당년 4월까지 경상남도 진영읍을 배경으로 하여 펼쳐진 이야기이다. 이 이야기의 기조음은, 정치적인 문제로 볼 때 좌·우익의 대립에, 경제적인 문제로 볼 때 지주—소작인 간의 갈등이다. 이러한 수평적 수직적 충돌의 양상이 소설 내에 날과 씨로 얽혀져 있어서 당시 한국 현실의 역사 상황의 전형적인 국면과도 밀접하게 대응되어 있다. 그 중 가장 선명하게 부각된 사건은, 빨치산의 소요와 그것의 소탕이라는 정치적 상대 명제, 그리고 결국은 소작쟁의에까지 몰고 온, 농지개혁 실행이전의 부당한 정책 과정이다. 그러나 사실로서의 인간의 이야기는 특수한 정황 속에 국한되어 있지만, 문학 양식 속에 들어있는 인간의 이야기는 보편성과 개연성을 띤다. 실제적 정황을 보편적이고도 있음직한 이야기로 재구성하려는 작업은, 〈제2의 창조〉적 기능을 지닌 언어 예술로써 진실을 드러내려고 하지만, 어차피 언어로써 다시 창조된 〈제2의 현실〉은 인식의 동시성 내지 전면적 진실 파악을 완전히 기능해주지 않는다. 그래서 여기에 우리가 굳게 믿어야 할 사실은, 엄격히 말해 과거의 역사는 현재적 재생이 불가능하다는 것, 아무리 사실(史實)을 매개로 한 소설이라고 하더라도 그것은 과거에 대한 허구적 기억의 소산이라는 것이다. 다만 이러한 한계를 극복할 방법은, 역사가와 역사 서적 속의 과학적 진실 속에 묻혀 있는 감동적 진실을 끄집어낼 수 있는 작가 정신—즉 역사를 정관(靜觀)하는 밝은 눈을 가져야 한다는 생각에 있다. 이것이야말로 리얼리즘의 모사적 한계와 작가 자신의 간접 체험의 한계를 극복하고 인간행위의 감동적 측면을 제시할 수 있는 길이 된다.

3

「불의 제전」의 기대되는 성과는, 객관적 역사의 큰 강과 주관적으로 투영되는 문학적 형식의 큰 강과의 만남에 있다. 엄밀히 따지자면 이 두 줄기의 큰 강은 만날 수 없게 되어 있다. 왜냐하면 역사가 정치

경제적 조건에 기초하고 있으며, 문학은 개인적 삶의 완성에 기초하는 예술적 형식이기 때문이다. 이 두 개념에는 실증적 의식과 실존적 의식의 상반성이 항상 존재하고 있기 때문이다. 그러나 소설이란 이러한 상반된 생각을 변증법적으로 통합하여 새로운 총체적 질서로 아우르는데 그것의 완벽한 예술적 형식에 이르는 데 상당한 어려움이 뒤따른다. 인간의 오성, 지각, 판단력의 기초가 되는 서사적 언어로서 윤리적 가치를 좇는 소설적 형식이 미적 가치의 준거에 의한다는 예술적 형식에 과연 포함될 수 있을까 하는 점이다. 따라서 소설적 언어가 부여하는 교술적 구조 때문에 소설의 형식은 반(半)예술적 형식으로 양보되는 것이며, 「불의 제전」은 이와 같은 점을 바탕으로 해서 역사적 대하를 이른바 대하소설이라는 문학적 형식 속에 투영하고자 한다.

소설은 역사의 실상이 주관적으로 투영되는 문학적 허상이며, 그리고 그것은 과거에 대한 허구적 기억의 소산이다. 이러한 기본적인 입장이 선행되어 있음에도 불구하고 역사와 문학, 이 두 줄기의 큰 강은 소설의 가장 첫머리 부분에서부터 합류를 위한 모색을 짐작하게 한다.

낮게 내려앉는 하늘에는 무거운 그름이 켜켜이 덮혀 있었다. 해가 지기에는 아직도 이른 시간이었다. 그러나 황량한 너른 들은 저물녘의 잿색으로 침침하게 가라앉아 있었다. 웅달진 논배미에는 며칠 전에 싸락눈이 흩뿌려 아직 잔설이 희끗하게 남아있었으나 습한 수리답으로 보리를 갈지 않은 빈들은 쓸쓸히 버려져 있다. 삭막한 들의 빈 공간을 채우며 겨울 바람이 음울하게 몰아쳐왔다.

— 1부 1권, p.11

단순한 정경 묘사의 차원을 넘어 당시의 음울한 시대상(時代相)을 암시해주는 이 글은, 차구열의 테러 행위에 의해 일어난 서유하의 죽음에서부터 사건전개가 비롯되는 바, 단순한 한 개인의 죽음이 주는 분위기가 아니라, 구체적으로 〈무거운…황량한…응달진…습한…삭막한…〉 그런 사회 전반의 분위기를 처음부터 동반한다. 차구열은 서유하의 작인으로 일하다가 결국 상전인 서유하를 살해하고 빨치산으로 입산, 종적을 감추게 되고, 이 사건을 통해 당시 사회의 실체가 서서히 드러나기 시작한다. 수사의 향방은 단순한 소작인 반란의 차원을 넘어서 좌익 테러리즘이라는 중대한 국면으로 치닫게 된다. 지주이며 고리대금업자이며 읍내에서는 남부럽지 않는 유지항(有志行) 인물인 서유하의 죽음이 남긴 후유증은, '가진 자'의 윤리적 이면의 모순이 백일하에 드러난 후에 몰고 왔던 사회적 분위기의 허탈감이다. 서유하가 생전에 남긴, 부정 축재, 축첩, 아편 재배와 밀매, 강간 등의 부정한 소행이 사후에 밝혀짐에 따라, '가진 자'의 몰인격성이 전체화되면서 사회적 적대감으로 번지게 된다. 축재와 호색의 권화로서 그려진 서유하의 죽음이 남긴 것은 더욱 경직화되고 더욱 정치적 흑백논리가 강요되는 사회적 분위기이다. 이러한 분위기를 지주─유산층은 지주─유산층대로 좌익 조직은 좌익 조직대로 다소 자기 편익에 알맞게 해석하고자 할 것이다. 경찰은 좌익이 자신들의 혁명 전술 전략에 이용하려는 것에 대비하여 민감한 반응을 보이면서 차구열의 살인동기를 〈좌익 놈들의 그 상습적인 테러〉(1부 1권, p.172)로 심정을 굳히면서 미결 상태로 대충 수를 마무리 짓고 만다. 유기적으로 얽혀 있는 당시의 사회적 병리 현장을 심층으로 진단하지 못한 결과, '못 가진 자'들의 소작쟁의가 이 소설 1부의 정점이 되면서 이 소설이 갖고 있는 시선의 주된 포착점이 되고 있다. 소작쟁의는 '못 가진 자'의 '가진 자'에 대한 적대감의 표현이다.

216

작가는 이 작품에서 계층의 대립과 이데올로기의 대립에 엄정하게 중립적 입장을 견지하면서 당시 사회의 구조적 모순을 헤집고 있다. 이때 작가는 기계적이고 도식적인 안목에서 사회를 바라보지 않고 계층 문제와 이데올로기 문제의 등식화를 설정하지 않을 뿐만 아니라 이러한 등식화될 사고의 위협성을 끊임없이 반란하고 있다는 데 소설다운 형식미를 구축한다. 소설이 하나의 사회비판적 에세이가 될 수 없음은 너무도 당연한 이치이기 때문이다. 작가는 다수의 소작인인 무산계층에 대해 약간의 연민의 정을 보내고는 있다. 그러나 작가는 정치적 승리를 위한 예언자적 복선을 집어넣지 아니하며, 편견 없이 계층문제와 이데올로기 문제를 바라보고 있으며, 흔히 빠지기 쉬운 애증의 한계와 선호의 한계를 너끈히 극복하여 우리의 역사와 과거의 삶을 현재적 관점에서 그 근원적 비극의 현장을 추적하고 있는 것이다. 이때 현재적 관점이란 아직 극복하지 못한 국토의 분단 문제와 계층 간의 갈등 문제이다.

대다수가 소작농민들인 무산층은, 권력과 경제적 부로부터 소외당한 계층이다. 〈아전 나부랑이나 토반 지주의 등쌀에 가렴주구의 신세를 못 면〉(1부 1권, p.12)하고 있는, 소위 민중이라고 이름하는 이들은, 먼 옛날부터 궁핍과 억눌림의 멍에를 세습적으로 걸머져 왔다. 그런데 이들은 좌익이라는 정치적 편향을 단호히 거부한다. (6·25 때 공산당을 환영하지 않았던 예로 보아 실제 그러하였다). 이들의 이익을 대변한다는 이데올로기를 거부한다는 것은 사회의 급진적인 변혁보다는 농지개혁과 같은 제도를 통해 사회가 점진적으로 변혁되기를 바라는 마음과 〈좆빨늠의 세상, 좌익인지 우익인지……무식한 우리사 삼시 세끼 밥먹이 주모 무신 세상이 된들 어떨까〉(1부 1권, p.289) 하는 생존의 요구 때문일 것이다. 기실 이들에게 필요한 것은 이데올로기가 아니라 빵이었고 동물적인 피가 아니라 인간적인 눈물이었을 것이다. 해방직후 격렬했던 정치적 좌우의 대립은, 남한의 단독정부 수립과 함께 좌익 활동이 불법화되자 일단락 막은 내리지만, 그것의 부산물로 빨치산 테러 활동이 사회의 암적 존재와 같이 잠복해 있었다. 그 후 정부 군경의 탄압이 가일층 거세어지면서 그 조직은 와해되기 시작했다. 이 소설에서도 경남 진영 지방을 무대로 게릴라 활동을 전개해 온 조민세, 배종두 등을 중심으로 한 인텔리 빨치산들의 삶의 패배 과정이 자상히 그려져 있다. 그들의 빨치산 조직은 간헐적인 소요를 일으키나 그들의 전략적 실효를 거두지 못하고, 결국 화개고개에서 군경 합작의 소탕 작전에 크게 전력을 상실하게 되고, 설상가상으로 납치한 서성구(서유하의 아들)를 인질로 거액을 요구하려는 공작마저도 조직의 일원인 최두술의 배신으로 인해 좌절되고 만다. 민중의 지지와는 전혀 무관한 인민 해방의 환상이었다. 그런데 민중이 이데올로기와 정치적 편향을 거부하는 데 반해, 축재에 혈안이 된 유산층은 자기 계층에 조금도 불리하다고 인정되는 정치 이념과 이데올로기를 무비판적으로 배척하고, 나아가 자기에 유리한 이념적 편당으로 틈입하고자 하는 얄팍한 기회주의에 빠진다.

이 소설에서 당시 치부형 인물의 전형으로 설정된 심동호는 소작인들의 이유있는 항의를 〈적빈한 놈들의 생각이나 소행은 궁극적으로 공비 무리와 똑 같다니깐〉(1부 1권, p.215) 하면서 자기에게 불리한 이념적 편당으로 몰아붙인다. 그는 해방 전 식민 세력과 유착한 부일 유산층으로서, 해방 후에는 당시의 사회 변동과 시류에 교묘히 적응하면서 개인적 축재에만 혼신을 다한다. 겉으로는 번듯하게 읍내 중학교 재단 이사장으로서 육영 사업에 헌신한다지만, 그의 속뜻은 〈돈 앞에는 양반 상놈도 없고, 돈이 바로 체신과 인격의 척도〉(1부 1권, p.194)로 깨닫고 있다. 지주와 소작인, 유산층과 무산층의 반목은 농지개혁을 둘러싼 쌍방의 이해가 첨예하게 대립되고 마침내 소작쟁의라는 격렬한 계층 충돌이 발생하게 되는 데까지 나아간다.

역사의 큰 강과 문학의 큰 강이 만나게 되는 동기는, 농지개혁을 둘러싼 정책적 파행성이 소설의 결구 속에 들어가 숨가쁜 인간 삶의 모습으로 비춰주고 있다는 데 찾을 수 있다. 이는 작가의, 역사를 편견없이 정관하는 밝은 눈이 더욱 날카롭고 빛이 날수록 그 동기는 힘차게 진전되어 나갈 것이다. 농지개혁은 농민들의 토지 개방에 대한 요구를 정책적으로 반영시키고자 하는, 당시 민족 경제의 대명제였다. 당시 국민소득의 대부분을 차지하고 있던 농업 소득을 소득 재분배의 원칙에 입각하며 자립적 재생산 구조를 확립하고 소득 불균형을 지정하려는 불가피한 시대적 요구였었다. 그런데 해방 직후 미군정이 직접 정책담당자로 등장하고, 정부수립 이후에는 지주 계층의 정치인들의 비협조로 거기에 따르는 문제점이 상당히 노출되었다. 다음은 사실상 실패로 끝난 농지개혁의 시행 과정을 실증적인 안목에서 기술해 본 것이다.

① 1947년 미군정 입법의원 산업노동회가 〈남조선 토지 개혁법〉 초안 기초에 착수하게 됨으로써 농지 개혁의 서막은 열리게 되나, 대다수의 지주 출신 의원들이 〈시기상조론〉을 내세우며 완강하게 반대한다. 그래도 미군정은 1948년 과도정부 법령 제 173호로 적산농지에 대한 개혁사업만은 착수하였다. 미군 측의 개입은 국내 좌익세력의 발호를 미리 막으려는 속셈이었으나, 민족 자립경제의 발전에 치명적으로 장애를 준 의존경제, 분단경제가 여기에서 싹트게 된다.

② 1949년 지주출신의 국회의원들이 최대한의 지역작전을 펴는 동안 지주들은 소작권 박탈, 토지 강매, 농지개혁 반대 운동을 전개하였고, 128개 문교재단은 소유농지 2만 정보가 농지개혁으로 정부에 매수당하자 그 대책으로 〈문교재단 보호육성〉이란 건의 내용을 제출하였다. 이 중 가

장 중요한 건의 내용은 농지 대가를 증권으로 지불 할 때 증권을 담보로 융자를 알선해주고 국책회사에 증권을 투자케 하여 연 6푼 이상의 이익 배당을 보장할 것이었다. 이 건의가 반영될 기미가 엿보이자 일부 지주는 문교재단에 자진 참여함으로써 후에 특별법의 혜택을 받았다.

③ 1960년 지주에게 지가증권을, 기업자금으로 사용할 때에는 정부가 융자를 보증토록 하는 개정법이 채택되고 통과되자 개정 농지개혁법과 시행령, 시행규칙이 공포됨으로써 민족의 대역사인 농지개혁을 비로소 실시 단계에 들어갔다. 그러나 불의의 6·25 사변으로 일시 중단하지 않을 수 없었다.

④ 영세 자작농이나 군소지주, 즉 중산층의 대폭적 몰락으로 인해, 중산층의 지지세력인 한민당이 붕괴됨에 따라 자유당의 장기집권이 가능해졌으며, 일부 대지주들이 국영 기업체를 불하, 그 업체를 통해 지가증권을 담보로 융자 혜택을 받아 새로운 신흥 재벌로 전환하였다. 결과적으로 농지개혁은 농민을 위한 개혁이기보다는 권력과 대지주의 이익으로 끝맺음하는 개혁이 되고 말았다.

(이상은 11인 공저 『한국경제의 전개과정』에 실려 있는, 김병태의 「농지개혁의 평가와 반성」, 박찬일의 「미국의 경제 원조의 성격과 그 경제적 귀결」 등의 논문을 중심으로 정리하였다.)

일제 말 창씨개명까지 하여 〈왜놈들〉에게 붙어먹어 재산이 온전하게 유지된 채 해방을 맞이하게 된 심동호는 ②와 같은 상황을 철저히 이용해 개인 농지의 일부에 해당하는 오천여 평의 농지를 유상몰수 당하지 않을 욕심에서 학교 재산 쪽으로 몰래 등기 이전하고 마산 염색공장 시설 확충에 자기 재산을 투자한다. 내달 초 농지개혁이 실시되며 지주는 땅을 잃는 대신 지가증권을 받게 된다는 것, 구백원 남짓하던 쌀 한 말 값이 1년 후에 삼천 칠백원이나 오를 만큼 물가가 팽창하여 화폐 가치가 크게 떨어진다는 사실로 지가증권이 별로 소용이 없게 된다는 점을 간파하여 진영 지방 근동의 군소지주들이 받을 지가증권을 절반 값에 사들여 필요없는 지가증권을 은행에 담보하여 대출을 받아 마산 염색 공장을 키우겠다는 구체적인 치부전략을 세밀하게 세워 놓는다. 그는 농지 개혁으로 지주나 토호가 사라짐과 때를 같이 하여 도래할 자본이 지배하는 산업 사회에 대한 믿음을 갖고 있었다. ④에서 보는 바와 같이 군소지주가 대폭적으로 몰락하는 대신 일부 대지주가 국영 기업체의 불하, 그 업체를 통해 지가증권을 담보로 융자 혜택을 받아 새로운 신흥 재벌로 전환되어 갔던 것이 역사적 결과론이다. 이러한 낌새를 심동호가 경영하는 학교의 훈육주임 박선은 미리 예감하고 있었다.

……권력과 별무한 오십 석 미만의 소지주는 쫄딱 망하고 말겠습니다. ……다르게 인상되는 이 물가고 시대에 휴지와 다름없는 증권을 오년 동안 보관하고 있을 리 만무합니다. ……그것을 사들인 대지주와 권력가와 투기적인 상인들이 그 지가증권을 담보로 하여 정부로부터 귀속 사업체를 헐값으로 무진장 매입하여 불법 자본을 축적하게 되는 겁니다. 신흥 재벌이 생기게 되는 거지요. 빈익빈 부익부입니다. 따지고 보면 이번 농지개혁은 소작농도, 몇 되잖은 영세 자작농도 다 망하고 오직 대지주와 권력가의 배만 키워주는 결과로 귀착할게 뻔합니다.

— 1부 1권, p.341

심동호가 개인 농지를 학교 농지로 등기하자 농지개혁을 꿈으로만 생각하던 농민들의 실망은 매우 컸다. 농민들의 권익을 묵살하고 오로지 봉건적 지주의 기득권을 보장해주고 지주 계층의 이익을 전면적으로 합법화하기 위해 실시될 농지 개혁의 부당성을 항의하러 지주이며 농지개혁 위원장인 심동호 집에 수많은 농민들이 몰려든다.
농민들의 분노와 항의의 소리가 들리는 한쪽에서는 심동호의 딸, 심
찬정의 방에서는 사라사데의 〈찌고이네르바이젠〉이란 클라식 음악
이 축음기로 통해 들려온다. 첫 번째 항의는 평화롭게 무마되는 듯하
였으나, 더 이상 소작인들의 의사가 반영되지 않자, 며칠 후 드디어
소작쟁의라는 집단 소요가 일어난다. 소작쟁의는 치안 유지를 위해
경찰의 입회하에 합법적으로 진행되어 갔으나, 지주 심동호의 고압
적 자세와 소작인들을 좌익으로 밀어붙이면서 경찰의 동정을 바라는
발언이 서슴지 않게 튀어나오자, 그들의 집단 분노가 폭발해 끝내 소
작쟁의는 폭력 사태로 휘말린다. 이 소설 1부의 크라이막스이다.

그때였다. ……모필태의 주먹이 심동호씨의 면상을 내려쳤다. 심동호
씨가 얼굴을 감싸쥐고 주저앉자 모필태의 발길이 그의 가슴팍을 내질렀
다. 노차석이 재빨리 그 쪽으로 뛰어가 들고 있던 칼빈총의 개머리판으로
오필태의 어깨를 찍어쳤다.
　〈사람 쥑인다!〉〈말겨라!〉〈위원장 집에 불을 질러라.〉 아우성이 사방에
서 터졌다. 징소리가 요란하게 울렸다. 마당이 걷잡을 수 없는 소용돌이
로 빠져 들었다.

— 1부2권, p.310

4

계층의 대립과 이데올로기의 대립이 노도처럼 밀려오는 광란의 시
대에서 개인적 수난을 묵묵히 감내하는 한국여인의 훼손된 삶의 극
점을 보여주는 아치골 댁의 이야기를 일단 예외로 유보한다면, 이 소

설은 유산층과 무산층의 중간에 서있는 지식인들의 개인적 삶의 이야기로 일관되어 있다. 심찬수와 그의 주변 인물을 중심으로 꾸며져 흘러가는 소설적 큰 강은 혼탁하게 흘러가는 역사의 수난을 반영해 주고 있다. 즉, 역사의 수난과 개인의 수난을 등질의 것으로 파악하면서, 작가는 미래에 대한 창조적 신념도, 역사에 대한 책임감과 진보의식도 없는 지식인 개인의 삶, 특히 심동호의 아들 심찬수의 삶을 끊임없이 추적하고 있다. 작가는 심찬수와 심찬수의 주변 인물의 삶을 통해 당시 역사에 대한 책임감이 결여되었던 지식인이, 그들이 가져야 할 민중에 대한 부채 사상과 도의적 자기완성의 교의에 충실하지 못하였음을 묵시적으로 비판하고 있다.

아직 분단 문제와 계층 문제가 해결되지 못한 현재적 관점에서 문제점을 제기하면서, 당시의, 역사적 혼탁함을 정화하려는, 확실한 문학적 힘을 보여주고 있다. 과거의 역사에 대한 엄정하고도 중립적인 눈을 가진다는 것 자체에 만족하지 않고, 과거의 역사는 과거완료의 역사가 아닌, 현재 진행의 역사라는 관점을 일깨워 주는 비판정신의 소산이 소설이어야 한다는 사실을 작가는 이 소설의 무수한 행간 속에 파묻고 있다.

당시 1950년 1월에서 4월까지의 시대상은, 마치 제정 러시아 말기 지식인의 삶의 혼돈성을 연상케 해 준다. 러시아 혁명 전야의 혼돈스러움의 상황은 러시아 혁명 전야의 어둡고 침침한 사회적 분위기와 상응하듯이, 이 소설에서 보여주고 있는 6·25 전야의 혼돈스러움의 상황은 6·25 전야의 어둡고 침침한 사회적 분위기가 상응하게 그려져 있다. 이 소설 속에 그려진 전환기 시대의 정신적 사상적 잡거성은 제정 러시아 말기 지식인의 삶의 잡거성과 유사하다. 19세기 중엽 크리미아 전쟁 직후 러시아 지식인들 사이에는, 농노제의 부패상과 조국 러시아의 무력상을 좌시할 수 없어 전반적인 사회 개혁에 대한 자성적 사고를 거듭하게 된다. 그러나 일부 정책적으로 반영하였으나 본질적으로 당초 농민의 기대를 배반하고 지주의 이익에만 주안을 두었던 농노의 해방의 문제로 말미암아 지식인 사회의 반성적 의식이 최고로 고조되는 계기가 되면서 급기야 그들의 삶이 허무주의, 폭력주의, 민중주의로 양태로 전개되어 갔다. 이 소설의 경우도 제정 러시아 말기의 지성적 혼돈 상태와 비슷한 양상을 보여준다. 조민세와 배종두로 대표하는 인텔리 빨치산은 해방 전부터 좌익활동을 벌려 온 소영웅적 코뮤니스트로서 폭력주의의 길을 선택하며, 민중 계몽을 부르짖고 실천하는 나로드니키(Narodniki)적 계몽주의자 박도선과 과격한 행동파로서 소작쟁의까지 사주하는 이문달과 같은 이는 민중주의의 길을 선택한다. 그러면서도 안천총은 상무정신이 깃든 보수주의자이며, 허정우는 근대 자유민주주의 사상의 신봉자이다. 조민세와 배종두를 제외하면 이들은 모두 중학교 교사들인데 거의 일치된 세계관을 갖고 있지 않고 편협하고도 독자적인 세계관을 갖고 있다.

이 소설에서 가장 중심 인물로 부각되고 있는 심찬수는, 전환기 시대의 삶의 일면을 대변해주는 무기력한 지식인으로서 그는 마치 투르게네프의 「아버지와 아들」에 나오는 주인공 바자로프를 떠올릴 수 있을 만큼 철저한 니힐리스트의 초상이다. 경성제국대학을 졸업한 인텔리로 해방 전 좌익 사상에 경도하여 일제에 의해 사상범으로 체포됨에 따라 학도병으로 남의 나라 전쟁에 강제로 끌려가 결국 팔을 한쪽 잃고 종전과 더불어 귀국한다. 그 후로 그는 좌익과 전체주의에 지독한 혐오를 품고 세상 삶을 냉소하면서 살아간다. 부친을 포함한 주변 인물의 삶을 어느 한쪽이라도 선택하거나 전적으로 긍정하지 않고, 그냥 무기력하게 세상의 돌아감을 관망만 하고 있을 따름이다. 할일없이 술만 마시면서 세상을 냉소하는 그의 모습에서 우리는 전

224

환기 지식인의 방황과 좌절, 시대에 대해 불감증을 발견할 수가 있게 된다. 니힐리즘(허무주의)은 부권에 대한 불감증을 발견할 수가 있게 된다. 니힐리즘은 부권적 권위에 대한 배반의 형태이며 구 윤리를 부정하고 미래에 대한 창조적 전망과 진보에의 신념, 이 지상에 존재하는 모든 기존 질서에 대해 회의한다. 심천수 역시 봉건시대의 전제주의, 일제의 전체주의, 공산주의, 개인주의 배금주의, 끝내 종교적 내세관까지 부정한다. 원하지도 않았던 참전이 결국 그로 하여금 한팔을 잃게 만들면서 허무주의자가 되게 하였던 바, 그 원인을 육체적 불구에 있는 것이지만 시대에 대한 개인적 성격 파멸의 불구마저 일으켰던 것이다. 냉소적인 성격파멸의 원인은 지식인의 도의적 인격 수양의 부족에서도 비롯되는 것이어서 그는 민중의 지지를 못 받는 지식인의 상으로도 비치게 된다.

서구식 민주주의가 인류가 창출한 가장 이상적인 제도로 높이 평가하는(1부2권, p.267) 그가 친구 허정우의 견해에도 전적으로 찬의를 보내지 않으며, 소작쟁의로 체면이 크게 손상당한 그의 아버지에게 동정을 보내지 않는다. 소작쟁의가, 경제학적 적자생존의 원칙만을 좇고 있는 부친 심동호와 이에 반대하면서 신분적 종속 원리, 유전학적 결정론을 반대하려는 소작인들 사이에 일어난, 사회적 의미가 무거운 계층 충돌임에도 불구하고, 그가 이 충돌에서 보여준 태도란 어느 한쪽에도 개입하지 않으려는 방관자적 태도였다.

5

김원일의 「불의 제전」이 아직 완료의 상태에 머물지 않고, 그 이야기의 종지부가 성급하게 찍히기를 스스로 거부하고 있는 것은, 지금

의 상태에서 일시로 머물 수밖에 없는 단순한 이야기가 아니라는, 그
리고 다양하게 인간 삶을 움직이게 하는 인간의 자유의지가 결코 지
금의 상태에서 실현되지 않고 있으며, 결코 개인적 삶을 선택적으로
조건 지우는 역사의 잔영에 불과하지 않다는, 작가 자신의 강한 반발
에 기인한다. 이러한 반발은 실용적 역사와 리얼리즘의 모사적 한계
를 뛰어넘으려는 생각에까지 미치고 있다. 글로 쓰여진 역사는 역사
가가 실증적으로 있는 그대로의 상태를 엄정하게 과거를 재현하는
행위의 산물이지만, 역사의식은 과거의 현실을 오늘의 현실에 투시
하고 그것을 구체적 전신으로 파악하면서 현재적으로 정화하려는 의
식의 산물이다. 그래서 이 소설은 단순히 역사만을 다루지 않는다.
즉, 있는 그대로의 역사와 교훈으로서도 성실한 비판사가 되기를 희
망하고 있다. 방법적이고 기술적인 측면의 역사가 아니라, 그것을 보
다 바람직한 해석의 방향으로 끌고 가고자 함이, 혹은 그러한 정신적
방황이 이 소설을 성급하게 종지부가 찍히기를 스스로 거부하는 것
이다.

역사를 바라보는 눈을 단순히 모사적 리얼리즘에 국한하는 것을
작가는 거부할 뿐만 아니라, 역사를 바라보는 눈을 감상적 차원으로
후퇴하는 것을 작가는 거부한다. 아치골에 대한 연민과 동정, 지주에
대한 윤리적 오류의 고발 등은 엄정해야 하는 리얼리즘 정신의 양보
가 아니라, 실은 그것을 극복하면서 리얼리즘의 기술적 한계를 뛰어
넘으려는 작가의 인도주의 정신이다. 6·25 전야의 사회 풍속과 역사
상황이 역사 서적이나 당시의 신문 기사보다 더욱 리얼하게 읽히는
감동적 진실을 이 소설에서 찾을 수 있는 것도 리얼리즘의 기술적 한
계를 뛰어넘은 작가의 인도주의 정신에 있다. 정치적으로 좌익이나
우익이냐 하는 윤리적 결단이 강요되던 시대에 정치적 이념의 환상
을 이야기하지 않고, 조상-부친으로부터 물려받은 '무식—가난/유

식—부'라는 결정론적 등식을 극복하고자 함을 통해 제시하고자 한
것은, 작가로 하여금 이데올로기와 계급의 대립을 극복하게 하고자
하는 화해 정신의 일종이다.

　작가가 궁극적으로 지향하고자 하는 것은 이러한 화해 정신이며,
지식인이 지켜야 할 참된 역할이다. 이 시대가 요구하는 최고의 지성
적 선택이, 모든 극단으로부터의 얄팍한 절충도 엄격한 분리도 아닌,
차원 높은 중도적 이상에 있는 것이기에, 더욱 필요하고 가치로울 것
이다.

6

　80년대의 신인들은 제 나름대로 동시대의 삶의 조건에 맞서서 자
신을 고민해보고 자신의 문학적, 또는 삶의 양식을 모색은 하고 있겠
지만, 이념과 형식의 한계를 동시에 염두에 두면서 자신의 개성과 창
작세계를 개진시켜 나아가리라고 기대된다. 그러나 자칫 빠지기 쉬
운 민중적 환상과 역사적 상대주의는 형식-내용의 변증법적 조화 내
지는 총체성에 의해 극복되어야 한다고 믿어진다. 그래서 하나의 문
학적 전범으로 김원일의 「불의 제전」(1부)를 제시하여 분석하여 보았
다. 그의 소설의 역사적 상상력은 단순히 우리 역사의 과거사를 이야
기하고 있다는 데 머물지 않고, 하나의 동시대적 문학 형식에 대한
전망과 통찰력을 제기하고 있다는 데 그의 소설의 의의를 발견할 수
있다. 내남없이 한계의 벽에 부닥치기 쉬운 계층과 이데올로기 대립
의 문제를 편견 없이 정관하고 상상적 가치를 부여한다는 것은 상당
하게도, 작가 개인의 능력의 몫에 귀속하는 문제이리라.

처연히 스러져 간 불꽃심의 사상

— 이문열의 「영웅시대」론

1

　갈등없이 사는 삶이란 있을 수 없는 명제를 승인할 때, 소설을 쓴다는 일을 하나의 업으로 알고, 그 삶이 지닌 갈등과 고통에 부딪치며 살 수 밖에 없는 소설가는, 차라리 동일 언어권에 속한 한 집단의, 한 종족의 운명을 걸머진 언어의 사제이다. 소설가는 언어를 통해 갈등과 고통, 혹은 그것들의 원인을 하나의 문학이라는 제단 위에 올려 놓는다. 하나의 운명이 절실하게 제기되는 시대일수록 그 운명의 형태에 대해 획일화, 경직화된 사고의 우상으로부터 좀더 유연성있는 방향으로 이끌어 가고자 하는 것이 작가의 사명인데, 이는 작가가 지녀야 할 도덕적 사명감이라고 표현해도 좋을 듯하다. 적어도 소설가는 동일 언어권에 속한 집단과 종족 앞에 놓여져 있는 운명에 대해 정면으로 맞설 줄 알아야 하며, 그 형태가 뚜렷이 떠오를 때 그걸 구체화시키고, 구체화시킬 수 없는 억압의 굴레와 맞닥뜨릴 때 그것으로부터 운명의 실체를 해방시키지 않으면 안된다.

70년대 중반부터 제기되기 시작했던 운명의 형태가 이 땅의 소설가들에 의하여 분단의 비극과 통일을 향한 민족적 비원으로 인식되어갈 때, 갈등없이 사는 삶이란 있을 수 없다는 명제를 승인하면서 좀더 유연한 언어를 길들이기를 주저하지 않고 있음을 우리는 목도할 수가 있었다.

김원일, 윤흥길, 박완서, 전상국 등의 소설가와 「남과 북」(홍성원), 「불의 제전」(김원일), 「태백산맥」(조정래) 등의 대하소설의 야심적 기획이 이에 해당하며, 따라서 평단의 일각에서는 분단의 문제를 다루는 소설가와 작품을 서둘러 평가하는 작업에 들어서기 시작하였다.

그런데, 갈등없이 살지 않고 편리한 삶의 방식을 선택할 때 작가 앞에 놓인 운명의 형태는 획일화, 경직화된 사고의 우상, 즉 흑백논리에 강요 당하는 역사적 중압감에 쉬이 좌절되거나 압도 당하고 만다. 가령 가장 편리한 방법으로 쓰여질 경우의 반공소설은 진정한 분단 문제의 포기를 의미할지 모른다. 민족 동일성의 회복이라는 명제에 접근하지 못하고 민족 동일성의 이질화 현상에 빠져들 수가 있어서, 이러한 점을 경계하여야 함은 일종의, 작가의 도덕적 사명감에 속하는 문제이다. 또한, 분단의 고착을 지향하는 그 어느 경우의 흑백논리나 절충주의를 극복하고 진정한 통일의지를 고취하는 것도 작가의 도덕적 사명감이라 아니 할 수 없다.

이 글에서는 이러한 점을 어느 정도 경계하고 어느 정도 무비판적으로 수용하고 있는가를 요즈음 많은 사람들에게 읽히고 있는, 이문열의 「영웅시대」를 통해 살펴보고자 한다. 그리고 한 집단과 종족이 걸머진 운명의 형태와 실체를 파악하려는 작가의 세계관이 무엇인지 분석하고 평가하려고 한다. 순차에 좇아 논지를 전개하기 위해 우선 이 소설에 대한 개략적인 설명과 더불어 한국소설이 갖고 있는 6.25

에 관한 작가적 귀속감에 대하여도 논의를 곁들일 것이며, 또한 이 소설이 지닌 문예적 특성이 무엇인지를 규명하고, 끝으로 이 소설이 안고 있는 몇 가지 문제점을 밝히는 과정을 밟아 갈 것이다.

2

이문열의 「영웅시대」——이 소설은 이념의 족쇄에 묶인 한 이상주의자, 아니 몽상적 혁명아가 겪는 패배의 과정과, 그의 내면 속에 깊이 각인된 '화려한 허상'이 파괴되어 가는 과정을 그린 정치소설이다(이 과정을 작가는, 주인공 〈자신이 금가고 허물어지는 것〉이라 표현하고 있다).

6.25라는 시대적 배경과 전장이라는 공간적 배경을 중심으로 펼쳐져가는 이 소설의 중심적인 이야기는, 얼핏 보아 전쟁소설이라는 막연한 인상을 풍겨주고 있으나, 관념적 필치보다는 상황묘사의 필치가 상대적으로 많이 삭감된 듯한, 등장인물들의 '고도의 지적 토론'을 바탕으로 이루어진 대화 위주의 소설이란 점에서 일종의 정치소설의 유형에서 논의하는 것이 적절하다고 볼 수 있다.

이 소설에 등장하는 인물은 동영과 그의 주변인물이다. 이 소설에서 가장 중심인물의 역할을 하는 동영은, 독자가 그에게서 일상용어, 일상 대화를 거의 찾아볼 수 없을만큼 지적 긴장감을 자아내고 있는, 당대의 전형적인 인텔리이다. 그는 지적인 사고의 폭주 때문에 오히려 꿈과 좌절이라는 짝이 맞지 않는 두 가지 일상적 수레바퀴 위에서 그에게 주어진 삶의 행로를 안전하고 순탄하게 운행할 수 없게 된다. 동영의 사상적 정신적 스승이자 월북 남로당계의 대표자 격인 박영창의 경우도 마찬가지이다. 인텔리 좌익분자로서 〈당의 이데올로기 측면을 담당하고 있다는 자부로 환상을 쫓고 있는〉 그의 말로 역시 비참하고도 덧없이 마감되는 국면으로 치닫는다.

동영의 주변인물 중에서 남과 북에 두 명의 여인이 있다. 한 명은 아내로서 굳이 이념 부재의 여인이라고 표현한다면, 다른 한 명은 성적 충족의 대상으로서 이념의 세뇌를 받은 여인이다. 동영의 아내인 정인은 특정의 이념에 대한 자기 신념이 거의 희박한, 동양적 인종의 마력을 갖출대로 갖춘 〈반가의 규수〉였고, 또 모범적인 시집살이를 하는 가정적인 현모양처이다. 반면에 가난한 식민지의 딸로 태어나 일약 소련 유학까지 다녀와 동영과 수차례 같은 장소에서 근무하면서 동영을 돕기도 하고 때로 감시하거나 견제하기도 하는 문제의 여인, 안명례(일명—안나타샤)는 철저히 이념으로 무장된 여인이다. 동영의 애인으로서 동영과 긴장된 '내연의 관계'를 맺게 된 것은, 한때 소녀의 가슴을 설레게 했던 〈그 수려한 나로드니끄〉 젊은 날의 동영에 대한 추억의 정, 흠모의 정을 되살릴 수 있을만큼 감상적인 소질에 기인하는 것이지만, 정치적 이해와 무관한 서로간의 육체적 욕구를 채우기 위함이었다. 동영보다 계급적 서열이 차상의 정치국원인 안명례는 동영을 겉으로 차갑게 대하기는 하나, 결국 둘의 관계는 육체적 충족의 대상을 지나서 내면의 정을 발견하기에 이른다. 그러나 일본으로 함께 탈출하자던 동영의 종용까지도 최후로 거부하면서, 두 사람의 사랑은 낭만적 파국을 맞이하게 된다. 사랑보다는 이념을 선택한 안명례에 비해 동영의 아내 정인은 이념의 장벽에 의해 그리워하면서도 만날 수 없는 깊은 '애별이고'를 앓게 된다. 남과 북의 상반된 사랑의 논리는 「영웅시대」를 평가함에 있어 아주 중요한 단서이다. 사랑의 기술적 표현이 한쪽은 작가의 냉정이 개입되어 있으며, 한쪽은 작가의 동정이 개입되어 있음을 간과해선 안 된다.

동영과 그의 주변인물이 중심으로 된 이 소설의 등장인물은 제각기 당대의 전형으로서 설정되어 있긴 하지만, 정신적으로나 육체적으로 상당히 고통을 받고 있는 사람들이다. 따라서 이 소설은 정신적으로나 육체적으로 파탄한 사람들에 관한 고통스러움의 기록이다. 주인공의 고통은 세계상을 결렬의 상황으로 파악하고 있을 때 받게 되는 정신적 육체적 결과이다. 특히 주인공 동영은 일상적 생활의 공간에서, 환상과 굴레라는 두 가지 상반된 삶의 자장(磁場) 속에서 그의 삶은 때로 고뇌하기도 하고 때로 좌절하기도 하고 때로 분노하기도 한다. 동영과 그 가족들의 안타까운 이산의 상황도 환상과 굴레의, 화해롭지 못한 이중주가 장엄하게 울려 퍼지는 시대적 상황이라서 두드러지게 나타나며, 이때의 시대적 상황은 심각한 결렬의 상황이라서 더욱 더 그러하다. 결렬의 상황은, 새로운 세상에 대한 기대로서의 '환상'과 그 기대감에 배반하는 현실 조건으로서의 '굴레'가 엄격히 존재하고 있는 상황이다.

꿈꾸는 삶과 이에 도전하는 현실 상황 사이에 메꾸어지지 못할 틈이 생길 때, 작가는 주인공을 통해 새로운 논리를 획득하고자 한다. 작가의 경우 결렬된 상황 속에서 새로운 세계관과 비전을 제시하려는 노력이다.

꿈꾸는 삶과 이에 도전하는 현실 상황간에 어떤 틈이 생겨날 때, 양자의 친화력 획득을 위한 화해의 제스처로서의 타협주의의 양상을 견지할 수도 있지만, 여기에서 제3의 논리로서의 변증법을 통해 미래를 예견하고 대안을 제시하는 이상주의의 양상으로 치닫게 되는데, 작가 자신의 결정론의 역사관보다 문화변동의 의지로써 비판의 과정을 거쳐 종합적 결론에 도달하려 변증법적 세계관에 대한 신념을 드러내주고 있는 것이다. 이는 주인공이 역사로부터 선택의 윤리를 강요받을 때 자유의지의 실현이라는 역사적 명제를 선택한다.

그래서 숱한 정신적 편력과 현실적 좌절의 과정을 밟으면서 끝내 도달하는 작가의, 주인공의 세계관은 영웅의 시대가 아닌, 앞으로 다가와야 하는 '사람의 시대'에 있다. 「영웅시대」의 작가 이문열이 가지고 있는 인간의 논리는, 동영에게 있어서 영웅을 거부하는 인간의 논리이며, 동영의 가족에게 있어서는 기독교적 신을 추종하는 인간의 논리이다. 이 「영웅시대」는 작가 자신이 스스로 작품의 말미에서 언명하고 있듯이 자신의 가족사적 모티브에서부터 연원하고 있으며, 소설가로서 소설 창작에 임한 최초의 충동이었음을 술회하고 있다. 그만큼 그의 인간에의 논리적 거점은 오랫동안 간직된 것이었으며, 또 확실하였고 완고하였음을 우리는 짐작할 수가 있다. 영웅은 흔히 서양문학에서 서사시의 주인공으로 등장되기도 하고, 대륙적 정복의 포부를 갖고 있는 힘있는 남성상으로 연상되기도 하고, 공산주의 사회에서 혁명의 칭예로 대신되기도 한다. 어쨌든 작가의 영웅관은, 그의 소설 「황제를 위하여」에서의 황제의 상이 고전적인 치도의 윤리로 사용되어진 어휘가 아니라 좀 어딘가 시니컬하고 회화적인 이미지를 자아내게 했듯이, 이 소설에서도 영웅의 이미지가 빈정대는 듯한 투의 언사로 사용되고 있음은 분명하다고 볼 수 있다. 기실 작가의 세계관이 영웅의 시대가 아닌 사람의 시대에 도달하려는 뜻으로 수용하고 있을 때, 주인공이 과거에 품고 있었던 미래에의 환상이 현재의 실존적 위치에서 그 원형의 이미지가 자각되면서 파괴되어 가는 상실의 어휘가 바로 〈영웅〉이란 이름인 것이다.

3

　우리나라의 근대사는 민족 영욕의 부침과 더불어 전개되어온 파행의 역사였으며, 우리 민족의 의사와는 무관히, 때로 이에 반하여 전개되어온 피동의 역사였다. 우리 근대사는 개화, 동학혁명, 경술국치, 3.1운동, 민족해방, 분단, 독립, 6.25 등으로 이어져 온 일련의 역사적 과정을 뼈저리게 체험하면서 민족의 정체성 회복을 위한 끊임없는 자기 정립을 모색해 왔다. 그러나 현재에 이르러서도 해결하지 못하고 있는 가장 큰 난제 중의 하나는 민족해방과 더불어 남긴 남북 분단의 문제이다. 이 문제는 민족의 정체성을 회복하려는 노력을 제기한다거나 민족의 정기를 바로 세운다거나 하는 노력에 의해 점진적으로 개선되어야 하는 과제일 터이다. 민족적 광영을 실현시키고 역사의 능동성을 회복해야 할 최대의 과제는 '통일'이라는 하나의 낱말로써 집약되어야 한다. 우리가 안고 있는 최대의 민족사적 과제가 '통일'이라는 낱말로써 집약되어질 때, 우리 문학이 갖고 있는 6.25에 대한 귀속감이야말로 아무리 강조한다 해도 결코 지나침이 없을 것이다.

우리나라의 근대 역사를 양분할 수 있는 역사적 시점은 아마 1945년이 아닌가 한다. 이 해는 역사의 감동적인 희비가 극적으로 교차되던 해였다. 해방과 분단이 그것이다. 해방과 분단 ——이 이율적 모순의 언어는, 6.25라는 전마의 아수라장을 한바탕 겪고 나서부터 더욱 경직되어 갔으며, 이 경직된 모순의 언어가 낳은 긴장감과 화해롭지 못함은 현재에도 말끔히 씻겨지지 않고 있다. 1945년을 기점으로 우리의 역사는 성격상 식민지 시대와 분단 시대로 양분될 수 있는데, 전자가 민족의 '주인됨'을 회복하기 위한 모든 노력에 민족사의 과제가 집중되었다면, 후자의 경우에는 민족의 '하나됨'의 회복을 위한 노력의 일종이 아니면 아니된다는 논리로 회귀해야 할 것이며, 이러한 논리는 문학이 역사의 편에서 존재한다는 측면의 관점을 전제로 할 때 상당히 수긍되는 바가 있었으리라.

따라서 이 땅의 문학이 가지는 기능의 하나가 분단 상황을 극복하고 민족의 '하나됨'을 위한 명제로 파악될 때, 현재 우리 문학이 갖고 있는, 또 가져야 할 6.25에 대한 귀속감은 아무리 강조한다 해도 결코 지나침이 없을 것이다.

1945년 8월부터 1960년 4월까지 기간은, 6.25에 대한 직접 체험의 역사공간이다. 6.25는 3년간만의 전쟁이 아니라 적어도 15년의 역사적 인과 관계가 전제된다. 즉, 6.25는 3년간의 전쟁이 아니라, 해방에서부터 4.19에 이르는 15년간에 걸친 집단적 '트라우마'의 인과 관계성을 두루 지칭하는 개념이다. 그래서 필자는 6.25 문학을 세 가지 유형(pattern)으로 나누어 보면서 6.25를 일어나게끔 한 6.25 이전의 사회상황과 분단의 경계선이었던 38도선을 중심으로 미소의 정책적 대립이 심각했던 해방직후의 사회적 분위기와 관련을 맺은 문학을 '전전(pre-war)의 문학으로, 3년 동안의 전황과 전쟁의 경과를 직접적 소재로 취한 것을 '전시(war-time)'의 문학으로, 6.25가 가져다 준 정신적, 물질적 후유증을 앓던 시대의 관련을 맺은 것을 '전후(post-war)'의 문학으로 규정하는 것이 온당하다고 생각한다.

4.19를 계기로 해서 전쟁이 남긴 후유증이 어느 정도 극복되어지고 통일 문제가 열렬히 제기될 수 있는 도약의 시대가 마련되기에 이르렀다. 4.19에 이르러 민족의 내부적 역량이 과시되면서 분단 극복의 방법론이 자유 민주주의에 분명히 두어야 함을 다시금 확인할 수가 있었다. 이 때부터 한국소설은 6.25에의 작가적 귀속감이 적어도 간접 체험의 역사 공간으로 접어들기 시작했다. 70년대 중반 이후 6.25를 직접적이건 간접적이건 문학적 소재를 다룬 경우가 수없이 많았던 것도, 사실은 4.19가 가져다 준 통일 논의의 개방과 확대— 즉 통일 논의가 정책적 차원이 아닌 민간층에까지 미치게 되었다는 것—통일의 의지와 분단 극복의 의지에 관한 전 민족의 응집력이 4.19에 와서 강하게 표현되고 부각되기 시작했다는 데에서부터 비롯

할 수 있다. 이데올로기 문제가 터부시되던 때 '구더기 무서워서 장을 못 담그랴'는 듯이 소설에서 이데올로기 문제를 터놓은 최인훈의 「광장」은 4.19 직후였기에 가능했고, 이제부터는 문학 쪽에서도 통일 논의가 '밀실'로 유폐될 성질의 것이 아니라 '광장'으로 흘러나와야 한다는 성질의 것이라는 점을 분명히 보여주었다. 70년대 중반 이후 많은 작가들이 분단의 문제를 천착하고 있는 것도, 4.19 충격의 여파가 70년대 중반 이후까지 생명력을 잃지 않고 있다는 징후의 하나로, 민족 비극의 근원적 뿌리를 헤집으며 다소 통일을 위한 문제제기의 장을 소설 쪽으로 수렴하겠다는 작가들의 의지가 반영된 것이다. 소년기와 유년기의 체험을 바탕으로 6.25와 분단 문제를 다루었던 김원일, 윤홍길, 이문열 등은 6.25에 관한 한 '직접 화법'의 마지막 세대로서 직접 체험의 화려한 대미를 장식할 것이라는 전망이 있고, 또 그들 자신의 연령층이 바로 4.19 세대라는 점, 혹은 그것과 가까운 세대라는 점에 있다.

아무튼 소설은 허구적 기억의 소산이다. 이것은 허구의 세계와 경험의 세계와의 관계에서 파생된 문학적 양식이다. 소설가는 현실의 구체적 전신으로 파악되는 과거의 역사를 이야기하며, 작가와 독자가 한데 어울리는 마당에서 과거의 일을 재현시킨다. 이때 소설가는 과거지사를 기탄없이, 폭넓게 이야기하는 역사의 해석자가 되기도 하며, 그 마당으로 독자들을 끌어들여 과거의 일을 재현시키는 제의의 집전자가 되기도 한다. 때문에 6.25에 대한 작가적 귀속감은 작가에게 있어서 하나의 도의적 사명감의 형태로 나타나기 시작했다. 도의적 사명감의 형태, 즉 6.25와 분단에 대한 해석적 방법론은 대개 작가에게 있어서 두 가지의 방법적 표현을 드러내는데, 하나는 이데올로기에 대한 중립주의이며, 다른 하나는 이데올로기에 대한 편향주의이다. 전자가 이데올로기를 민족적 해체의 차원에서 주관적으로 해석하는 경우라면, 후자는 어느 한쪽의 비판을 목표로 하는 객관적 해석의 경우이다. 객관적 해석이 통일의 당위성만을 주장하는 것이라는 대해 비해, 주관적 해설의 방법적 표현은 당위론의 차원을 넘어 민족 비극의 근원적 뿌리를 헤집는 힘을 축적하면서, 그 어떠한 흑백의 논리를 뚫고 나아갈 대체적인 힘의 역량을 작가 스스로가 제시하는 데 있다. 작가는 과거 민족의 비극을 단순히 슬퍼하거나 경직된 분노를 드러내는 데만 만족할 수 없다. 작가는 이데올로기의 선택의 기로에서 반공의 첨병이 될 수 없다. 이 때문에, 그에게는 이데올로기를 민족적인 명분에 의해 해체하는 데 있어 다양하고도 폭넓은 주관적인 관점이 마땅히 요구되고 있는 것이다. 작가의 도덕적 사명감이 이데올로기를 선택하는 것에 있는 것이 아니라, 그것을 해체하는 데 용기와 삶의 전망이 더욱 필요하기 때문이다.

4

　그러면 이 소설의 구성상의 특이한 점을 살펴봄으로써 작가의 해석적 방법론을 따져 보기로 하겠다. 이 소설의 구성상의 특이한 점은, 두 가지 중심된 사건의 추이가 시간적 순서에 의해 배열되어 있다는 점, 귀납적 방법을 통해 미리 결론적 암시를 드러내고 있다는 점, 또 그걸 구체화시키기 위해서 마지막에 이르러 소설 내의 비평적 에세이화를 시도하고 있다는 점이다.

　우선 이 소설은 주인공 이동영을 중심으로 전개되어 가는 하나의 이야기와 그의 가족들을 중심으로 전개되어 가는 또 다른 이야기가 있다. 전자에서는 꿈꾸는 삶과 이에 도전하는 현실 상황 사이에 방황하고 좌절하는 당대 지식인의 전형적 국면을 여실히 보여주고 있으며, 후자에서는 과거의 광영이 퇴락한 어느 가정의 수난사를 기술하고 있다는 한 특성을 보여 주고 있다. 전쟁으로 인해 이산되어야 했던 가족들이 겪는 수난의 와중 속에서 중심된 이야기 외에 여러 가지 방계 사건이 방사상식 확산과 나열이라는, 과거 기억의 회상을 통해 여러 가지 사건이 중심 사건과 더불어 얽혀 있다. 이 소설은 동영을 중심으로 전개되는 이야기와 또 그와 짝이 되는 그의 가족들의 이야기가 동시적 시간의 순서를 밟아가면서 흘러가고 있다.

전쟁으로 말미암아 이산될 수밖에 없었던 물리적 틈이 이별의 고통이란 현실적 나락으로 빠져들게 하고, 이에 따라서 동영의 병앓이가 시간이 흐를수록 점차 깊어져 간다. 전쟁이라는 물리적 틈과 〈자신이 금가고 허물어지는 듯한〉 정신적 회의의 과정을 계기로 해서 동영이 평소 꿈꾸었던 삶이 현실적 굴레에 의해 좌절되고 저해되는 과정을 보여준다. 이 소설은 3인칭의 시점을 취했음에도 고백체에 가깝다. 새로운 세상에 대한 기대로서의 '환상'에 의해 좌익 활동을 해 왔고 종내 전쟁에도 참여하였지만, 자신이 세속적인 힘의 권위인 권력의 형태로부터 소외되어 가고 있다는 느낌을 갖기에 이른다. 이 소설의 등장인물 중에서 구심적인 역할을 하고 있는 동영이가 '꿈꾸는 삶과 이에 도전하는 현실상황'의 괴리감과 마주칠 때, 어떠한 확실성 있는 선택의 윤리가 역사적 중압감에 의해 강요된다. 앞서 지적했지만 동영은 현저히 미래에 대해 비전을 제시할 줄 아는 인텔리라는 점에서 이상주의의 양상을 선택한다. 이때 동영은 작가의 정신적 화신으로서 작가의 세계관과 등질의 차원에서 선택의 윤리를 드러내고 있다. 결국 흑의 논리도 백의 논리도 아닌, 제 3의 논리를 선택한다.

여기서 우리는 작가의 '야누스'적인 두 얼굴을 보게 되는데, 동영의 패배 과정과 그의 가족의 수난사에서 동일한 작가적 태도를 견지

하지 못하고 다소 착잡하고 모순되게 반응하고 있다는 점이다. 동영
에 대해서는 지나치게도 엄격하고 냉정하며, 그의 어머니와 처자의
수난에 대해서는 동정적인 눈길을 보낸다. 그래서 작가의 개인적 가
족사적 경험에서 이 이야기를 수용했다면, 작가의 '외디푸스'적 심
리적 원형이 굴절되어 있다는 점도 짐작하기가 그다지 어렵지 않다.
물론 이 땅의 작가에게 주어진 정치적 상황이라는, 작가로서의 형식
적 제약에 늘 고심하는 대목의 하나이긴 하지만, 냉철한 자기 비판을
겪지 않은 이상주의의 형태는 작가와 독자간의 공감적 단절감을 불
러일으킬 여지도 있다. 가령 동영의 가족들이 공산주의적 유물론과
는 정면으로 대치한 기독교로 귀의한 과정은 지나치게 당연하고 자
연스러운 것으로 기술되고 있어서 어딘가 모르게 냉철한 비판의식이
없다는 느낌, 안티테제로서의 긴장감이 무시된 상대적 부전승을 드
러내고 있다는, 왠지모를 미흡한 느낌을 준다. 작가가 은연중에 지니
고 있는 냉정과 동정의 두 표정은, 작가의 세계관을 엿볼 수 있는 변
증법적 이상주의의 형태가 이데올로기에 관한 두 가지 해석적 방법
론으로까지 연결되고 있다.

　6.25에의 작가적 귀속감이 때로는 이데올로기에 대한 중립적 해체
와 때로는 이데올로기에 대한 반공적 편향주의라는 형태로 혼용될
경우가 있는데, 「영웅시대」의 작가 역시 이와 같아서 다소 일관된 집
중력을 잃고 있다. 「사람의 아들」과 같이 신에의 저항과 회귀라는 중
의적 구성도 액자소설이라는 특이한 기술성을 도입함으로써 가능했
듯이, 작가로서의 야누스적 두 표정은, 동영의 경우처럼 비판적 과정
을 겪고 있는 이상주의와 그의 가족들의 경우처럼 심정적 차원에서
운위되는 이상주의 간의 첨예한 상반성에 기인하고 있다. 가족들의
기독교의 귀의 과정이 다소 미흡하게 설명되었다면 동영에게 있어서
결론적 암시는 이미 제1장에서부터 나타나기 시작하고 있으며, 그

이후는 이것의 비판과 검증의 과정으로 이용되고 있다.

같은 깃발 아래 있어도 이렇게 다를 수 있군. 세상에는 주의니 이즘이니 하는 이름이 붙어 있어도 엄밀한 의미에서의 이념이 될 수 없는 것이 둘 있네. 종종 상반되기도 하는 그들 중 하나는 민족주의이고 다른 하나는 휴머니즘이지. 그것들은 결코 별개의 이념이 될 수 없어. 어떤 이념도 그 둘 중의 하나 또는 그 둘 모두에 의지하지 않으면 성립될 수는 없는 최소한의 바탕이나 인간정신의 본질적 구조 같은 것이기 때문이네. 오히려 나머지 다른 이념들이야말로 그 둘의 도구거나 수단뿐이네.

작가의 이상주의는 민족적 휴머니즘이다. 작가는 작중 인물 이동영이라는 인형을 내세워 그의 의도대로 조종해 가고 있는데, 이미 제1장에서 동영의 친구인 김철과의 긴 마상대화의 과정을 통해 결론적 암시가 숨겨져 있음을 영리한 독자는 대번에 짐작할 수 있을 것이다. 적어도 6.25라는 전쟁은 곧 영웅들의 싸움이며, 6.25를 전후로 한 시대는 곧 영웅시대이며, 그것의 전장은 곧 영웅시대의 아수라장이라는 사실을 구체화시키고 구체화된 국면을 통해 애초의 결론으로 되돌아가고 있음을 독자들은 알 수 있다. 민족적 휴머니즘이 특수한 원리로부터 시작하여 끝내 보편적인 원리로 확산되고 있다. 영웅적 상황에서 인간적 상황으로 되돌아가야 할 것, 전쟁의 초인적 차원이 인격적 차원으로 격하되어야 할 것, 획일화되고 경직화된 사고의 우상으로부터 해방되어 새로운 변증법적 질서가 모색되어야 할 것, 이러한 것들이 이상주의의 형태에 관련된 구체적인 내용이 아닐까 한다. 〈혹은 혁명투사가 되고, 혹은 반공투사가 되는〉 시대적 상황 속에서 작가가 제시하는 방향점은, 동영을 통해 새로운 가치에의 도달을 목표로 하는 민족적 휴머니즘에의 귀결로 나타난다.

240

틀에 박힌 듯한 귀납적인 결론에 도달하는 동영의 새로운 가치는 〈사랑의 영웅〉이 세계를 지배하는 진정한 인간시대의 실현이다. 동영과 안명례와의 사랑의 게임이 동물적 야성이 지배하는 영웅의 논리를 한껏 거부하면서 육체성에서 비롯되어 정신성으로 돌아가고 있듯이, 동영은 김철이 제시한 결론적 암시에 동조해 가고 있다. 작가의 냉정한 관점이 두 사람의 사랑을 파국으로 몰고 가는 것도 이데올로기의 갈등을 저항하면서 새로운 가치의 질서를 인간의 논리로 회귀하려는 의도에 다름 아니다. 여기에 작가는 더 마음이 놓이지 않아 마지막에 이르러 소설 내의 비평적 에세이화를 시도한다. 즉 영원히 전달되지 않을지도 모르는, 아들에게 남기는 유언록 형식의 글——동영의 노트——을 통해 다시 한번 처음의 결론을 강조하고 있다. 동영의 죽음을 〈당연히 물어야 할 실패의 값〉으로 파악하고 있지만, 지나치게 탈속된 느낌을 주고 있기에, 이러한 에세이화의 의도는 작가의 작위성 내지 변증법적 이념의 도식성을 엿볼 수 있게 한다.

하기야 그래도 그 같은 작업의 끝이 지금 있는 이데올로기의 절충이나 혼합과 무엇이 다를까라는 의문은 남을 것이다. 물론 다르다. 상반된 이데올로기의 절충은 쌍방의 양보와 인내를 아울러 요구하며, 또 그것은 일방에 대한 타방의 완전한 굴복이나 승리보다 오히려 어렵기 때문이다. 그러나 너희의 방법은 너희 의식에서 그 단독으로는 이미 지워지고 부정되어 버려진 이데올로기를 해체하여 쓸만한 부분만을 골라 쓰는 것이므로 그 같은 어려움은 남을 리 없다.

마지막으로 남겨지는 두 원리—휴머니즘과 민족주의—사이에 일견 존재하는 것으로 보이는 상반된 성격 또한 실제로는 존재하지 않음을 확인하는 데는 오랜 시간이 필요하지 않았다. ……민족주의는 그 본질에 있어서도 원(原)휴머니즘적인 요소가 있기 때문이다. 다시 말해, 진정으로 민족을 사랑하는 사람은 보편적인 인간애를 가질 수 없다는 증거는 어디에도 찾을 수 없고, 오히려 가능한 것은 민족주의에서 아직은 땅과 피에 갇혀 있는 휴머니즘을 볼 수 있을 뿐이다.

위에서 보는 바와 같이, 민족적 휴머니즘이라는 결론에 도달하기 전까지 동영의 '회의의 과정'은 이 소설 구성상의 전개 과정에 가장 강음부가 찍혀 있다. 동영의 회의의 과정은 동영이 갖고 있었던 내심의 허상이 점차 파괴되어 가는 과정이다.

동영은 내부의 권력 다툼에 대한 좌절로 스스로 선택한 김철의 죽음에 접하여 최초로 이념적 허상에 대해 회의를 느끼게 된다. 친구인 김철이 죽은 뒤 그는 심각한 우울증에 빠진다. 이는 회의의 심리적 전조가 되는 데, 그 후 가족을 찾아보았지만 가족들은 이미 피난을 떠난 후였고, 우연히 〈나의 희망〉이라는 어린 아들의 작문을 펼쳐 보고는 스스로 자신의 이념적 실행을 부끄러워한다. 장차 영웅이 되리라는 천진한 결심을 보고 〈마치 강한 전류에 닿기라도 한 것처럼 화들짝 놀라며〉 그 공책을 덮어 버렸다. 뿐만 아니라, 남로당계의 숙청이 노골화되자 결국 세속적 권력주의에 대해서도 새삼 회의를 느끼게 되고, 권력의 반열에서 소외된 남로당계의 숙청은 결정적으로 그의 이념적 허상과 꿈을 좌절시킨다. 그나마 대학 교원으로 남아 있을 수 있었던 것도 그와 내연의 관계를 맺은, 권력 심장부의 야희(夜姬) 안명례의 간접적인 도움이 컸다. 그녀의 도움은 그녀의 정치적 영향력이 점차 옅어지자 무화되고, 당에서는 이를 계기로 더 이상 동영을 이용의 가치가 없는 사람으로 지목하고 마는데, 이 때문에 그는 〈당연히 물어야 할 실패의 값〉으로서 죽음 앞에 임박하고 있다.

이러한 일련의 회의 과정 속에서 겪은 최후의 개인적 단안은 〈새로운 길〉을 모색하는 일, 즉 안명례와 더불어 일본으로 탈출하여 〈중요한 것은 이념이 아니라 인간임을 일깨우는〉 일이다고 생각하기에 이른다. 그러나 안명례는 동영의 제의를 단호히 거부한다. 안명례의 거부는 작가의 냉정한 관점의 재확인이다. 작가가 냉정한 시선으로 바라보는 두 사람간의 사랑을 통해, 이데올로기에 관한 해석적 방법론을 이데올로기의 중립적(민족적) 해체라는 쪽에 두어지게 하는 것으로서 작가 정신의 냉정함을 드러내게 하는 데 장점이 있다. 왜냐하면 그의 회의의 과정은 이데올로기의 중립적(민족적) 해체——즉 이념의 논리가 아니라 인간의 논리가 더욱 중요하다는 이성적 판단이 선행되어 있기 때문이다.

반면에 동영의 가족 수난에 동정을 표하고 있는 자각의 의도가 다분히 감상적이고 반공주의적 편향의식으로 기울어져 있다는 산만한 태도는, 냉철한 비판의식이 결여되어 있음을 설명해주며, 논리로써 설명할 수 없는 기독교에의 귀의는 단지 나쁜 결과와 피해의식에 대해 보상심리로 선호되어 있을만큼 작가의 냉정해야 할 시각은 완성되지 않았다.

5

이어서 이문열의 「영웅시대」가 지니고 있는 문예적 특성들을 중심으로 하여 몇 가지 문제점도 아울러 지적하겠다. 우선 주제면과 문체면에서 더 이상의 설명이 필요 없을만큼 탁월한 역량을 과시하고 있지만, 깔끔하지 못한 구성을 지적하지 않을 수 없다. 깔끔하지 못한 구성이란 것은 치밀하게 짜여진 구성이 아니라는 뜻이다. 현재로부터 과거로 향하는 기억의 파편은 현재적 상태에서 존재하는 특정한 사물을 매개로 해서 떠오르는 연상작용에 불과하다. 과거에의 기억의 재생은 다소 순간적이고 독립적인 것이어서 치밀한 인과율로 짜여진 그물코 형성을 하지 못하고 잡다하게 삽화들이 배열되어 있을 뿐이다. 따라서 이 소설은 스토리의 전개에서 중심적인 일관성이 다소 미흡한 것으로, 파생된 사건들을 압도할 만한 구심력이 있는 전개 상황이 요구되고 있다. 이 요구에 부응하지 못한 점도 숨길 수 없는 사실이다. 지나치게 전황을 도입함으로써 지리적 배경의 단절을 불러일으키고 사건 전개상황의 단절을 수반하기도 한다. 그래서 판에 박힌 듯한 구성상의 의도적(계획적) 기도가 눈에 두드러지게 나타나는 것이며, 중심 사건으로부터 떨어져 나온 방사상식 삽화는, 고통의 기억이라고 하더라도 근원적 정서와 향수만 불러일으키는 데 이용될 뿐이다. 그리고 작중인물들 간의 우연한 만남이라는 구태의연한 국면이 공공연하게 설정되어 있는데, 특히 동영과 명례와의 수차의 만남은, 우연히 근무지가 그렇게 같을 수가 있을까 하는 작위적인 냄새를 끝내 배제해주지 못하고 있다.

사건 전개의 결말 부분에 이르러 〈도영의 노―트〉를 통해 비평적 에세이화를 시도하고 있다는 것도 구성상의 문제점으로 제기된다. 그의 소설 중에서 더러 사건의 전개 속에 삽입되어 있는 비평적 에세이화의 시도는 거의 한국소설로서는 독보적인 영역에 속하는 것이다. 그러나 이 소설에서 이용되고 있는 비평적 에세이화는 소설 전편에 흐르는 지적인 분위기를 압축하고 집약시키고 있는 데 유리한 점이 있다손 치더라도, 오히려 정결한 맛깔이 부족하고 너저분하고, 독자들을 한편으로 과소평가하는 느낌을 줄 수도 있다. 지식인에게는 지적인 호기심을 충족시켜주고, 전문적인 독서 훈련을 제대로 받지 못한 초심자에게는 애매한 환심을 불러일으키기 좋은 이러한 유의 과잉친절은, 작품의 생명력과 전면적인 가치를 위협하는 치명적인 사족이랄 것까지는 생각이 들지는 않지만, 이 소설이 가지는 구성상의 또 다른 실패를 의미하고 있다. 잡다한 지식의 나열에 불과한, 어설픈 논리와 설익은 역사철학은 소설의 상상적 형상화를 침해한다. 한국소설사에서 작가 역량의 한계에 부닥칠 때, 까닭없이 관념적 분위기로 흘러가는 경우를 우리는 종종 보아온 터였다. 지나치게 과거의 역사를 지식의 범주 안에 안주시키려는 기술적 조작은 작가 개인의 자족적 차원을 벗어나지 못한다. 이러한 비평적 에세이화는 N. 프라이의 표현을 빌리자면 소설 기술상의 '교묘한 손놀림(manoeuvering)'이 아닐런지.

구성상의 의도적(계획적) 기도는, 소설에서 작가가 이야기를 이끌고 가야 하는 객관적인 힘이 부족하다는 데에까지 생각이 미치지 않을 수밖에 없다. 지리적 배경의 단절과 사건전개의 과정에서 중심적 사건의 단절이라는 상관 관계는, 대화 중심으로 엮어져 가는 사건 구조와 행간의 휴지를 거부하는 듯한 지적 충일의 답답함을 동시에 느끼게 해주며, 인간 행위의 생동감이 결여되어 있는 듯한 느낌에까지 도달되고 있기 때문이다.

작가로서의 객관적 힘의 부족은 흔히 리얼리티가 없는 관념적 토론에서 기인하는데, 이 작품도 크게 예외적이지는 않다. 가령 동영이가 아내 정인에게 사회주의에 관한 이론을 열심히 설명하는 장면이 나오는데, 신교육에 거의 무식꾼이랄 수 있는 아내에게 관념적 지식을 주입하는 것은 아무래도 수긍이 가지 않는 대목이다. 뿐만 아니라 기독교와 공산주의간의 지적 토론을 위해서 설정된 듯한, 동영과 교회 목사와의 대면은 죽음에 임박한 자연인으로서의 목사가 너무나도 당당하게 신학의 교의를 개진시키고 있다는 점에서 계획된 만남을 위해 토론 내용이 미리 준비된 듯한 인상을 준다. 심지어 무식한 영감과의 전혀 걸맞지 않은 지적 토론은 역시 불필요한 부분이라고 생각되어 마땅하다. 이 소설에서 객관적인 힘이 부족하다는 현상은, 이러한 지적 관념적 대화와 함께 때로 신파조 지문이 등장하기도 하고, 때로 동영의 관념적 독백이 까닭없이 튀어나오기도 하고, 때로 걷잡을 수 없는 비탄의 정조에 함몰되기도 하는 데서 찾아 볼 수가 있는 것이다.

객관적인 힘의 부족은 작가가 자신의 세계관을 명료하게 드러내지 못하고 지적인 허상 속에 자주 은폐되어 간다든가 관념화되어 간다든가 할 때, 현저히 노출되는 것이어서 이성적 사고를 마비시키는 감성적 표백을 한껏 경계하지 않으면 안된다고 생각한다. 소설에서 관념의 과잉과 감상의 유로는 감성적 사고의 흔적이기 때문이다. 「영웅시대」의 약점이 관념과 감상의 붓으로써 우리의 경험적 역사를 상상적 역사로 장식했다는 것은, 분단시대를 극복하는 데 가장 중요한 명제인 '이성적 사고의 회복'이라는 관점을 깨닫지 못했다는 뜻도 내포되어 있다. 이산가족 찾기 TV 생방송을 쳐다보며 끝없이 흘렀던 전국민적 눈물은 분단 시대를 극복하려는 이성적 사고를 마비시킬지도 모른다. 관념과 감상으로써 분단 시대를 극복하겠다는 비객관적 태도는, 감성과 이성의 조화가 아니라 감성과 이성의 지리멸렬함이다. 작가는 이 점을 무엇보다도 인지했어야 마땅하였으리라.

동영은 남과 북에 그의 여인을 두고 있다. 작가는 북에 둔 안명례와의 사랑에 대해서는 냉정을 표했고, 남에 둔 아내와의 이별에 대해서는 동정을 표했다. 이것은, 안명례로 상징되는 '이념'에 대해서는 철저한 비판적 해부를 꾀했다고 할 수 있으나, 조정인으로 상징되는 '민족의 비극', '이산의 아픔'에 대해서는 동정심을 보내기를 주저하지 않았다. 동영의 가족이 기독교에의 귀의 과정에서 작가의 냉정한 분석, 필연적인 인과율이 없었다는 것도 이와 상관하고 있다. 결국 전반적인 낭만적 분위기—즉 이상과 현실간의 어두운 모순을 드러내는 주인공의 세계관 대문에 다소 이성적 사고가 틈입할 소지가 봉쇄되고 있다는 점도 숨길 수 없다는 점이 「영웅시대」의 허술함이다.

6

　작가가 이렇게 태도와 관점을 분명하게 하지 못하고 집중력을 잃고 있다는 것은, 「영웅시대」를 읽어가는 모든 독자에게 아쉬움을 남기게 될 것 같다. 작가가 분단시대의 극복이라는 확실한 관점을 세웠다면, 감성과 이성의 조화를 위해 마땅히 이성적 사고를 회복하는 데 작가의 모든 잠재적 역량을 투기했어야 했다. 관념과 감상적인 고백체의 소설에 익숙하지 못한 우리 나라 독자들에게 지적인 흥미와 호기심을 충족시켜 준다는 점에서, 이 소설은 다소 신선한 일면을 갖고 있기는 하지만, 작가의 의도적인 지적 현시가 노출됨으로써 때로 거슬리기도 하고, 실감의 문제로 접어들 때 무언가 미흡한 점이 남아 있음을 지적되지 않은 수 없을 것이다.

　여러 가지 문제점을 포괄할 수 있는 전반적인 문제점을 한마디로 잘라 말한다면, 즉 작가로서 소설을 이끌어 가야 하는 객관적인 힘이 부족하다든가, 이성적 사고의 회복이라는 분단시대의 관점을 공고히 못했다든가, 지나치게 작가의 세계관이 지적인 범주 안에 안주한다든가 하는 것은, 작가가 제 1장에서 김철의 대화 내용 중 구성상의 복선으로 생각되는 결론적 암시를 구체화하는 곳에서 드러나는 '진정한 비극정신의 부족'으로 집약할 수 있을 것 같다. 그런데 환상과 굴레의 변증법으로 제시된 〈인간의 시대〉, 〈인간의 노래〉, 〈사랑의 영웅〉이 늘 학구적이고 관념적이고 또 도식적이라는 느낌을 떨쳐버릴 수가 없게 되는 것은 이러한 변증법의 극점을 도출하는 관점에서 진정한 비극정신이 모자랐다는 점에 있다. 분단시대가 진정한 비극정신을 구체화시키는 시대라는 관점을 망각한 소치일까. 진정한 비극정신은 늘 타성적인 관점을 거부하고 냉철한 비판의식을 요구하는 현실 타개의 법칙이다.

우리는 대개 역사관을 대별하여, 결정론의 역사와 자유의지의 실현이라는 관점 중에서 선택적으로 후자를 조건하려는 경우로 접어들 때 획일화, 경직화된 사고의 우상으로부터 스스로 해방되어 비판과 검증의 과정을 겪으면서 변증법적 세계관에 도달하고자 한다. 또 이것은 작가에 부과된 문화변동의 의지이기도 한다. 그런데 소설적 주인공이 이상주의의 황폐화에 직면할 때 쉬이 선택하는 휴머니즘의 논리는 자칫 관념과 감상의 차원으로 전락한다. 「영웅시대」의 작가가 얻은 점과 잃은 점, 경계할 점과 경계한 점을 논의할 때, 이러한 논리가 어느 정도 진정한 비극정신의 기초 위에 서 있는가 하는 데서 비롯되고 맺을 수 있다. 6.25 귀속감에 대한, 작가로서의 두 가지 방법적 표현이 있다고 한다면, 하나는 이데올로기에 대한 중립적(민족적) 해체이며, 다른 하나는 반공적 편향주의이다.

작가가 동영에 대한, 동영과 안명례의 사랑에 대한 북의 논리에 설 때 냉정하며 비판적 중립적 해체를 주장한 점이 그래도 얻은 점이자 경계해야 할 점을 수용했다면, 후자의 경우 작가의 모성지향적 동정심의 말로는 그저 수난과 고통의 미학을 드러내는 바, 다분히 편향주의에 귀속되리라.

이 점은 아직 우리나라의 작가가 경계하지 못할 점의 일종이자, 문예적 가치의 측면에서 볼 때 '잃고 있는 점'으로 남게 되리라. 어쨌든, 소설 「영웅시대」는 한바탕 꿈의 기록이다. 우리 시대의 몽유록이다. 〈동명의 노―트〉는 그 중에서도 이데올로기의 망집을 각성시켜 주는 최후의 불꽃심이다. 환상과 굴레, 그 부조(不調)의 이중주 속에 울림하는 비탄의 노랫말이다. 처연히 스러져 가는 불꽃심의 사상이다.